U0947462

FAREWELL
MY BELOVED
STAR

莉莉娅我的星

石黑曜——著

天津出版传媒集团
天津人民出版社

果麦文化 出品

总序 中国科幻的新起点

韩 松

“方舟文库”的科幻系列中，第一个吸引我的作者是双翅目。2017年，我与她在一场科幻活动中相识，那时我首次看到她的作品，惊为天人，后来又陆续看了她另外一些作品，成为她的粉丝。以前我评论刘慈欣的《三体》，说《三体》把我们写的科幻碾得粉碎，如今看双翅目的科幻，又有了这种感觉。我觉得她的一些作品担当得起“伟大”这样的词。她的小说像迷宫一样让人深深陷入，很难凭借自己的力量逃出。读完后我头脑里翻腾着星星般的无数想法，却始终无法整理出完整的语言来归纳。它们是太可言说了，却又充满无尽的解释，阅读的愉悦和绝望同时升起。后来又看到石黑曜的小说，同样深感震撼，佩服不已。他将或温暖或冷峻的现实与想象的虚幻合为一体，难以辨别，又让这二者相互渗透，相互作用，最终呈现出来的除了外化的幻想奇观，还有心灵的恐惧和向往。这都是令人耳目一新的。为拥有这样的作者和作品的一套书写序，我感到十分荣幸。

我觉得中国科幻可以分为两个流派。不是硬科幻和软科幻，而是模仿西方、向西方科幻致敬的流派，和拥有更多本土价值、个人趣味的流派。我们这一批20世纪90年代成长起来的作者，有时被称作所谓的“新生代”，其实主要还是在创作第一种科幻，在模仿，在向黄金时代的西方大师们学习，从主题立意到内容风格，都明显有这样的痕迹。有时写出了一些较有影响的作品，其实也都不离这个路数。但是新的一代人，比如“方舟文库”的年轻科幻作者们，我觉得很难归类。他们的出现代表了一种新样式的冲击，他们的底色是不羁而自由的，不再全神贯注于模仿和复制，而是更注重表达，更有自己的东西。我觉得这可能就是中国现代科幻真正的新起点，而之前的科幻多少有那么一点“前现代”。

这批新作者风格奇异，很个人化，跨界感突出。双翅目擅长哲学思辨和技术反思，能够把各种学科的奇思妙想无缝衔接在一起，成为一件美妙的艺术品；翼走擅长画面感明显、主题奇趣的轻小说式写法，将奇思妙想跟人物的心灵结合，以更轻盈的姿态来呈现科幻；武夫刚注重制造冲突，体现科幻小说所具有的社会介入价值和思想实验价值；而石黑曜则擅长以传统科幻小说的技术性内核，以那些坚硬的、充满丰富技术细节的外壳，来书写关于故乡和爱人的情愫，在冷漠荒芜的外表下蕴藏着乐观与对生命本身的热爱，从而形成一种奇妙的映照……

在他们的作品里看不到太多传统的主题和画面，却能把传统的元素推入新的境界。比如读到双翅目的《公鸡王子》，你会想“机器人”这个写烂的题材，竟然还可以这样写！比如读到石黑曜的《貔貅》，你会想“生物培育”竟然可以和家族亲情联系起来！又比如他的《武汉往事》，在幻想外衣下，通过一个童真纯粹的视角切入，演绎出荆楚传统文化与三代人的生命轨迹，充满生活气，又不乏光怪陆离。他们写的是真正的科幻。他们追求不羁的想象力和严格的科学背景，却不再拘泥于软硬科幻之分，挥洒自如，转换灵动。他们追求文字的繁复精妙，更关注人的内心、人的命运，以及人在政治、经济和技术大背景下的悲欢离合。从他们的文风和表达中看不出作者的性别，在他们的幻想作品中性别符号无足轻重，因为他们致力于书写更宏大的“人”。他们探讨的问题相当前沿和先锋，涉及深层的精神世界和认知领域，触及人的灵魂，捕捉当下的现实问题，创造了一些全新的艺术形象。他们不再仅仅是写一个点子，而是在自酿一种趣味，写自己思考或玩味中的东西，品味人类心灵的深邃、复杂与别致。他们的作品更有艺术性，更有美感，甚至带有宗教感。这是从模仿世界到拥有世界的转变，或许这就是中国的新浪潮。他们让我重新看到了阅读科幻的意义，那就是可以借此与人类中伟大的天才相遇，与那些远远超越你我的大脑相遇。不，这些作者或许甚至不是人类，而是从未来或者天外驾临的访客——看看他们给自己起的名字吧！

我很羡慕这些作者的成长环境。从前整个中国就只有一家《科幻世界》，这不得不说是一种遗憾，但现在有了多种多样的专业写作平台，让科幻爱好者可以尽情释放写作才华，在丰富多样的环境中展开脑力激荡。豆瓣阅读征文大赛、科幻文汇征文大赛、银河奖、星云奖，还有蝌蚪五线谱“光年奖”、晨星晋康奖等，给他们带来更多崭露头角的机会。豆瓣阅读征文大赛现在设有专门的科幻奇幻类型组别，每一次赛事奖项的出炉，都意味着一大批青年科幻写作者脱颖而出，拓展科幻的边界，延续科幻的历程。同时，这些年轻作者也得以联结得更加紧密，彼此学习，彼此交流，更稳健、更有生气地向前行进。我为科幻骄傲，也为发掘和推出这些优秀作者和作品的人和机构骄傲。这次豆瓣阅读推出的科幻系列，是中国科幻向多元化发展的证明。在如今的中国，能够有那么多的社会力量参与到科幻创造中来，是很了不起的。科幻则借此进一步拓展它的领域，激励探索和冒险精神，增加新的审美体验，容纳新的类型和新的元素，创造未来和新世界。我把这视作民族的盛事，但更是写作者的幸事。

这个系列中还有一些西方科幻的佳作，既有新人和新风格，也有一些重量级的人物和获奖作品。其中包括荷兰近年的科幻新星托马斯·赫维尔特的短篇集、《时间回旋》的作者罗伯特·威尔森的一部新作，以及写出“西班牙乞丐”三部曲的科幻元老南希·克雷斯的作品集等。每一部作品都令人惊讶、愉悦，甚至羡慕。我把它们看作一个标尺或一面镜子，来对比或映射我们中国科幻如今的发展进程。

2018年是世界现代科幻诞生二百周年，科技和幻想热潮也迎来一个新高度。中国在此时迎来了一次本土科幻的爆发，这在我们的现代文明史上，无疑刻写着极其重要的意义。

CONTENTS
目 录

貔貅

Mascot

正 篇

小蚂蚱，土里生，前腿蹬，后腿弓，长了翅膀扑棱棱，一飞飞到柳树上，问问知了老先生，啥时候长来啥时候生；一月二月没有你，三月四月你这才生，五月六月生娃娃，七月八月且折腾，九月十月就回地府。

——民谚

炎帝欲侵陵诸侯，诸侯咸归轩辕。轩辕乃修德振兵，治五气，蓺五种，抚万民，度四方，教熊罴貔貅貙虎，以与炎帝战于阪泉之野。三战，然后得其志。

——《史记·卷一·五帝本纪第一》

一

第一次听说那个项目，还是在七年前。

当时我已经从学校毕业，尽管硕士研究生的文凭在用工市场上有一些号召力，我还是加入了广袤的待业大军。在学校宿舍磨了几个月后，终于被下了必须搬走的最后通牒。

陷入这种境地并不是没有认真投简历的缘故。作为生物学科的学生，一毕业就失业也不是什么新鲜事。不过投了几十份简历，一点反馈也没有，也不能全说是专业选择的问题。

家里得知此事后对我说，实在不行就回家来找份老师的工作，怎么也能混口饭吃，早点娶妻成家。这虽然不是什么坏主意，但是语气显露出的失望总让我感到不舒服。

我没有回去，却也不知道该往何处去。

就在即将弹尽粮绝的时候，一家我没听说过的公司找上了门，有意进一步详聊。

我立刻应了下来。对方把会面地点约在了市内一家知名酒店，颇是气派。联系我的人自称徐光，看起来非常年轻，衣着也很随意，见到我身着正装，他的眼中惊讶了一瞬。落座不久，老总准时到场，互相打过招呼之后，便邀我边吃边聊，几轮敬酒结束，我才一点点放松下来。

徐光介绍说，他们是一家中型国有企业，名为婺州稀土矿业有限公司，隶属东南某省的矿业集团。公司也做一些小规模投资，比如我们所在的酒店，就是他们的投资项目之一。但是，他们的主业还是集中在矿产的开发和冶炼上。

“稀土，稀有金属，可是比黄金还要贵重的，你明白吧。小徐你给他讲讲。”老总的普通话不太标准，夹带着浓重的口音。

徐光依言对我解释了一番。稀土元素的贵重之处，主要是在于它的物理特性，做成合金能够改善材料性能，实际上凡是高精尖电子设备，里面都少不了稀土的存在。“出口都有着严格限制，这是国家战略资源的重要储备。”他这样说。

我装作初次了解的模样用力点了点头。他说的这些我多少了解，毕竟毕业未满半年，知识储备还在，至少化学课上学到的那点东西没有丢。“是的……很感谢您联系我，可我跟您交个底，挖矿这方面的工作我完全没接触过。”

“这一点我们清楚得很。矿业这部分的工作确实不太对口，我们可能会针对你做一些培训学习。不过我看过你的论文，觉得你说不定可以过来试试。”

“我是学生物的，研究的是没多少人在乎的细菌，想植入两个基因片段还失败了。我不明白……”

“对，就是那个没人在乎的细菌。我们就是需要那个小东西。”

“来挖矿？”

“开采、冶金，没错。”徐光赞同地说。随后他告诉我，待遇方面大可以放心，虽然不算是编制内，但肯定不会差。而且，公司会把我安排到他们最好的实验室。“只要你过来，这个项目就算是给你负责了。考虑考虑？”

也许是酒精的作用，我的大脑懵懵懂懂，极力想要寻找什么。在我仅存的思绪中，某种模糊而又既定的未来隐隐若现，无从分辨。细菌挖矿？我相当肯定这并不是我学生物的目的，但我同样找不到拒绝的理由。

无论如何，总比沦落街头强得多。

“您刚才说，是个项目？”我问道。

徐光咧嘴一笑。老总略一点头，作势举杯。我连忙双手捧起酒杯，再次喝下。三杯之后，徐光才缓缓开口。

“我们管它叫‘貔貅’。这个东西，你听过吗？”

二

事实上，我很早就接触过貔貅。那与我的姥姥有关，只是当时的我已经记不太清了。

姥姥是个很传统的人，一手做面食的功夫娴熟了得，从馒头面条到合饼馄饨通通不在话下。然而她的个性又很别扭，很倔，认定的事情几头牛都拉不回来。据我妈说，那时候我出生刚满一周岁，姥姥就提出要在周岁宴上按传统抓阄看命相。爸妈都是大学生，又都从事科研工作，用过去的话说算是高级知识分子。他们对这一类传统了无兴趣，觉得麻烦，随便找了个理由就想把这一环节省略过去。

然而这事终究还是躲不过。就在我周岁后不久，姥姥按皇历挑了个好日子，准备妥当之后跟别的亲戚一起聚到我家，兴师动众地做了一桌子饭菜。大家吃满意后，她又吩咐我妈将桌子清理干净，这才把我从房间里抱了出来。

所谓抓阄，就是在床上或是大桌上铺上一张红布，布上摆好各种各样的东西，让孩子去抓。小孩子并没有辨别的能力，自然是随意乱拿，但姥姥认为，这冥冥之中抓到的东西，能够预示孩子的一生。抓到书，将来就会成为大作家；抓到计算器，以后就是家里管账的；抓到彩笔，就会当画家；抓到足球就会成为运动员；抓到口琴就会成为音乐家；抓到镜子以后就知道打扮，没出息……

而我抓到的，是一个贴纸、一张画符。上面画的是一只肩负双翼，形似豹子的猛兽。

那个符是姥姥精心准备的。尽管红布上还有其他代表金钱的器具，纪念币、百元大钞，以及不知什么朝代的铜钱和香炉，我却爬过了所有那些，毫不犹豫地抓起了那张貔貅画符。据我妈回忆，当时我的姥姥高兴极了，连连拍手，一个劲地跟亲戚朋友们夸耀。她说，这叫有识之相，将来不是赚小钱，而是赚大钱，不走偏门，财源广进。

听了这话，每个人都很满意。

之后不久，我染上了肺炎，每隔几天就往医院跑。爸妈都要上班，有时时间实在排不开，姥姥就主动帮忙，带我去打针。与此同时，姥姥一定要拿贱名称呼我，谁劝也不听。一段时间里，我都被称作狗蛋儿、笨崽儿。直到两岁多，我往医院次数渐渐减少，她才改回叫我的本名。这件事，其实我也不怎么记得了。

不过我唯独记得，很小的时候起，我就带着一个红绳吊着的小挂牌，绳子或许被换过几次，总是显得很新，挂牌表面却早被磨得不再透明，只能勉强看出里面藏着什么东西。

我妈告诉我说，那正是我周岁宴时抓到的貔貅。

当年抓阄后，姥姥把画符带了回去，加上我的头发，专门找人封了起来，又上山请了有名的道士念了祈福的话，这才算是大功告成。挂牌虽不起眼，但姥姥认为它是平安符，戴在身上不摘，可保佑年年顺利。

后来因为方便上学，我住到了姥姥家。每个周末，姥姥都会买许多菜回来，包饺子、烙合饼，再看着我满足地吃下去。她告诉我，我的姥爷曾经考上过北京大学，入学时却因为检查出肺里患上了结核，只能回家调养。后来尽管痊愈康复，却再也没有回去过。

我记得每次她讲到这里，自己都会主动抓住她的手发誓说，以后我一定会接姥爷的班，也去考北大，光宗耀祖。而姥姥听了总是哈哈大笑，一边夸我有出息，一边注视着平安符。

“那你知道什么是貔貅吗？”有一次她这样问，我摇头表示不知道，她便接着说：“原先啊，龙有九个儿子，小儿子就是貔貅，它每天都吃金银财宝，吃完就拉，结果吃坏了肚子，拉稀啦。玉皇大帝闻见了，捂着鼻子说臭臭，羞羞羞羞不要脸，一挥手指头，貔貅就没有屁眼了。以后貔貅就只吃不拉了，肚子里全是宝贝。所以啊，这个貔貅，就是意味着多进财，多赚钱嘞。”

那时的我被玉皇大帝的话逗乐，“咯咯”地笑个不停，对这个故事并没有真正地在意。直到很久以后，当一切都发展到无可挽回时，我再一次忆起往事，才恍然发现姥姥看着貔貅的样子，专注得像是看穿了我的一生。

当然，又也许那只是我自己的臆想而已。

毕竟，已经过了那么久。

三

婺州早年便以稀土资源丰富闻名，由于稀土矿产的开发受到严格管控，在名义与实际上，只有婺州稀土矿业对当地所有矿源享有开发资格。此外，由于早期盈利能力良好，资金充裕，企业旗下的全资子公司在投资领域也颇有建树。据说当地近一半的经济收入是由婺州稀土矿业创造的，他们的口碑也因此颇为不错。

抵达婺州之后，接待人员希望我直接去研发中心报到，但我希望在那之前可以先去采矿现场看一眼。对方向上面请示之后同意了我的请求，驱车驶离市区，花了大约两个小时的工夫来到了一处位于山中的矿坑。

远在几里之外，空气里就弥漫起散不去的沙尘。尽管矿坑基本已经处在开采的末期，外层裸露的砂石稀稀落落地长满杂草，巨大挖掘设备的轰鸣声依旧撼动脚下的土地。原本厚重的山体被彻底掏空，向内凹陷成一个大坑，一圈圈的车道螺旋向下，直达百米深的矿坑底部。

一丝刺激的味道钻进鼻子，不太舒服。

"那是硫酸的味道。"徐光不知道什么时候站到了我的旁边，"初级矿石筛选成精矿后，会拉到附近的加工厂，经过硫酸的高温焙烧，才能把里面的稀土提出来。"

"这儿看起来没你说的那么糟糕。"我谨慎地说，"挺热火朝天的。"

"是吗？从数字上看就不乐观了。今年已经是连续第三年出现盈利负增长，高品位的矿该开采的已经采得差不多了，我们把标准降了又降，才补充进几个新矿。但品位降低意味着稀土含量的降低，同样一吨原矿，新矿能比旧矿少将近一半的产出，加上人工、设备老化……我们需要新思路。"

"新思路？"

"来吧，"徐光拍拍我的肩膀，"该看你的了。"

我跟着徐光去参观了研发中心，然而等我真正获准使用实验室已经是半年后的事了。培训期间，我不仅仅得以接触稀土开发的环节与流程，也逐渐理解了自己所要完成的任务。

对铜铁及重金属氧化矿物，主要应用的是高温精炼的干法冶金，而对于金属硫化矿或其他类型的矿物，更多是采取湿法冶金的形式，即先使用酸或碱液对矿物预处理，随后经过多层萃取等工序，将有用的金属元素分离精制。而细菌冶金，就是湿法冶金的一个分支。

细菌冶金需要特异性的氧化硫杆菌，这种细菌能够生存在酸度较高的环境中，它的代谢过程能令其与金属离子发生电子交换，把金属硫化物氧化成可溶的硫酸盐，某些特殊情况下，细菌甚至能够在环境中生成硫酸，加速这一过程。经过氧化硫杆菌处理的矿石，其中的金属元素从岩石中固着的矿物变作可溶于液体的无机盐。接下来，只要回收细菌溶液，就可以获得所需的金属元素了。针对高品位的矿藏，细菌冶金的成本比传统工艺高出不少，但针对低品位的矿藏，尤其对于身处困境中的婺州稀土矿业，这是个再合适不过的选择。

项目“貔貅”，就是寻找针对稀土元素的特殊冶金菌株。

在我加入之前，实验室的前任负责人已经完成了许多工作。他在三个不同的矿坑中各自选了一百个点进行钻孔取样，实验室培养后再进行反复筛选和独立培养。从留下的材料上看，这只是最后一批次的结果。他总共做了五年。

五年，没有找到任何一种有效菌株。难怪他要离开。

我把先期总结报告递交给了徐光。他没有直接否认报告内容，只是笑了笑，让我再找一找。我明白，前任负责人一定发现了什么，而徐光希望用它来检验我是否具备完成项目的能力。

重新检索过材料后，我把目标缩小到一种名为Spi-213的蛋白质上。与铜、铁不同，稀土元素并不以硫化物成矿，而是以更稳定的磷酸盐、硅酸盐、氟碳酸盐为主，这也是氧化硫杆菌无法应用的原因之一。不过稀土元素本身会与其他金属元素在矿物晶格内发生离子互换的类质同象现象，而Spi-213恰好具有某种单向催化的功能，能够促使矿物中的稀土离子与环境中的铁离子置换，并将其与一种对应的多羟基羧酸结合。

奇怪的是，尽管所有相关样本都来自同一个矿坑的五个采样点，但在实验室培养的菌株之中，没有一种细菌能够生产这种有机酸，残留液中也找不到Spi-213蛋白质的迹象。前任负责人排除外源性污染的可能后，批注了“幽灵细菌”几个字。

然而当我看到Spi-213的空间构型时，突然意识到自己曾在哪里见过。我迅速找来研究生时候搜集的材料，发现在拓扑结构上，它与我所研究的S-脂肪酸杆菌在代谢过程中所产生的一种副产物有着极大的相似性。

而那种让我花费七年时间研究的细菌，是一种极端厌氧的互养菌。

也就是说，“貔貅”无法单独存活。

现在，我明白徐光为什么找到了我。

首先要做的就是拿到新鲜的原始样本。当初的矿坑已经被人工填埋、植被覆盖，经过一番田野调查，我才找到之前的几个钻孔。

重新打通采样点位、取得样品后，我尽力恢复了当初的实验条件，两轮实验之后，光谱仪中却没有见到Spi-213蛋白质的痕迹。最担心的事还是发生了，两次采样的时间太长，理化环境发生了变化，这一簇细菌菌株已经绝迹。

但这并不意味着毫无希望。通常情况下，特异性菌株应当出现在稀土元素分布的峰值附近。抱着试试看的想法，我决定以原始采样点为中心，以圆形向外继续寻找新的采样点位。我终于重新找到了能够产出Spi-213的菌株样本。回到实验室，我试图在液体培养基中重现原始环境，然而连续失败了数次。

这种事情一向不能着急。

最终当我再次得到Spi-213蛋白质的时候，时间又过去了几个月。

大多数的拥有细胞结构的生命，依靠氧化诸如糖类的能源物质来产生能量，驱动ATP（三磷酸腺苷）的形成。但我过去所研究的细菌名为S-脂肪酸杆菌，其维持代谢活动的方式完全不同。作为互养菌，在无氧的情况下它会主动还原分解脂肪酸和苯甲酸盐，消耗ATP。这一看似自杀的行为并不会饿死细菌。S-脂肪酸杆菌的厌氧代谢产物能够被一种脱硫弧菌直接利用，而作为交换，脱硫弧菌会将自己的ATP分享出去。这些ATP的能量远远高于S-脂肪酸杆菌的先期消耗，二者相互依靠，各取所需，因而可以共生共存。

前任负责人分离菌株的失败，让我发觉到“貔貅”的生存形式比S-脂肪酸杆菌还要极端，它是完全异养生命，在任何情况下都无法独立生存下去，必须依靠合作。

既然不能直接找到它，那我就先确定它的伙伴。

通过调整液体培养基的pH值，增减硫化物、硫酸盐的含量，可以人为抑制某种细菌的繁殖，完成筛选的目的。当然，这种调整可能会直接杀死“貔貅”，但更希望得到的结果是，我杀死了它的合作伙伴，从而饿死了“貔貅”。需要变化的条件很多，针对每一种情况都要进行分析检查，经过反复筛选，我应该能够得到单一菌株进一步研究。

这个过程我重复了无数次。直到很久之后的某一天，我找来了徐光，展示了一份基因检测报告。

“找到了？”他潦草翻阅后点上一根烟，指着报告上的测序结果问我道，“这是什么？”

“‘貔貅’的伙伴，一种脱硫弧菌。我不太喜欢用寄主这个词，它们实际构成了共生关系……”

“那为什么不把它剔除？”

“它们是……”

“你考虑过效率问题吗？”他似乎有些不耐烦，“我们需要简化，就像粗矿变成精矿。你测试过这组细菌对稀土原矿的转化效率没有？”

我摇了摇头。实验还远未进入应用阶段。

“脱硫弧菌并不具备置换稀土元素离子的能力，”徐光掐灭烟头，“考虑到无氧环境，我们必须从外界补充蛋白质，这样就浪费了将近一半的资源。”

“可是分离的话，‘貔貅’不可能活下来。”

“这我并不否认。不过，你不是以前做过基因重组的工作吗？现在无非是一样的情况。”

“我……我之前失败过。”

“现在我们的需求是这样。既然脱硫弧菌会浪费资源，你就必须把它拿掉。研发中心实验室提供的资源比你们学校更多，你现在的经验也更丰富。我……我们对你有信心，不要辜负期望。”徐光敲敲桌子，“至于资源，我们自然是会支持的。记住，我们要的是结果。”

植入基因片段，让“貔貅”独立吗？

我恍惚记起来，大学选择学习生物专业时，就是冲着“生命工程师”的头衔。为什么现在反而畏缩了？

我没有找到理由。

四

“为什么？”

十岁那年，曾经有个男生这样问我。面对这个问题，那时的我同样没有找到理由。

面前的男生是班上的小霸王，那不是他第一次将我挑为欺负的目标。我想要离开，但背后却被另一个人顶住。我自知力量不抵，没敢动。这时眼前的男生忽然伸手，猛地拽下了我的平安符，我伸手争抢，却被人死死拉住。

男生拎着红绳，在我眼前转了转：“这是什么？”

“平安符，里面是貔貅……”

“貔貅？哈哈哈哈！喂，我看你就是没屁眼的吧！你个只吃不拉的貔貅！哈哈哈哈！”

“还我！我姥姥说过，貔貅是生财的！”

“生财？”男生甩手一扔，平安符随之飞了出去，“喂，你还没回答我呢，为什么不借我点钱啊？为什么？说话啊！聋啦？搜！”

我全力扭动，但双手被人从后面反剪，动弹不得。男生从口袋里翻出我仅剩的零花钱，对数额并不满意，抬头瞪了我一眼，坏笑一下，瞬间拉下了我的裤子。

“快看啊！红内裤耶！还有花纹哪！和个女生一样啊，哈哈哈哈！”

那是我第一次发现，当坏事发生时闭上眼睛，听觉其实会敏感许多。

我没有把这件事告诉过任何人，包括爸妈，包括姥姥。

第二天我去找那个平安符，可它已经不在那里了。无所谓，反正我也不打算戴了。

我记不清姥姥后来是什么时候问起平安符的下落，也许是第二天晚上，也许是一个月后。我骗她说，自己大概是走在路上弄丢了，也不知道丢在了哪儿。姥姥也许猜到了什么，但她没说任何话，只是在家里的香炉前多上了几炷香，念叨了些保佑顺利的话。

之后，就到了春节。

按姥姥的规矩，大年初一小辈要先给长辈拜年，才有资格领到压岁钱。而这拜年并不只是简单的陪老人聊聊天，一起吃个饭之类的。姥姥和姥爷会端正地坐在太师椅上，面前铺着两块毛巾大小的红毯。我要依次在姥姥和姥爷面前跪下，正经地磕上三个响头，再说些春节快乐的吉祥话。老人满意了，我才能拿到包好的红包。

这一习俗年年如此，直至那一年。

我说什么也不肯跪下。姥姥向我招手，我却一个劲地往我妈身后躲。姥爷说算了吧，但姥姥仍然要我跪下，两人吵得不可开交。我爸把我拉到没人的房间，轻声问我为什么，我察觉自己的行为似乎让他没有面子，而我又不能质问他，为什么接受过高等教育，还偏要我做这种荒谬的事。我只是依旧摇头，说我不愿意跪，哪怕不要这压岁钱。

我爸什么也没说。或许他已心知肚明。他没有再逼我，只是让我休息一会儿，多喝点水。我爸走后，姥姥独自进了房间。我没敢看她的眼睛。

姥姥摸着我的头，沉默了很久。然后，她对我说："长大了，不磕头就不磕头吧，可压岁钱还是要照样给的。"

我忍住眼泪，莫名地感到委屈，却没有作声。

"头发有点长了，过了正月剪短点啊。"最后离开时，她这样说。

五

对"貔貅"的改造始终没有进展。

这并不是因为我对基因改造有所犹豫，这是我的工作，而且这与千万年来不停进行的自然选择没有本质区别。当然反对的人会说，至少自然选择是静态平稳的，可以预测的。

然而他们错了。

没有人能够预测未来，最多是有限的推论。

这也许才是研究停滞的原因。

针对"貔貅"菌株，植入的基因片段很好地得到了表达，这与过去我所能做的相比已经是了不起的成就。但就像我说的，没有人能够预测未来。

“貔貅”是一种羧酸杆菌，在改造之前与脱硫弧菌构成了互养关系。当我把一部分脱硫弧菌的基因片段整合到“貔貅”上的时候，它的细胞器能够生产出所需要的蛋白质，促使其通过氧化硫化物及羧酸盐来获得能量——后者正是“貔貅”置换稀土矿中的元素时所产生的代谢产物。

但改造后的“貔貅”，却无论如何也检测不到Spi-213蛋白质的存在了。

我最初认为是植入基因的时候切断了相关片段，影响了表达。然而更换了几种酶之后，“貔貅”依旧没有恢复生产Spi-213的迹象。这要如何解释？难道整段质粒都控制了代谢过程？

我试着保留羧酸杆菌体内原始的遗传物质，再把脱硫弧菌的基因作为独立的片段植入。结果还是一样。它能够分解硫化物，但是不会置换稀土元素。颠倒过来亦是如此。

项目卡住的时间越来越长。徐光没有责怪过什么，只是来研发中心询问的次数越来越频繁。表面看起来，婺州稀土看起来还和以前一样风光，但在公司内部，冶金开发方向的负增长已经是不争的事实，超过半数的盈利都是依靠投资带来的。同事间开始流传起明年或许就会开始往下砍掉一些人，甚至关停几家矿场和公司的说法。人心惶惶。

尽管研发中心相对安全一些，流言风声还是日益趋紧。考虑再三后，我决定先把提纯后的羧酸杆菌和脱硫弧菌混合液交给徐光，进行实地测试。

菌液发挥了作用。能够亲眼看见稀土矿石被逐渐瓦解令我十分激动。然而对浸出液的回收分析显示，转化效率还达不到生产标准。没有工业价值，也就没有存在的意义。

之后很长的时间里，我陷入了没有尽头的焦躁。不断回顾实验笔记，明知徒劳却仍不断调整液体培养基的成分，重复实验过程，希望能提高转化效率。然而讽刺的是，大量数据表明，之前我交给徐光的试样已经是最优比例，想要再高，就只能在保证Spi-213蛋白质活性的情况下降低pH值，但如果真的这么做，菌株就会解体。

换句话说，杀鸡取卵。

与此同时，实验室里长期积聚的压力最终还是被引爆了，那天徐光未打招呼就进了实验室，正好撞见我在网上更新简历。愤怒的他抬手便把电脑摔到地上，一边痛斥我的无能，公司白白浪费了那么多金钱，一边却催我尽早拿出升级版的“貔貅”菌株。

我向他坦白简历的事只是一时想歪，自己并非真的想要离开。可是升级菌株的确还需要更多的时间。

“时间……时间！我们现在最缺的就是时间！”徐光气急败坏，“非要把你赶出公司才会主动想办法吗？不逼你你就不会动是不是！”

“等……等等……”

“等什么等！”徐光摔门而出，差点将玻璃震碎。

我的思绪忽然澄明了。

Spi-213的生存依靠的实际是两种菌株的互养关系，你中有我，我中有你。任何一种打破其均衡状态的方式，都会破坏这种关系，导致菌株之间合作瓦解。对于生存在极端环境中的生命，抛弃低效的、浪费能量的生理功能实乃常态。当羧酸杆菌能够独立依靠氧化能源物质获得能量的时候，就会本能地放弃相对不划算的、单纯耗能的代谢过程，即我们想要的置换稀土元素。

这是一种本能。

来不及收拾电脑，我抓过马克笔就往窗户上写。

既然目标是提升“貔貅”的转化效率，那就是希望在细菌还能维持生命活性的同时增加产出Spi-213的绝对含量。Spi-213是互养关系的标志，两种菌株合作越好，Spi-213含量越高。因此，唯一的办法就是逼迫它们进入真正的绝境。只有如此，才能强化二者的合作。

减法，而不是加法。

我开始设计新的实验，新的策略，直到天色昏暗难以看清。第二天早上，实验室全力运转。

结果很快就出来了。经过剪切剔除部分基因片段的脱硫弧菌再也无法直接利用液体培养基中的营养物质，而羧酸杆菌想要存活下来，就必须先把原矿中的稀土元素置换为羧酸盐产物，交给脱硫弧菌换取ATP，将稀土元素处理成硫酸盐。为了保证自己获得足够的能量，羧酸杆菌必须增加自己的优势，由此，Spi-213含量大幅提高。

然而令我没有想到的是，在电镜下，它们并没有简单地交换作为中间物质的羧酸盐。羧酸杆菌与脱硫弧菌的菌体相互接近、融合，竟然成为了一个整体，通过交换细胞质的方式直接交换羧酸盐、营养物质，甚至是细胞器。

这才是真正的“貔貅”。

我出神地看着这近乎奇迹一般的画面，直到黄昏已至、光线昏暗下来。我打开灯，呆坐在椅子上，逐渐意识到发生了什么。

我创造了一种独立运转的、全新的生命。

而它活着的唯一的目的，就是把矿石里的稀土挖出来。

忽然间，我感到前所未有的沮丧。

我为它感到惋惜与悲伤，然而命运的齿轮已经开始转动了。

徐光看到了“貔貅”的报告，立刻展开实地测试。但当研究人员将第一批液体试样倒在实验渗滤池中的矿石上时，我并不在现场。我不需要在场，就像他们要求的那样。我还知道测试结束的时候，从矿石中浸出的液体将会流入收集池，在那里，含有稀土元素和“貔貅”的混合液，会加入包括盐酸在内的混合试剂，等待进一步提取处理。

在我的想象中，那是猩红色的。

测试结束后的第二天，我向徐光递交了辞职信。

六

因为升学的关系，初中后我便不再住在姥姥家。很长一段时间，我都没再见过貔貅。

新学校里，我所遇见的每一个同学都没有古怪的平安符。我很高兴能和其他人一样。

至少表面上是这样。

初二那年春天，我的身体忽然有些不舒服。最初我以为是一般的感冒，那时禽流感疫情已经过去，我的爸妈没有太重视，结果让病毒有了可乘之机，很快便诱发了支气管炎，并且存在演化为肺炎的可能。高烧昏迷之后，我被紧急送往了医院。

清醒过来的时候，只有我妈在床边看护。她告诉我已经和学校请了假，这几天可以放心休息。我心不在焉地应了几声，眼角余光注意到床头放着一盘切好的水果。

“姥姥来过了，非要待一会儿，一定要等医生说你没事儿了才走。”

出院后第二天，我就被叫去了姥姥家。

一进门，温热又刺激的气味就顺着鼻腔顶了上来。是中药。

“姥姥？”我皱眉，顺着味道摸进厨房。炉灶上的砂锅里咕嘟嘟地炖着东西，一旁的菜板上，厚厚的铺着一层不知道是什么的植物茎叶。姥姥拿着菜刀“咚咚咚咚”地剁着。

“蛤蟆草。”她解释道，“我跟人打听了，这个东西治气管炎，清热解毒的。你从小时候肺就不好，这个东西刚刚好。”

“姥姥，我已经好了，没事了。”

“我说好就是好，还能害你不成？我费多大劲找来这么一把。”姥姥说着关了火，撇去上层的药末，舀了一小碗颜色浓重的药汤。

我告诉她，我没吃过中药。我受不了那味道，而且这根本就不科学。

“胡说八道！什么科学不科学的……多少年老祖宗流传下来的东西，为什么不信？有的人在医院治不好，自己喝中药，最后把病根给除了。喝。”

我接过碗，一小截深褐色的草梗正在里面打转，“能不能加点糖？”

“不能放糖，那就不好了。快点，就得趁热喝。”

姥姥板着脸，似乎随时都可能动气的样子。我没办法，只好捏着鼻子，梗着脖子把药汤灌了下去。苦得要命。舌头一个劲地发麻，连带后脖颈上的汗毛也纷纷立起。姥姥却露出满意的表情，在围裙上擦了下手，继续剁那些蛤蟆草。

回家之前，我又喝了两碗。并不比第一碗的感觉更好。

当天晚上，我便热得冒汗，浑身上下每一个毛孔都仿佛招惹了蚂蚁，不断地瘙痒。我感到四肢绵软无力，皮肤敏感了两三倍，任何轻微的动作都令大脑神经中枢泛起难以描述的涟漪，甚至让我忘记了逐渐发紧发干的喉咙。

之后，我就因为急性过敏引发的荨麻疹被送到了医院。

后来我跟我妈说起过喝中药的事。不知道是她的要求，还是姥姥自己的决定，我再去姥姥家的时候，那些蛤蟆草已经不见了。

不过，在原先摆放香炉的地方，多了一个小小的红色神龛，据说是从有名的道士那里请来的，可以趋利辟邪。

神龛供着的，是一只黑曜石貔貅。

七

再次见到“貔貅”，是徐光把我从山沟里挖出来之后。

离开婺州后，我回家住了半年多，日子舒适且煎熬。直到有一天，我在网上读到了山区缺少支教老师的新闻。评论里不少人说这就是个吃力不讨好的差事，但我还是去了。

这一去，就是两年多。

我承认，中途不是没有产生过放弃的念头。然而每当我看到那里的孩子还吃着寡淡的汤水，留守的老人却拿着钱去找乡野游医算命、买些毒性甚大的中药回家熬着吃，我就决定一定要改变一些东西。

徐光来的时候，学校的土场正尘土飞扬，昔日的土地庙正被改建成一间开水房，工人是从镇子上请的，不少乡民在施工现场外指手画脚。我把徐光带进简陋的办公室，给他倒了一杯水。

“我们希望你能回来。”徐光看着水面上的浮沫，咂了咂嘴。

“这里，我的工作还没做完。”我低下头，看着自己粗糙的掌心。

“两年……”徐光看着窗外，荒山野岭一如既往，“就算再久一些，你又能留下什么？”

我没有回答。

徐光拿出平板电脑，在屏幕上滑了几下后交给了我。那是一份简报，我无法拒绝，只好快速翻看下去，却不料速度越来越慢，最后定格在一张照片上。

“‘貔貅’需要你。”徐光点了根烟。

“你们……把它怎么了？”

“一些小改动，它们现在已经是有性繁殖了，当然，问题还是有的。不过这一次，你甚至不用进实验室，只是做顾问。”

“不用跟你们的老总再见面了吗？”我把平板电脑递还给他，心底久违地躁动着。

“这不是已经见过了吗？”徐光站起身。窗外，土地庙伴随着工人们的口号声轰然倾倒，乡民中则喊出了第一声不满。

“说起来，我们打算给你的报酬，可以把这儿翻修二十遍。如果……你真的还想回来的话。”

无论从哪个方面看，他的提议都相当有诱惑力。

我不在的这段时间里，“貔貅”的应用推广，让婺州稀土矿业不仅成为生产创新典型，也一举跃居为全国范围内的冶金龙头企业，政府更是专门为之批下了一块产业园区。然而随着一系列环保政策的出台，尤其是针对矿业发展的规范性文件的下达，破坏性开采的成本直线飙升。

徐光找到我的时候，传统矿业正面临着第二次寒冬。

返回婺州的路上，我把研发中心简报仔细读了一遍，权当预习工作。生物技术的发展比我想象中要快得多，植入基因成功表达的概率提高了不少。就连实验室采用的生物嵌造技术，也在无脊椎动物身上获得了质的突破。

尽管如此，当我见到新一代的“貔貅”时，还是没有控制住自己的惊讶之情。

培育箱内，十余只生物正在缓缓蠕动，就像变异的蜗牛，身体不分环节，通过肌肉的收缩扩张运动，背部和尾部则环绕着钻头一样的螺旋形背壳。

“公司希望‘貔貅’能够具有活动性，”继任的实验室负责人介绍道，“矿坑修复的环保税太贵了。”

“你们所做的可超越细菌太多了。”

“虽然看起来很厉害，但是这一代‘貔貅’对稀土矿石的基本代谢过程，与您对羧酸杆菌与脱硫弧菌的设计没有本质的不同。事实上，在‘貔貅’的体内，就包含着这两种菌株的遗传信息。”

“那是怎么回事？”我注意到它们的背壳在灯下竟泛起了彩虹色的光。

“因为开采团队那边希望以更容易收集的方式固结稀土元素，所以我们调整了‘貔貅’的代谢形式。如今它们的头部会分泌酸性黏液，将目标矿石侵蚀至可食用的粒级。随后在消化道，稀土元素会被置换成羧酸盐进入血液，逐渐向外分泌，与空气中的二氧化碳发生作用，最终生成碳酸盐的外壳。”

培养箱里，蠕动着的“貔貅”活跃程度似乎与背壳大小成负相关：“有生长极限吗？”

“这就是徐总的点子了，”实验室负责人微微一笑，“背壳生长到最大的时候，会堵塞住排泄通道。体内废物迅速积攒，将会令它们的器官迅速衰竭死亡。这样一来，我们只要回收背壳就行了。就像摘蘑菇。”

“就像‘貔貅’……”

“这就是真正的‘貔貅’。”

什么？我轻轻摇头。这真是荒谬。“既然如此，那问题在哪儿？”

实验室负责人把我带到标本柜前，里面陈列着一系列大小不一的背壳标本，最大的接近五厘米。

“知道非洲的玛瑙螺吗？按照设计，‘貔貅’的壳最大应该能长到十五厘米。”

“那为什么没有实现？环境原因吗？”我问。

“你算问到点子上了。”实验室负责人说，“根据检测报告，‘貔貅’是被自己毒死的。”

八

高考前的那一天，我的姥爷走了。

由于高中是寄宿制，我又正处在时间最紧张的阶段。直到全部考试结束，我爸才告诉了我这个消息。

至于我妈，早已被彻底击垮了。

回想起来，我与姥爷的关系并没有那么亲密，如今这么多年过去，在我记忆里印象最深的仍是那个硕大的书柜，里面满满的都是以前保留下来的旧书。我妈妈，还有我最早的知识启蒙都来源于此。我还记得自己生命里阅读的第一本书，就是从书柜中找到的20世纪80年代出版的生物医学科普书《从列文虎克到盘尼西林》。

姥爷和姥姥大概是在我刚上高中那年分居的。在那之前，家里其实并没有出现太多征兆。不过就姥爷自己所说，他的生活方式早已和姥姥渐行渐远。姥姥迷上佛教，在家播放诵经的录音，转经烧香，烟雾缭绕，姥爷连片刻安宁也得不到。过不到一起。与其每天争吵或冷战，还不如搬出去，图个清静。

从家里搬出去后，每隔一个周末，我们便会瞒着姥姥去探望姥爷。分居后，他过得似乎还不错，客厅书房整洁规矩，只是厨房缺乏打理有些杂乱无章。我曾问过姥爷，为什么非要分居，为什么非是现在。姥爷沉默片刻后告诉我："只要能按自己的想法活，什么时候都不算晚。"

姥爷去世后，我从我爸那里旁敲侧击，得知他竟是因服用灭鼠药而去世的。那药混在白粥里，而药粉的袋子放在厨房，和调味料很近。没人知道那究竟是意外还是早有计划。

那几天，我妈一直把自己关在房间里，拒绝见人。我想要支持安慰她，可是能做的，只是静静地坐在她身边，一言不发。我和我爸都认为这是短时间的问题，度过这一段就好了。事实的确如此，尽管艰难。

然而这段时间里，姥姥依旧每天转经烧香。

一如平常，仿佛什么都没发生过。

姥爷没有留下遗书，这不可避免地让我胡思乱想，这一切是否与姥姥有关。姥姥从不识字，姥爷却算是半个大学生，他们当年是怎么认识的？又是怎么走到一起的？

我对那个年代一无所知。我对他们的生活一无所知。

大约一个月后，成绩出来的那天，恰巧也是姥爷的尾七。

我陪着我妈去了姥姥家，还没进门就听到了怪异的声响。推开门，一个打扮齐全的道士正在舞剑念经，在他身后，另一个年轻道士配合地一边摇铃，一边播放着老旧的卡带。

“去，”姥姥把一叠黄纸递给我，两根细香夹在里面，露出半寸左右，“给姥爷烧上，送一程。”

我被推搡着，一不留神跪倒在灵位与骨灰盒前，眼前的砂锅中尽是灰烬。我妈点上火后，我把手里的东西都扔了进去。

火焰席卷表面，散发出硫黄独有的味道。热气烤得我脸上发烫。

仪式整整持续了一个下午。姥姥一直在向年轻道士打探些什么，自始至终，她都没有掉过一滴眼泪。

我也没有。

仪式一结束，我就开始打扫屋子。姥爷从不喜欢家里被搞成这个样子。

姥姥一看便握住笤帚：“哎，别扫，人家道长说了至少再过一天，让阴气排尽再清理。”

“封建迷信……”我低声说。

“什么？”

“我说你封建迷信！”我冲姥姥吼道。

姥姥的手没有松开，脸上露出惊诧的神色，反而攥得更紧了。

我妈开口劝我道：“听话，别跟姥姥犟。懂不懂点规矩？”

我瞪着她，想要说点什么出来，却终归没有开口。我松开了笤帚，转身就走。

“你去哪儿？”我妈吼道。

“回家！”我以同样大的音量回应，并装作不小心的样子，狠狠撞了神龛一下。

黑曜石貔貅翻滚着摔到地上，断成两截，头颅咕噜滚到门边。门后面，还有罩着棉布、尚未下锅的饺子。

我没有回头。

九

更详细的毒理检测报告出来了。实验室负责人说得没错，“貔貅”的确在杀死自己。消化矿石粉末的过程中，以Spi-213蛋白质为主要酶介质的消化液发挥了主要作用，但在置换稀土元素的同时，原本相对稳定的磷酸根离子受到酸性环境的影响，与消化液中的其他成分作用，生成的外毒素破坏了“貔貅”原始的免疫系统，从而引发组织器官衰竭。

包括实验室负责人在内，都不明白这种外毒素为什么会产生。这不是他们的设计。

“就像背壳，”他这样告诉我，“我们没设计螺旋线，它是自己长出来的。说实话，能让壳长出来我们就很满意了……”

这种状态似曾相识。

我阅读了实验室的所有资料，徐光找到我之前，他们已经设计了不少方案，都是试图在基因层面干涉外毒素的形成过程。然而结果并不乐观，试验样本要么无法吸收稀土元素，要么会被新的毒素更快地杀死。在个别案例中，实验样本体内甚至缺失了整条消化道，出生后仅仅挣扎了几个小时就被活活饿死。

徐光曾对我说，这件事非我不可是出于两个原因。其一在于我熟悉“貔貅”最基础的化学过程，而新一代“貔貅”就是建立在我过去的研究成果上的；其二在于，我没有参与过具体的设计工作，能够以不同的视角看待问题。

“什么样的视角？”

当时徐光并没有回答，但我逐渐领会了他的意思。

我让实验室暂停了所有的基因方向的工作，从零开始对“貔貅”重新进行客观性考察，从生理过程到行为模式。同时，我安排了一支特别小组，回到矿坑进行重新采样。

实验室负责人对此颇为不满，并且鼓动同事以浪费时间为由拒绝参与。徐光听到消息后把我叫去了办公室，听完解释，徐光同意了我的想法，并要求实验室里所有人服从安排，否则直接走人。

实验室里从此变得安静了许多，我也有了更多的时间一个人观察“貔貅”。如此简单的基因片段可以影响复杂而宏观的行为特征，这真令人着迷。

举例而言，“貔貅”生存所需的能量来源于矿石中稀土元素的转化，由于原矿品位较低，又缺乏必要的基本元素，因此需要额外补充碳源和氮源。实验室原本想让“貔貅”能够食用一些简单的植物，但徐光认为封闭式饲养才是应该发展的方向，这也就意味着要人工投喂“貔貅”能够消化的食物蛋白。设计过程中，实验室负责人实施了一个想法——在“貔貅”

的感光细胞中添加新的基因片段。

“貔貅”没有完整的彩色视觉，只具有初级的感光能力。新植入的基因得到表达后，会令感光细胞对特定频率的光线产生敏感性刺激。这种刺激反馈到神经中枢，会驱使“貔貅”产生快感，自觉向光源移动。这样一来，只需要在光源下投喂食物即可。

这一小小的改变无意间诱发了“貔貅”原始的社会性行为。对光更敏感的“貔貅”能够更早发现食物投喂，率先采取行动，同时释放某种信息素告知其他同伴，作为补偿，在稀土元素更富集的区域，“貔貅”群体也会让其优先进食。就像大猩猩和海象。

我坐在培育箱前的时间越来越长，每一天，我都会得到新的信息。渐渐地，我发现自己开始理解“貔貅”。

但奇怪的是，回到婺州之后的这段时间，我也开始间断性地做同一个梦。梦中我与姥姥相对而坐，默默地对视。姥姥的脸上散发着某种古怪而又令人安定的气场，让我仿佛回到了小时候。有时从床上醒来，我都忘了如今何年何月，怔怔地计算自己有多久没回家过了。

随着客观性考察告一段落，特别小组取回了我所需要的样本。实验室全体会议上，我正式提出了我的方案——单纯的基因改造没有发挥作用，原因在于外毒素的形成过程与稀土元素的转化有着不可分割的关联，而后者是“貔貅”项目之所以存在的唯一核心。

实验室负责人提出异议，认为没有什么是基因改造解决不了的，然而我向他指出，只要找不出能够替代Spi-213的替代蛋白质，那这些讨论就都没有意义。

“那你所谓的特别小组找到了吗？”

“没有。”我大方承认，不过这也并不是我原本的目的。我把“貔貅”的客观考察报告发至每个人的手中：“你们的作品很完美，这一点大家要有信心。但是现在，大家需要把‘貔貅’看作一种全新的生物。而这种生物患了严重的疾病，我们要想办法治好它。”

说完之后，我便退到一旁，由特别小组解释他们的发现。

有一种生存在高磷酸盐浓度下的梭菌，它能够制造一种被命名为Nwa-019的蛋白质，Nwa-019能够与铁离子共同锁定磷酸根离子，并以大分子物质的形式排出细胞质外。

“我们要把它的基因找出来，然后放进‘貔貅’？”实验室负责人问。

“不。把它看作是治疗方案，而不是蛋白质加工厂。”小组的领队说，“我们要修改的是梭菌，让它能够生活在‘貔貅’的体内。也就是说，我们要创建一种……”

……共生关系。

没来由地，我忽然想起了小时候曾经戴过的平安符。

十

当年填报志愿，我的分数不算很高。我妈坚持认为要去学数学、金融相关的专业，可那并不是我想要的。我们反复争执了很久。直到截止日期前的最后一夜，我们才终于达成了共识。

“你为什么一定要学生物？”

我看着她疲惫的表情，不知如何回答。这是我的兴趣，没错。但除此之外，它对我还有更重要的意义……我的脑海中控制不住地循环着从小长大从姥姥口中听到的那些所谓传统的话，想到那年自己喝下中药遭遇的种种折磨。我想证明，她错了。

报到那天早上，在我的枕边，多了一个树脂镶嵌的镀金挂符，里面的貔貅如此眼熟。

“知道你要去外面上学，姥姥给你求的。你要是不想戴，可以挂书包上，或者挂钥匙链上。”我爸瞥着我妈的脸色，轻声解释道，“要么，你就放家里好了。”

我把它扔进了书包。

我知道，自己心里的某个角落还是责怪着她，或者……是责怪自己没能早点做些什么。

虽然后来我还是跟姥姥和解了，然而从姥爷去世算起，有五年的时间，我没跟她说过一句话。在这五年之中，逢年过节，我还是会跟着爸妈去看望姥姥。姥姥的话变少了，跟爸妈聊天的时候，只是询问他们的身体，不敢打听我的近况。

再后来，我妈告诉我，姥姥又开始信中医，并且痴迷起街头兜售的各种保健品。

“这样胡乱花钱，终归不是办法，万一吃出问题来，得不偿失。”我妈为难地说，“真要劝，我们也劝不动。”

我花了一周时间，整理了姥姥迄今为止买过的所有东西的资料，辅以各种科学事实、数据、图表和新闻报道。

端午假期的时候，我把这些资料带了回去，全部铺开在姥姥面前，希望这样可以奏效。然而看到她迷惑的眼神时，我才记起来，她并不认识这上面的文字。即便认识，也无法理解图表、数据后面的真实含义。

她努力辨识着，干燥萎缩的手指有些颤抖地挪动。她一直都在衰老，只是我从没意识到。

我坐到她身边，从最基础的部分一点点讲给她听。这花了很长时间。她一句话也不说，我猜不出她心里在想些什么。

临近讲完的时候，我停下来喝了口水。姥姥突然问了一句：“我给你求的符呢？”我愣了一下，没有回答。然后，她又自顾自似的念叨：“那是貔貅，老人一直口里传下来的，招财进宝。都是管用的……管用的……”

“貔貅最早是在《史记》里正式出现的，那时候人都认为只是跟老虎、豹子一样的野兽，跟招财进宝一点关系也没有。”我不屑地告诉她，“你再看这张图，上面说……”

剩下的时间里，姥姥保持着安静，一直没有搭话。或许是我的错觉，但似乎当我说完那句关于貔貅的话后，她的身上有某种东西消失了。那个我所熟悉的姥姥不见了，眼前只剩下了一个普通的、无助的老人。

“所以，”她最后说，“我反正不买了就对了。”

“嗯。”我说，“把钱省下来，多锻炼，每隔半年去医院检查检查，比什么都好。”

“好……”姥姥按着膝盖用力站起来，“听你的。还是你出息了啊。”

我应和着，脑海中却开始想象那个遗失已久的平安符的模样。灰尘下面的貔貅黯淡无光，像是在向我预示着什么。

十一

我没有成功。

特别小组找回的样本中，能够产生Nwa-019的梭菌与“貔貅”相互排斥，更不用说在消化道长期驻扎下去。但我相信方向是正确的。

实验室负责人提出修改梭菌的基因片段，让它能够适应“貔貅”的体内环境。我认可了他的想法，事实证明，他是正确的。梭菌植入成功的晚上，我们还开了阶段性庆功派对。

徐光调侃我没有找个房间把自己关起来改简历。我开玩笑地告诉他，可能自己只是变老了。

九个月之后，首批经过梭菌治疗的“貔貅”样本抵达了生命的尽头。研究人员从培育箱中取出皮肤发黑的貔貅，僵硬的身体被拿去进行解剖检查，而背壳则将接受光谱检查和质量分析。

在那之前，迫不及待的实验室负责人已经对背壳的尺寸进行了统计。平均长度在十四点五厘米左右，最大的长到了十八厘米。这是个吉利数。

半个月后，最新一代“貔貅”投入实际生产。婺州稀土集团联络地方媒体，特别为此召开了发布会。这也是“貔貅”第一次以真面目出现在大众视野之中。反对基因改造的声音没有想象中那么大。话说回来，我也并不在乎。

新闻播出那天，我给家里发了个微信，我妈回复了一个“棒”的表情。再后来，我们语音聊了会儿天，我没有告诉他们自己在“貔貅”投产后又陷入了频繁失眠的状态，那些关于姥姥的梦，也不再出现。

睡不着的时候，我会一个人待在实验室，看着培育箱里的“貔貅”缓缓爬行，拖着沉重的背壳，在矿石表面留下侵蚀的痕迹，直到太阳再次升起。

实验成功了，我劝解自己，不要这么心神不宁。

直到有一天，我拿到了“貔貅”的宣传草案，封面写着，“‘貔貅’的基因组合均享有婺州稀土矿业集团专利保护”。多年以来被错过的关键问题如闪电般在我脑海中亮起——草案里没有提到繁育的信息。

我仿佛明白了什么，急忙找到最新的一批繁育编号，随后找来了实验室负责人。

“为什么所有的‘貔貅’都只有三代？第四代发生了什么？”

“什么第四代？”实验室负责人皱眉道。

随后我得知，当初徐光的确设想过有性繁殖的“貔貅”，然而后续的开发过程中，这一点在宣传上的意义远大于实际价值。在我回到婺州之前，大多数“貔貅”根本无法繁殖那么多代，而徐光认为这恰好对防止私自育种有利。

“如果他们想要，就只能从这里买。”实验室负责人耸了耸肩。

“那实验室里的对照组呢？为什么也没有它们的第四代繁育记录？”

“那是因为根本没有第四代出生啊，”他的表情有些诧异，“我以为你知道的，每一代的交配频率都在下降，到了第三代，就已经没有繁育的成功案例了。至于那些梭菌治疗之前的样本，随着外毒素逐渐累积，连第二代都基本活不下来。”

“你是想告诉我，‘貔貅’都成了性无能吗？”

“要么是性无能，要么就死得早。但这正好，不是吗？公司利益最重要。说实话，我还以为徐总早就告诉你了呢。”

我没有去找徐光。

通过“貔貅”繁育组的实验员，我得到了最原始的记录，与后来的解剖报告对比后，我注意到Nwa-019的浓度与交配频率恰好呈负相关。这是为什么？

我一个人无法解答这些问题，于是找来了特别小组的领队，并请求对此保密。听完我的需求后，他没有多说什么。这让我有些惊讶，赶紧问他还需要些什么。

“一个月的时间吧。”他说。

我很庆幸自己找对了人。一个月后，准确的研究结果出来了。Nwa-019蛋白质的确发挥了自己的作用，然而消除外毒素的同时，也大幅度降低了“貔貅”体内的磷含量，而那恰恰是维持其原始的神经系统工作的重要元素。

分化程度尚低的神经细胞在“貔貅”衰老过程中，会自发产生损伤，而由于磷含量的下降，这一损伤将不可逆转，同时引发持续性的痛觉刺激。伴随着性成熟，这种刺激程度会逐渐加强。尤其当性行为发生的时候，这痛觉会让它们的身体产生被撕裂的幻觉，令它们微小的大脑近乎崩溃，不得不关闭神经细胞。这一行为的副作用，便是无法有效识别其他“貔貅”与环境要素的差异。

这是它们性冷淡的本质。

更糟糕的是，这一反应会随着代际得到强化。乍看之下，这完全背离了自然选择。但对“貔貅”而言，对痛觉不敏感的品种，恰恰也是更加排斥Nwa-019的品种。其平均寿命无法达到性成熟，也就根本没有第三代；而越来越性冷淡的品种，它们反而活得更久，长得更大。到了第三代，它们便彻底无法分辨其他“貔貅”，也就失去了后代。

这一切仅仅是因为Nwa-019能让它活下去。

“有没有办法可以重新打开神经细胞的功能？”

“我已经试过了，”领队报告道，“那样的话，达到性成熟后，‘貔貅’就会进入绝食状态，数天后就会死亡。”

它们宁愿把自己饿死，也不愿意活在疼痛中。

“徐总那天和实验室负责人来实验室了，要我们下个月前整理好所有材料，好让其他部门尽早完成‘貔貅’的商业化生产线，你没有在场……”领队欲言又止，“我只是觉得应该告诉你。”

徐光。他和我签订的合同原本还有几年的时间，但如今项目进展顺利……如果强行与我解约，会给公司带来多少损失？“貔貅”提前上市，带来的效益又有多少？我相信徐光一定比较过这两个数字。

“如果你有什么要做的话，时间不多了。”领队最后说。

十二

读研究生的最后一年，我的姥姥去世了。

那年春天已经有了一些征兆，姥姥的食量减少，体重却没有明显的变化。之后在社区安排的体检中，才发现血液中有些成分不对劲，医生嘱咐去更大的医院看一看。

姥姥没有告诉我的爸妈，继续忙着在外面遛弯闲逛，直到几周之后出了问题才去检查。

我是在电话里得知结果的。结肠癌，晚期。

姥姥因急性腹痛被送往医院，医生发现姥姥的腹水情况严重，果断采取紧急措施，才让病情有所减缓。随后拍片结果显示，导致腹膜破裂的原因是，她的肠道内被大大小小的肿瘤填满。之前的食量减小是因为根本无法消化，也无法正常排便。

医生告诉我妈只能采取保守疗法，禁止进食，清空肠道，同时辅以葡萄糖静脉注射，等身体恢复一些才好进行后续的诊疗，制定治疗方案。但我们都知道，已经没有办法了。

姥姥最后的那段日子，经常坐在医院的大厅里看向窗外，一看就是一整天。我猜不出她到底看的是什么，来往的行人，透过树叶的阳光，抑或是别的什么东西。

再后来，她被接回了家。

我预先买好了车票回去，然而就在答辩前的那天，我妈发给了我一张照片。

我终究还是没有见到她最后一面。

照片上的她，就像成分配错的蜡烛，过早地耗尽了身体的能量，面容枯槁，皮肤紧贴骨骼。

我是如此震惊，以至于竟认不出那就是曾经与我那么亲密的那个人。

我的脑海中抑制不住地回响着我妈的那句话：结肠癌，肠道内都是肿瘤，无法排便。

她是被自己饿死的。

就像貔貅。

十三

我的窗外过去曾是废弃的矿坑，如今是一片绿荫之地，而在可以预见的、不远的时间里，这里将成为改变未来的开端。成批检验合格的“貔貅”将从这里出发，去往那些或被遗忘的地方，完成最终的使命。而这一切，在某种意义上，是由我一手造就。

究竟如何定义生命的目的？而又该由谁来定义？

在山沟里的时候，我曾以为我找到了答案，然而我错了。

我想知道在姥姥的眼里，这个问题的答案又是什么。毕竟，她才是那个更相信貔貅的人。

最初我不明白自己为什么对“貔貅”的第四代不育耿耿于怀，它分明与姥姥口中的那种神兽截然不同。我希望它真正地成为一种全新的、独立的、真正的动物，哪怕它无法被描摹成肩负双翼、虎豹之躯的样子。可是每当我注视着培育箱里的“貔貅”时，真相分明就在我的眼前。

我创造了一种生命，它却和我姥姥一样拥有那痛苦的终点。不，我做不到。

我没有机会再进行新的实验了，实验室很快就会被搬空，留给我的只有那些实验记录，可以被更改的记录。

我可以解决这个问题。也许还有机会。只是，徐光留给我的时间不多了。

Spi-213会产生外毒素，不经处理会令免疫系统灭亡。Nwa-019会导致疼痛，关闭神经细胞的感知功能，导致性冷淡。这是“貔貅”生存下去所要付出的代价。

我曾经把挖矿视为“貔貅”生存的目的，但看着这成堆的实验记录，我意识到挖矿并不是它的目的，而是生存下去的手段。我们设计了这样的方式，让它在维持生命与开采稀土之间获得了妥协。

但这还不够。

我忽然想到了我的姥姥。她出生在我无法想象的艰苦年代，这辈子都在与她日益不理解的世界对抗、和她最亲近又无法理解的人对抗，直到两败俱伤。但让她坚持下来的，却是基于无法用科学解释甚至近乎荒谬的传统。她从不懂得做出妥协，只是选择听从老一辈人的口中流传下来的金玉良言，那些经过自然选择后存活下来的虚构话语。而掩藏在那些话语之中，那只黑曜石貔貅之中的，正是延续数万年的人类本能。哪怕现在的我们已经足够聪明，足够认识到其虚伪与荒诞不经，它们仍将继续流传至终：

生活再艰难，我们依然要繁育下一代。

而这正是“貔貅”所需要的。

爱。

它的生命如此痛苦，我该如何为它植入爱的能力？

我冲进实验室，翻出我所需要的那篇记录，插入新的章节。他们不会发现，下一代的“貔貅”的卵壳，不，是从受精卵成型开始，“貔貅”就会发出肉眼不可见的微弱荧光，直至幼年期结束。每一只“貔貅”体内，针对这一频率的光敏细胞会发生微妙的变化。

还有，“貔貅”不再能关闭疼痛的神经细胞，那是因噎废食的自尽手段。“貔貅”必须感受到其他同类，哪怕那再痛苦。至少，它们能够重新感受到繁育带来的意义——那是一缕黑暗中的曙光。

我没有完全的把握，只能怀有希望。

我希望。

也许给予足够的时间，它们终究能够寻找到合适的基因片段，取代Spi-213与Nwa-019，这些曾经带给它们无数代痛苦，却让它们能够生存下去的东西。但在那一刻到来之前，它们会用尽全力，繁育那些幼小的个体，会为了看到那一刻的美好，忍耐所有来自这个世界的苦难与恶意。

这些微不足道的“貔貅”，将把这信念代代传承。

一句很久没有想起的话轻轻地在脑海中滑过，我发现自己流了泪。那是一个许久之前就应下的，却永远也兑现不了的承诺。

外 篇

一

被阿爸从床上拎起来的时候，外面日头还未升起。十三岁的阿布恍了下神，想起今天是进山的日子。

阿布赤脚爬上小卡车，安静地把自己放在座椅里。车是阿爸跟县城的二手车商买来的，花了不少钱。买回来的时候阿妈问阿爸，是不是真的不再出去打工了，阿爸说是。那天晚上，阿妈喝了不少米酒。阿布看得出来，她很高兴。

阿爸站在屋外，倚着门框点了一根烟。阿妈不喜欢烟味，阿爸用力吸了几口，那烟发出红红的光亮，就只剩下烟屁股了。见到阿妈从厨房过来，他把烟一丢，大手在衣服上擦了擦，接过一个竹盒。那里面是两个人一天的伙食。隔了老远，阿布听不清他们在说些什么，只看见阿爸点点头，便转回身来。

阿爸拉开车门，把竹盒丢给阿布，钥匙试了两次，点着了发动机。

“系好安全带。”阿爸说，接着开始倒车。

阿布赶紧拉下安全带，怯怯地瞥了阿爸一眼。还好，阿爸没有生气。

小卡车发出“嘀嘀”的声音，向后退了两三米，排气管“嘭嘭”两声，便驶上了小土路。

二

阿布知道，他们要猎的动物叫貔貅。

年长一点的小伙伴告诉过他，貔貅凶神恶煞的，身上背着一个钻头似的螺壳。平时就在土里钻来钻去，呼哧呼哧地。上个月初，村口陷下去了一个小天坑，就是它们挖出来的。

“你怎么知道的呢？”他问。

“我在县城见过哩，光那个壳就好大好大呢，比你个头都大。如果它爬到地面来，你千万不要阻着它的路，它眼睛不好使，看不着你，会把你压扁的。”

阿布眨眨眼睛，想象那貔貅的样子。阿妈从不让他上山，也许就是这个原因。

“就是肉不好吃，像鼻涕。”小伙伴补充道，随后就跑往别处玩去了。

其实更早之前，阿布就听说，县城有人收貔貅的壳。传说那壳比黄金还要值钱，许多人就被这话引进了山。头两年的时候，貔貅特别好猎，傻得很，就像摘蘑菇一样。碰到大一点的就送去卖掉，换两件金首饰，小的干脆当个摆设，或者直接扔掉。

有的猎户胆子大，愿意往深山里头走，猎到很大的貔貅，壳得砸碎了分好几辆车才运得出来。收貔貅的人给了个好价钱，猎户离开大山，再也没回来。

越到后来，貔貅越难猎。不少年轻人莽撞进山，把命也丢在那儿了。就剩下些老猎户，隔上几个月进一次山，带一个不大不小的螺壳回来，讨讨生活。

再后来，阿爸回来了。

这是阿布第一次进山，阿爸允诺他，如果表现得好，还会让他摸摸猎貔貅用的枪。那把枪是阿爸在省城跟别人租的，配了一个形状古怪的黑灯笼，花的钱比小卡车还要多，现在正用毛毡布包着，搁在后面的货厢上。

抱着暖暖发热的竹盒，阿布琢磨着，这次总算能见着活的貔貅了。他在脑海中勾勒出一只硕大的、看不清面貌的生物，无法阻挡地朝自己奔来，却奇怪地令人安心。

三

小卡车沿着土路开到半山腰的空地，接下去的路就只能步行了。阿爸背好枪，拎起黑灯笼迈步钻进林子。阿布紧跑几步跟上。除了几句指挥，阿爸很少说话。阿布就在后面默默跟着。

山里几乎都是多年生的杉树，比阿爸还要高大许多。林间不知什么鸟儿啾啾叫着，从看不见的地方飞过。此时正值秋末，绿色掺杂黄色的草叶在空气中轻轻抖动，想要抓住这一年最后的温度。

阿爸抽出腰间的柴刀，手起刀落，开出一条能走的小路。日光透过树影，稀稀落落地打在地上，交错映出阿布前进的方向。重复，再重复。脚下的咯吱噼啪奏出了某种节奏，像是一首无法配词的歌。

而每当阿布以为自己就要走丢的时候，阿爸就会回过头来，眼神催促他尽快跟上。像心灵感应，屡试不爽。

不知过了多久，阿布觉得自己身上出汗发热，有些疲劳了。这时候，他听到了潺潺的水流声。阿爸忽然止住脚步。阿布冒失地上前，探头向外张望，但阿爸的大手硬把他按了回去，叫他不要作声。

什么嘛！“什么都没有啊……”阿布不满道。

“嘘。”阿爸拉起他的手，压轻脚步，缓缓向前。

水声越来越大，阿布注意到，这声音来自一条溪流。阿布见状，蹦跳着就要上前，身体却再一次被阿爸按住。

“傻伢子，慌里慌张的，想去哪儿？”

“我才没慌呢。”阿布瘪着嘴说。

“狡辩什么。”阿爸冷漠地扫视一圈，“山里很危险，时刻都要保持警惕。脚底留神，不然出了事，谁照顾你阿妈？”

反正不是你。阿布赌气地想。阿爸说这话一点也不公平，他出去打工七八年，总共才回来那么几次。除了阿妈，家里大小事务都是自己操持，大到上市场买米面油盐，小到给弟弟妹妹擦屎换尿布。阿妈偶尔身体不适卧床休息，打扫做饭，照顾鸡鸭都是阿布的活儿。就连隔壁奶奶也说阿布是半个顶梁柱。阿爸凭什么这么说自己？不就是邮点钱回来么。

想归想，说却说不出口。

“貔貅喜欢水。钻过的地方，土地都不太稳定，滑坡、泥石流比别的地方都更频繁。”阿爸说，“我觉得很接近了，你得小心。”

“阿爸……”

“嗯？”

“你以前猎过貔貅吗？”阿布假装随意地问。

阿爸既没回头看他，也没立刻应声。“貔貅很危险。”他最后说，“跟上，小心。”

阿爸系紧枪带，把黑灯笼甩上肩膀，踩着较大的卵石，接连几大步，跨了过去。该阿布了。

阿布擦擦手心的汗，抓紧竹盒，看准阿爸踩过的卵石。阿爸腿长，其实卵石间隔挺远。但他觉得自己能行。

一步。一点问题没有。

阿爸在对岸嚷，阿布才不管呢。两步，摇摇晃晃，踩稳了。阿布得意地发现，阿爸已经没叫喊了，他朝自己做了个鬼脸。

三步，小菜一碟。

阿布抬头，发现阿爸并没有看向自己，而是神情严肃地望着那团树影。切，阿布心想。

紧接着，阿布滑倒了。

四

溪流的速度比看起来要快很多。来不及呼喊，眨眼之间，阿布就被冲到了更深的水域，溪流变成了小河。

水流铆足了劲要往阿布身体里钻，眼睛、鼻子、耳朵、嘴巴、屁股，甚至每一个毛孔。冰凉的河水呛进喉咙，呛进肺管。阿布拼命往外咳着，手脚扑腾。阿爸，你看到我了吗？

河水一个急流，旋着阿布的身体朝石头上撞，生疼。阿布慌张地想要抓住，可太滑了，只摸到不知哪儿来的几节草梗。又一个浪头打来，挤出了身体里剩下的空气。他挣扎地翻过身来，勉强把自己摆成狗刨式的姿势，水流挟着他急速直朝另一块石头而去。

好冷，刺骨的冷。阿布已经没有力气了，但他必须一试。

阿布把自己蜷缩起来，在与石头相撞前的一瞬，蹬出腿去。脚踝的刺痛沿着胫骨直上，差点让他尖叫出来。肯定是崴了。

但这一脚让他得以与石头擦身而过，滚了两番后，阿布幸运地被一根枯枝挂住。但他还没好好喘上两口气，又立刻向后飞了出去。

阿爸把他拎出水："叫你小心点，咋就是不听话？逞什么能呢？"

阿布的魂魄还留在河上，没有应声。阿爸把他放回到地面上，脚踝的疼痛再次袭来，阿布摇晃了一下，差点摔回河里。

阿爸让阿布坐下，检查了一番，接着从衣服上撕下一条布，压在阿布左脚脚踝上。

"咬住牙。"阿爸说着，猛一用力，阿布眼前发黑，当时就要晕过去。阿爸拍拍他的脸，帮阿布恢复了神智。脚踝被布紧紧缠住了，不太习惯，至少不疼了。

阿布在湿漉漉的衣服里发抖，又突然半跪起身。竹盒！吃的呢！

可哪儿还能找得到啊，早就不知随着水流飘到哪儿去了。

阿爸拍拍身上的土，"站起来。"

阿布晃了晃，被阿爸一把扶住。阿爸调整了下枪带，一下把阿布背在了身上。阿布脸上发烫，阿爸把他往上推了一把："至少你给我们指了方向。"

阿布这才发现，就在他被爸爸拉起来的地方，出现了一条诡异的道路。

这是兽迹，阿爸告诉他，貔貅出没过的地方。

五

整排的杉树齐根折断，被野蛮地推向两边。断裂的树干并不是简单的倾斜，而是横着砸飞出去，压倒了周遭十余棵杉树。在阿布眼中，那就像是被什么野人巨怪拦腰扯下，当作棍棒旋转玩耍一般。

与上面的支离破碎不同，地面上却像是被压路机碾平过，枝叶沙砾无论大小，都被平整地印在土里。而在土壤表面，还覆盖着一层均匀的黏液。黏液是透明的，已经干燥，在临近晌午的日光中反射出类似镜面的模样。

阿布仔细看去，地面也并不是绝对的平面，而是规则的波浪面。

“瞅出了点啥？”阿爸问阿布。

“好像，有点不太对称。”阿布伸出手在眼前比较，“右边的稍微低一些。”

阿爸点头道：“路也是歪的，这貔貅受过伤。”

树干的断口参差刺着，指向更为幽深的地方，像是通向未知空间的隧道，又像是某种无法名状的怪物喉咙。那可真大呀，阿布默默地想。

“有时候貔貅会重复使用同一条路，”阿爸踩了踩干燥的黏液，“咱们可以往前走走看。”

阿布“嗯”了一声，趴在阿爸的背上。阿爸抓紧黑灯笼，深一脚浅一脚地走进树林深处。

越往深处走，光线却越发敞亮起来。高大的杉树不知不觉间被毛竹取代，在风中瑟瑟颤动，发出沙沙声音。

走了大约三四百米，兽迹抵达了尽头，被一片光秃秃的圆形陷坑取代。黏液在这里忽然中断，翻卷进了土壤之中。陷坑周围的土坡掺杂了大量腐殖质，颜色暗沉。

阿爸把阿布放下来，弯腰捏了把土，在指尖碾了碾，干燥的土砾纷纷落下。

“看这样子，该有十几天了。”阿爸说。

“那怎么办？是不是貔貅不回来了？”

阿爸眯起眼，穿过林间缝隙搜寻到了新的目的地。

“来，咱绕出去看看。小心，别踩进去了。”

“为什么啊？”阿布伸出胳膊想要阿爸背，但看阿爸没有反应，又讪讪地放下了。

阿爸捡起一块石头，抛了进去。阿布惊讶地看见，石头像是见了水，扑哧一声，就不见了踪影。原来陷坑里土壤并不实，疏松得就像流沙。

阿布不敢逞能，规规矩矩地跟在阿爸身后，小心沿着陷坑外围行走。

没过多久，两人就彻底离开山林，进入了荒原。

六

称之为荒原，并不是说地表完全没有任何植被。只是与山林相比，除了分布些稀疏的杂草灌木，基本没有超过一人高的植物。相比之下，称其荒芜并不过分。

阿爸以一块较大的裸岩为中心，清出来一片简易的宿营地。阿布的衣服还很湿，阿爸搭了一个简单的架子，让阿布把衣服晾干。阿布脱了上衣，却怎么也不愿意脱下裤子。阿爸耸耸肩，鼓捣那个神秘的黑灯笼去了。

阿布感受到日光的暖意，筋骨也舒服多了。

“阿爸，”阿布忽然说，“对不起，我把吃的给弄丢了。”

“没啥。你饿吗？”

“可是吃的丢了啊……”

“靠山吃山啊，傻伢子。”阿爸站起身，把枪递给阿布，摸摸他的头，“把它看好了。在这儿别乱动，我一会儿就回来。”

于是，阿布开始等待。

头半个小时，阿布还很轻松，愉悦地计数滑过天空的候鸟。可时间渐渐过去，身后的林子里一点声音都没有。阿爸到底去哪儿了？阿布焦虑地想，他说是去找吃的，可怎么不带枪呢？难道说不带枪也可以打猎？打什么呢？

阿布想起邻居小伙伴的话，口腔里分泌的唾液又咽了回去。烤鼻涕听起来可没什么好吃的。

他挖挖耳朵，专心听虫鸣。果然是荒原啊，什么都听不到。

接着，他又开始担心，万一阿爸在山林里迷了路……不，万一碰上了貔貅呢？

阿布猛地站起，手忙脚乱地拆下毛毡布。长枪一米多长，通体发亮，没有弹匣之类的构造，看上去就是根大棍子，还沉得要命。

他试着举在肩上，警惕地监视林子中的一举一动。可没多一会儿，手臂就开始发酸。没办法，阿布选择趴到地上，用力把自己瘦弱的肩膀抵住枪托，想象自己是电视剧里抗击侵略者的英勇狙击手。

阿爸还是没有回来。阿布的手又开始冒汗，他把手指在裤子上擦了擦。就在这个时候，他听到来自地下极深处的恐怖回声。

那是类似夏日低沉的雨云在深夜落雨，响亮的雷鸣被黏稠的空气裹住，沉闷轰隆。阿布没有去过省城，据说省城是有地铁的。阿布想象金属的车厢在金属的铁轨上疾驰，车轮与铁轨摩擦，在狭长的隧道中碰撞反复。

是的，就像是那样，阿布笃定地想。他贴着裸岩，河水的寒意在他体内复苏。他不知道貔貅是如何从地下窜出的。家里只有一台老式的背投电视机，阿布曾经在上面见到过海里抹香鲸跃出水面的画面。貔貅大概和它很像吧。

地下那声音似乎走远了。不，还没有，另一个声音找到了自己。阿布大气不敢喘，几乎无法呼吸。该是过了半晌，他才反应过来，那原来是自己的心跳声。

傻不傻啊。阿布嘲笑自己。

此时，灌木丛里突然窜出了一个硕大的身形。阿布大叫一声，连续扣动扳机。机械元件“咔嗒”几下，竟没有任何东西发射出来。

阿爸一把抓过长枪，检查没有问题后才踹了阿布屁股两脚，“傻伢子！谁叫你乱碰的！幸亏保险没开，想打死你老子啊！”

阿布半是惊吓，半是羞愧，两颊通红：“我以为是貔貅嘛！”

“貔貅个屁嘞！毛儿还没长齐就想着干掉你老子，真长本事。”阿爸嘲讽了他一番，丢给阿布一捆细竹绳串好的乌漆漆的东西，“穿上褂子，山上夜里冷。”

阿布穿好上衣，一边看着阿爸点好篝火，一边拆开竹绳，“是笋子？”

干燥的木头夹着几根生竹子，“噼啪”爆出火星。“没吃过吧？告诉你，阿爸小时候经常上山，就专为了找这种笋子，可鲜了。省城的有钱人跑到咱这儿地方来，就是为了吃一口这玩意儿。”

阿布抹抹泥，竹笋看上去有点老了。

“怎么吃啊？又没有锅。”他问。

阿爸接过一棵，抽出柴刀，熟练地剜了几下，把最里面的笋心取了出来，示意阿布尝尝。接着阿爸挖了个小坑，把剩下的扔了进去，铺了层竹叶，又用土压实，在上面挪了几根燃得正旺的柴火。

“等火熄了，笋子就烤好了。”阿爸这样说，又从衣袋里掏出个小玩意儿，丢给阿布。

那是个很小的螺壳，还没有阿布的拇指大。螺壳是黑色的，尖锐的锋线十分突出，像是在车床上旋出来的。螺壳在日光下反射出油彩的颜色，沉甸甸的，但没有石头重。

阿布从没见过这种东西，“这是貔貅的？”得到肯定的回答后，他琢磨了一会儿，又问，“这么大，能值多少钱啊？”

“差不多，一辆小车子吧。”见阿布瞪大眼睛，阿爸连忙解释，“不是小轿车，是模型玩具，村口小卖店里卖的那种。”

那也就一块钱啊。阿布想。

“这么大小的，不值得跟别人换。”阿爸说，“也就能当个玩具吧。”

“怎么玩啊？”

阿爸把螺壳拿了回去，小心磕掉了尖头，鼓起嘴巴猛地一吹，清掉里面的尘土。通气后，阿爸把它衔在嘴里，挑挑眉毛，吹响了。

那是怎样的声音呀，尖锐而富有变化，就像早春莺鸟招朋引伴的呼叫。阿爸一摆头，音调变化，又成了四处捕食的大山雀，聒噪地喳喳唧唧。山林中不知名的鸟儿，忽地找到了同伴，也啾啾叫响了。

阿爸冲阿布一笑，瘪起嘴，把那叫声复刻了下来，一呼一应，逗得阿布拍手直乐呵。

阿布也想试试，心里着急，却只吹了个“噗”出来。阿爸见状大笑，阿布耳根发红，决心以后再练。

阿爸倚了根柴火躺下，翘着腿，哼起一首瞎编的小调，又扭头问阿布，“伢子，知道这貔貅是怎么来的吗？”

七

阿爸说，这荒原以前不是荒原，对面原先也有个山头，中间的位置按地势来讲，是个小盆地，底下住着几户人家，还有一小片果树林。后来，乡里来了勘探队，说是卫星图上看见，地下可能有稀土。老辈人不知道稀土是啥，只当是值钱的东西，直问有没有金子贵。勘探队一五一十地说了，大家知道是种金属矿，不能换钱，就又各回各家去了。

有些明白人倒是打听矿的位置，估摸着想盘块地，盖几栋楼，骗骗拆迁费什么的。勘探队的人笑了，说他们就是来找矿具体在哪儿的，还没找怎么能知道呢？再说了，矿的大小、位置都是国家机密，可不能随便泄露出去呢。

勘探队在乡里待了两个礼拜就离开了。几个月后，县政府领了一批人过来，要签土地转让合同，找的就是在小盆地住的那几户人家。好多人背地里唉声叹气，说盆地风水好，果子长得大，吃起来甜，哪知道有这稀土的功劳呢。那几户人家拿了土地征用金，拍拍屁股去县城买上了房子，再也没回来。他们也算是乡里头一批因为稀土获利的吧。

后来，盆地里运进了机器，建了厂，挖去了对面整个山头，盆地成了矿坑。有那么几年空气都不是特别好，水里也有味儿。几年后厂子里说，勘探队的活儿没做好，矿品太差，停工了。环境一点点恢复了，大家也就没觉得什么。

然后，就有了貔貅。

最初的时候，只是有孩子在树林里碰见，个头也就像阿爸找到的螺壳那么大，大家以为只是生病变了形状的蜗牛。再往后，孩子捡到的螺壳越来越大，直到有一天乡祭，一只狼狗那么大的动物拖着冰箱大的螺壳，从搭起来的戏台上破土而出，人们才意识到事情不太对劲。

乡里开始传说，这东西就叫貔貅。识字的老辈人对此嗤之以鼻，说貔貅乃是祥物，哪儿会是这番丑样子。可这名字终归还是传开了。

乡祭的事儿没过多久，矿厂的人带着勘探队又回来了。大家一问才知道，原来貔貅是人造出来的，既不是祥物，也不通灵性。矿厂的专家造它是为了挖矿，找稀土。可不知怎么，它有了传宗接代的本事，又精得很，趁看管不严就跑掉了。等矿厂发现的时候，貔貅已经完成了自然变异，体型也越长越大。

勘探队这次待了更长时间。根据他们的调查，原先的废矿坑已经被钻得千疮百孔，地下到处都是貔貅来往留下的疏松隧道。

再然后，县城里就有人收貔貅的螺壳了。

“你知道，大貔貅的壳能卖多少钱吗？”阿爸问。

阿布摇摇头。

“一吨重的，”阿爸两个食指交叉，“这个数。咱要运气好，多跑几趟，小卡车的钱就都赚回来了。到时候再给你和弟弟妹妹买点好的……”

阿布问，难道貔貅不是很难猎的吗？

阿爸告诉阿布，在外面打工的时候，他碰见过一个人，那人参与过设计貔貅的活儿，也是勘探队的人。二两白酒后，对方告诉阿爸，他们发现貔貅很聪明，与几年前相比，现在它们不仅懂得避开人，也懂得隔上一段时间就换一条去水源地的路。

不过就算这样，它们也无法抵抗固着在基因里的天性。阿爸自豪地拍拍长枪，还有身边的黑灯笼。这租来的工具，就会让貔貅现出原形。

阿爸的声音渐渐变得模糊，日头西沉，阿布起了倦意，蒙眬睡去。恍惚中，他感到阿爸把自己往身边拉近了些，觉得很安心。

八

阿布是被说不上来的振动惊醒的，醒来时，阿爸并不在身边。篝火闷烧着发红，像是未燃尽的烟头。阿布被瞬间而至的孤独击中，“自己被抛弃了”的念头冒了出来。但很快他就看到了阿爸，在约两百米外的空地上摆弄那个黑灯笼。

黑灯笼此时已经展开了完全的形态，三条支柱紧紧抓在地上，顶端冒出一个半球。阿布正想呼喊阿爸，这时，他看到了貔貅。

夜色中，树林边缘，月光辉映的枝叶之间，一排树木飞溅、倒塌。螺壳表面时而反射幽幽的光，前方隐约闪现着蠕动的柔软身躯，阿布在心里估摸，至少有十米高、二十米长。这在貔貅中都算是庞然大物了。

阿布看着这一幕场景，感觉自己并非身处荒原，而是来到了另一维度的奇异空间。捕猎貔貅的想法太愚蠢了。我们不是猎户，貔貅才是。它们是这个世界的统治者，而我们创造了它。另一个念头突然出现，不停闪烁着红色灯光，大作警铃。

阿爸不可以猎它！它太大了！

阿布手脚并用爬下裸岩，脚印掀起细碎的尘土。“阿爸！”阿布挥手呼喊，“阿爸！不要！”

明明还有很远，阿爸却向阿布回望过来。顺着阿布疯狂摆动的手臂，阿爸看向树林边缘。那一瞬间，阿布惊讶地看到，阿爸的脸上露出了恐惧的神色。

但恐惧仅仅停留了一瞬，阿爸已经做出决定。他拍下黑灯笼上的按键，顶部的半球开始闪烁，射灯一般向周围散播。那是某种频率特殊的荧光，像是吸引飞蛾扑火的火焰。

一种难以描述的声音随之响起，无数飞鸟在巢中惊醒，扑棱棱从巢中逃往天空。阿布愣了半晌才反应过来，那是貔貅的叫声。

阿爸拨开保险，持枪瞄准。

树林中的庞然大物的行动减缓了，显然是被黑灯笼发出的光所迷惑。它表现得有些焦躁，在原地转圈，大量枯木断枝飞溅出来，砸在荒原上，留下一个又一个浅坑。

“阿爸！”阿布喊道。

就像在等待这声呼喊一样，貔貅终于停止了犹豫。它再次尖叫，朝着既定的方向推翻树干，碾压道路，继续前行，直到身影和声音都消失在了沉重的黑夜。

阿爸气急败坏地关掉黑灯笼，张嘴就骂：“你个欠揍的傻伢子！老子白养你了！你知道能换多少钱吗！把你卖了都赔不起……”

“嘭”的一声，他们之间的土地猛然炸裂，尘柱正好撞上阿布胸口，把他推出三米之外。螺旋状的尖壳旋转而出，轰然砸到地上，停止了运动，壳口正对阿布。

接着，阿布见到了他生命中最难以忘记的景象。

壳口黑暗的虚无之中，探出了两根触角，不，那更像是发育不完全的眼睛，黑色的类似视锥组织的东西在夜色中扩散。触角之后，是缓慢浮现的硕大头部。这只貔貅比刚才出现在树林里的那只小很多，即便如此，它的头部也有面包车车头那么大，口器附近一圈圈分布着锋利的角质牙齿，就是它们将地下的岩石碾成粉末，再由貔貅消化吸收，精炼成浓缩稀土元素的巨大螺壳。

貔貅的身躯却和蜗牛十分不同，更像是粗短的蚯蚓，厚实的皮肤则更接近于河马和犀牛。数十条类似刚毛或伪足的肢体来回伸缩，正是在那些肢体的末端，分布着能够分泌亮晶晶黏液的腺体。

它开始移动，身体散发出腐败的恶臭。阿布惊叫着向后退去，却被地上杂草的根茎绊倒。也不知是阿布的叫声，还是绊倒时候的振动，貔貅的注意力被吸引住了。它转动触角，肢体敲打地面发出“哒哒哒”的颤音，直朝阿布而来。势不可挡。

“喂！畜生！”

是阿爸！

阿爸抬起枪托，敲下按键，黑灯笼再次亮起。他举枪凝视，目光如炬。

貔貅的触角忽地转向。它好像很困惑，似乎见到了什么本不该出现的东西。肢体带动下，它转动方向，车厢般大小的螺壳飞速甩过。阿布赶紧伏下身体，免得被削掉脑袋。

肢体分泌黏液，貔貅开始移动。阿布从没想过它的速度居然那么快，喘息之间就已经越过了近五十米的距离。貔貅愣了几秒，之后仿佛识破了黑灯笼的骗术，螺壳渐渐向后倾倒。

阿爸迅速关闭黑灯笼。貔貅的行动又中止了，它的触角在空中茫然地探索。

黑灯笼再次打开了。貔貅抬头尖叫一声，猛地一窜，朝阿爸的位置扑了过去。一人一兽之间的距离迅速拉近！

“阿爸，开枪啊！”阿布话音未落，一道蓝色的光照亮了整个夜空。阿布闻到空气中飘散起一股奇异的味道，像是消毒液，让他汗毛直立。

光亮迅速退去，貔貅的身体在惯性下向前翻滚，像一堵肉墙砸了过去，直直地把阿爸连同黑灯笼一齐撞倒。貔貅翻出去好远，没了生气。

九

阿布连滚带爬地奔到阿爸身边，伴着月光，他见到阿爸紧闭双眼，脸色苍白，气息微弱，鲜血从耳朵和鼻子中不停流出。

“阿……阿爸，你醒醒啊……”阿布慌乱地叫着，把阿爸的头抬放在自己的腿上，试图让他舒服些。他第一次知道，原来一个成年男人的头颅可以那么大，身体可以那么重。

他闭上眼睛，向不知名讳的各路神仙默默祈祷，尽管他从来没有相信过超自然力量的存在。求求你们，求求你们让阿爸平安吧。他这样想着，一遍又一遍。

我不想再让他离开我，离开我们的家了。

阿布睁开眼，欣喜地看到，阿爸脸上的血液流速减缓，逐渐开始凝固。

然而这时，本该寂静的地方发出闷哼的声音，就连泥土也为此颤抖不止。那中了一枪的貔貅竟然没有死透，重新爬了起来。

“阿爸，你醒醒！”阿布用力晃动阿爸的脑袋，可阿爸毫无反应。

别过来，你别过来！

阿布抓起阿爸的那杆长枪，扣动扳机。一道蓝色的闪电喷出枪口擦着貔貅的螺壳飞向夜空，后坐力震得阿布浑身发麻。

本应没有视觉的貔貅被彻底激怒了，它拖动半边烧焦的身体，疾速扭动着朝阿布冲来。

阿布再次举枪，瞄准，开火。上千伏特的子弹破空而出，在空气中割开一道口子，穿过貔貅的头部，一直钻入它的体内。貔貅挣扎着向前挪动，终于又一次倒下了。

随着貔貅死去，倒刺状的肉芽松弛下来，随着尾部脱出了螺壳。一并出来的还有多年积攒在螺壳之中的排泄废物，之前阿布闻到的那腐臭气息正是源自于此。

半吨重的螺壳在地上划了一道弧线，隆隆滚到了损毁的黑灯笼前。

不知什么原因，阿布哭了起来。

在他长达十三年的记忆里从来没有哭得这么狠过，仿佛打开了什么特殊的开关，要将身体里的每一滴水分都榨干出来。眼泪和鼻涕的混合物倾泻而下，打湿了上衣的前襟，又湿了裤子和那把长枪。

“你个傻伢子。”醒来的阿爸皱着眉头说，“老子还没死呢，哭丧个屁。”

阿布却把阿爸抱得更紧了。

十

再后来，阿爸躺了好一会儿才站起来。他垂头丧气地盯着黑灯笼看了半晌，表示至少一半的螺壳都要赔这灯笼了。

阿爸幽怨地嘟嘟囔囔，又招呼阿布处理尸体。他们一直干到凌晨，才挖好大土坑。中途阿爸休息了两次，阿布抢着一个人干，阿爸瞪了瞪眼，倒也没说什么。

日头出来的时候，他们合力把貔貅推进了坑，仔细填好。阿爸把枪和黑灯笼都扔进螺壳，又上山砍了不少竹子，一个个排在一起垫在螺壳下面。阿布和阿爸人手一条竹绳，拉着螺壳往回走。

他们沿着来时的路走走停停，总算赶在中午之前回到了停车的位置。把螺壳推上车后，阿爸躺在货厢上直喘粗气。阿布扯掉充当斜坡的竹子，又把螺壳固定好。

“会开车吗？”阿爸问。

阿布说会。

阿爸摸摸阿布的头：“傻伢子，不行了就叫我，千万小心，别撞了人。”

阿布笑了笑，再回头的时候，阿爸已经打着轻鼾睡着了。他把毡布盖在阿爸身上，转动钥匙发动引擎。就在这时候，他看见树林里走过一只貔貅。

这只貔貅比他们猎到的小很多，大约只有两米宽，走几步就要往右侧歪一下。

在林中小路的空隙处，貔貅停下了脚步。阿布抬眼望去，觉得自己与那貔貅正对视着。

然后，貔貅便离开了。

阿布轻踩离合器，生疏地换挡，踩下油门。小卡车发出令人满意的突突声。

下一次，阿布想，下一次，我们会再见的。

莉莉娅我的星

Farewell My Beloved Star

一

我该从哪儿说起?

如果由别人书写这个故事，大概会选择骗过保安人员的视线，登上这铁罐头盒一样的飞船的瞬间；或是那次史无前例的火箭发射，将无数繁星送上征程的夜晚。是的，这一路有太多值得一提的经历适合被放在故事的开头以引人入胜。

不过，这是我的故事，我想我有权自私一回。至少在这最后的时刻。

如果还有人在收听这个频段的信号，很抱歉，你们可能要听我这个老头多啰嗦几句。但我保证，绝不会太久。

我的父母出生于千禧年后，两人都接受过良好的教育，感情史一片空白。他们在一场跨校联谊活动上相遇，从没提过当天究竟是接受了谁的邀请。我很确信当他们两个看到对方时候，肚子里已经灌了不少甜酒。

大概九个月后，我出生了。

我的父母算不上全世界最称职的父母，但他们的确尽力了。在共同生活的短暂的十余年里，他们除了提供物质营养，也教给了我不少人生哲学。在我之后的人生道路中，这些哲学或多或少起了些作用，其中之一尤是如此。

十岁那年，我不知从哪儿看到了哈雷彗星的资料，对这样一颗定时回归的天体心驰神往。我不记得那晚父母有没有因为鸡毛蒜皮的小事吵架，或许有，不过我的心思全被那彗星吸引住了。我把自己关在阳台外，扒在冰凉的电镀栏杆上拼命仰望。那时的环境远没有后来这么理想，夜空被暗红色的城市幕光包裹，只有几颗星光闪烁。

母亲也来到了阳台，似乎心事重重。我告诉她，我在等哈雷彗星。

“你这小傻瓜。”母亲擦干净我被冻出的鼻涕，“彗星还有四十多年才会出现呢。”

“我希望能看见它。”我有些失落。

“这个世界上，每个人心底都有这样一颗星，他们穷极一生，就是为了触及其光，那就是他们的梦想。但生活……生活太沉重了。只有少数幸运的人、有勇气的人能得偿所愿。”她看着我，眼睛发亮，“希望我们都是后者。”

“那其他人呢？”

母亲捧着我的脸，距离近得几乎能看清她尚未擦干的眼泪。

“其他人，注定会帮助他们实现那些梦想。”

以上便是我最早的记忆之一。那晚之后不久，我的父母便办理了离婚手续。父亲继续抚养我长大成人，母亲则极少与我们联系。但我从未忘记她的那句话，直至如今。

或许真的是为了哈雷彗星，大学毕业后，我申请并获得了在普林斯顿研究天体物理的机会。在那里，我遇到了一生的挚爱，莉莉娅。

有趣的是，我们的相遇，也是在一场新生联谊会上。

那夜灯光闪烁，舞池喧闹，跨越人海重重，我们四目相交。我鼓起勇气与她搭讪，一同攀上天台聊天，留了电话，相约一起晚餐。

莉莉娅和我一样在亚当·布罗斯教授手下工作，主要研究宇宙起源和时空结构的基本模型。她是我见过最聪明的人之一，也是所有智商超过180的人中最美的姑娘。

后来我一度困惑她为何答应与我交往，但毫无疑问，那时的我是幸福的。

第二年的春天，我们结婚了。场地很小，只邀请了几个最亲近的朋友。父亲到场了，母亲没能出席。离婚后，她成了世界知名学者，常年在外访学，因此我不怪她。

婚礼很成功，开香槟的时候，黄昏的落日正好融入基特峰国家天文台的望远镜。那是我人生中最美好的时刻之一。我们去了巴巴多斯度蜜月，回来时莉莉娅发现自己有了身孕。接下来的好几个月里，我们都在为此事忙碌，以至于错过了当年最重要的天文新闻。

“突破摄星”计划正式启动。

虽说我的听众肯定具备最基本的信息搜索能力，但我还是希望介绍一下“突破摄星”到底是什么。简单来说，它是传奇商业大亨尤里·米尔纳提出的一项颇具野心的深空探测项目，意图发送纳米级别精密的探测元件，在光压驱动下以20%光速飞离太阳系，对包括距地球最近的半人马座α星系在内的一系列天体对象展开探索。

“突破摄星”计划在我出生前就已经被提出了，然而由于存在众多技术障碍，仅是筹备周期就花了近三十年。除了要缩小探测元件的质量，增强光帆推进的动力，最难攻克的问题在于信号传输。根据设计，探测元件的质量达到了“克”的级别，即便采用激光通信，通过人工智能进行适应性调节，想从数光年外把信号发回地球仍是天方夜谭。更低的质量带来的是更高的能量密度，我计算过，这个数值甚至超过了核电池。

不过，并不是完全没有办法。

尤里团队的一名工程师提出了新的方案。参考古代中国弩箭对抗火枪的思路，既然无法在单机功率上取得技术突破，那么不如增加探测元件的数量。依照原始的设计方案，数千枚探测元件将装载在一枚常规火箭里；而在新的设计方案中，火箭的数量增加为五十枚，每枚火箭装载的探测元件数量也将提高至十万枚。

这五十枚火箭将以精确的时间间隔轮番发射，每批探测元件的飞行路径完全一致，后一批的探测元件将成为先一批探测元件的信号中继站，像是放风筝。如此一来，探测元件将组成一张巨大的通信网络，将系外天体的信息带回地球。

通过组建太空公司，团队完成了探测元件的开发，并成功地进行了商业化生产。由尤里主导的堪称疯狂的融资令“突破摄星”最终敲定的火箭数量又提升了一个数量级——五十枚火箭暴增至五百枚。

就在莉莉娅和我结婚的那年，“突破摄星”计划的第一枚火箭点火升空。随后数年之中，五百枚火箭按照计划依次进入太空，将探测元件送入预定轨道。亿万张光帆打开，如群星般闪耀，前往遥远的彼方。有人甚至预言，这代表了新宇航时代的到来。

然而，这并不是那一年最令我关注的事。

莉莉娅失去了我们的孩子。

无论事后如何反省，她的流产都是一场意外。我们照着医生的嘱咐，吃了所有推荐的维生素药片，定期接受超声波检查。我们用安全油漆粉刷了婴儿的房间，举办了庆祝派对。我们收到了友人的礼物，还有我们的孩子的第一张照片，是个男孩。我们做了一切所有称职的父母应该做的事，可它还是发生了。

那天我正替亚当教授监督一场随堂考试。开考不过半小时，教授突然返回教室，通知我去医院一趟。我夺门而出，却又如坠梦中。头脑再度清醒的时候，手上多了束半开的百合，双腿正迈入病房。

然后，我便看到了莉莉娅。

她斜靠在床上，苍白的脸庞缺乏血色。我挥了挥手，她却没有抬头，眼神专注地盯着一叠天体模型的数字化模拟报告。那一瞬间，母亲的形象竟恍惚与她重叠。

我意识到，我爱她，她也爱我。只不过除此之外，她始终还追寻着另一个东西。

于是我放下花，离开了。等她回家时，婴儿房已被我重新布置成了客房。我们没聊过此事，仿佛它从未发生过一样。

我原以为自己能够承受这些，为她承受，可终归还是在压力下崩溃了。连续弃考数门课程后，我拒绝了亚当教授的挽留，办理了休学手续。我进入了一家通信公司，从事技术工作。莉莉娅则留在了学校，凭借多篇漂亮的论文留在了普林斯顿继续深造。我们的生活恢复了平静，至少是一部分。

莉莉娅平日除了研究课题，便是四处访学、参加各类学术会议，很少回家。与此同时，我恢复了夜观天象的习惯，开始关注“突破摄星”。我时常独自在阳台待到深夜，想象自己身处无垠的宇宙，想象自己就是那被光帆推动的探测元件，以渺小的身姿穿梭星际，去追寻那无法言说的奥秘。

大概只有这样，我才能感受到自己与她接近了些。

就在我竭力寻求心灵平静的那段日子，“突破摄星”计划遭遇了灭顶之灾。

随着最初的光芒褪去，人们意识到，这项耗资巨大的深空探测项目其实是个噱头大于实效的把戏，不仅短时间没有回本的可能，即便探测元件抵达了半人马座α星系，第一缕信号发送回来也需要将近二十年的时间。没人能等那么久。

长达数年的反“突破摄星”运动开始了，它不仅席卷了政治经济领域，还演变成了一场抵制基础科学研究的反智浪潮。无数科研项目在谴责中被重审甚至撤换，研究人员失去工作，实验室被强行关停。

这场运动同样影响到了普林斯顿。一贯支持深空探测计划的亚当·布罗斯在学校压力下被迫辞去了教职，两年后在其位于湖畔的度假木屋饮弹自尽。

亚当教授离世的同一年，“突破摄星”计划的提出者尤里·米尔纳因经济犯罪锒铛入狱，其名下的太空公司破产清算资产，关门大吉。

飞船发出警报，舱内气压正缓慢下降。尽管我已进行了应急操作，自检系统却并没有找到漏气点。好在随机数发生器并未受到干扰，数字仍在跳动。

大概很接近了。这应该是个好消息。

我尝试绕过飞船的指令系统，手动提高空气循环系统的通风量，按这消耗速率肯定坚持不了多久。

我最好讲快点。

亚当教授走后，普林斯顿的教职出现了空缺。莉莉娅接受了校方的邀请留了下来，继续对亚当教授所关注的时空结构展开深入研究。这本是那些反基础科学研究人士的重点批判领域，但今时不同往日，莉莉娅有了值得信赖的靠山，DARPA，国防部高级研究计划局。

莉莉娅与他们有数个合作项目，许多直至今日仍未解封，不过其中最重要的那个，她并没有对我隐瞒——DARPA在研究跃迁技术。

当时世界上速度最快的飞行器就是那些在深空中穿梭的“突破摄星”探测元件，20%的亚光速飞行已是人造飞行器的极限。而DARPA想要跳过光速飞行，直接制造超光速飞行器，一次性甩开对手数个世代。莉莉娅的工作，就是验证跃迁技术的可行性。

她以前所未有的热情投身其中，整夜待在办公室检查计算公式，数天甚至数个礼拜也见不到人。那时候我的事业处在上升期，从技术岗位转到了管理岗位，专门和网络公司进行对接，探讨通信技术改革升级的多种可能。长期出差在外谈判，积攒的压力越来越大，而莉莉娅又无法陪我度过这段时光。我头脑发昏，犯下了我这辈子唯一一次错误。

我出轨了。

没有任何理由能为我的行为进行辩护。哪怕有那么百分之一的可能，我潜意识里是希望以这种方式引起莉莉娅的注意，这也绝非正当之举。

我还记得那天，莉莉娅特意请了半天假。待我下班回家时，她已在客厅等候多时。我直愣愣地在门口，刚解了一半的领带无力地垂着，心中思绪万千。她会说什么？不，也许我当时想的是，说出来吧，说我已经失去了你。

可是，她没有。

“你还想继续吗？”莉莉娅安静地问。

我哭了。我抱住她，跪在地上，哭得一塌糊涂。是的，我还想继续下去。我不愿失去她。

次日，我们便去了婚姻诊所寻求帮助。而我在这辈子剩下的时间，甚至在莉莉娅自杀之后所做的一切，都不过是在试图赢回她的信任。

亲爱的，我希望我做到了。

结婚二十周年纪念日的那天，我带着莉莉娅回到基特峰。那一年也是哈雷彗星回归的年份。沐浴在其璀璨而迷人的光晕中，篝火前，我们相依在羊毛毯下，相互吐露心声。

她告诉我，成为领域内的一流学者不仅是亚当教授生前的期望，更是她毕生所愿。而我对她说，我曾以为一睹哈雷彗星的芳容是我所追求的梦想，但那不是。拥有一个合格的家庭才是。

然后，我们第一次谈起了当年流产的事。莉莉娅沉默良久之后告诉我，她其实从来没想过要孩子。

我震惊得无以复加，问她："如果你不想要，为什么还和我……还决定要生下来？"

莉莉娅轻轻一笑，宛若旧日，"因为我爱你，你这小傻瓜。"

不久，她便再次怀孕了。这一次，母女平安。

分娩后，莉莉娅没能在医院待足一周便匆匆回到了工作岗位。我曾想劝她多休息一阵，但得知催她回去的消息时，我放弃了这念头。那消息实在是太出人意料了。

"突破摄星"计划的第一缕信号回来了。

天文学界立刻陷入非理性的狂热。所有位于地表与近地轨道的望远镜纷纷将目标对准了半人马座α星系，捕捉来自探测元件的讯息。

然而这场狂欢很快便偃旗息鼓。根据每秒传回的信号，半人马座正经历一次空前的超新星爆发。但在望远镜中，理应炸成一团气体与尘埃的α星A不仅好端端地位于它应有的位置上，也没有任何即将爆发的迹象。

电磁信号最快不会超过光速，哪怕算上相对论效应也不会出现这样的结果。唯一的解释是信号出了问题，没准是宇宙中无处不在的高能射线破坏了脆弱的探测元件，通信系统出了故障。意外而已。

一切迅速回归平静，仿佛什么都没有发生过。

莉莉娅为女儿起名为黛西，与我的母亲同名。黛西身体健康，活泼爱闹，静下来的时候又有一股子认真劲，像极了莉莉娅。照顾她们母女的那段时间是我人生中最幸福的时期之一，直到四年之后，夜空再次闪耀了其神秘的力量。

半人马座α星A亮度骤增，旋即爆发成一颗超新星。

最先察觉变化的是位于南半球的拉诺德查南托天文台。阿塔卡玛大型毫米波天线阵在第一时间提供了准确的数据。最初的激动过后，天文台初级研究员斯特林·哈普尔忽然联想到了四年前来自“突破摄星”的信号。他把两组数据进行了对比，惊讶地发现除了微小的辐射强度差异，它们几乎一模一样。

斯特林把这一发现整理汇总，发给了*Nature*（自然）杂志，后者却以证据不足、结论模糊为由直接退稿。斯特林没有放弃，将文章屡次修改后发表在一份影响因子极低的地方学报上。

那期学报后来成了收藏家的最爱。在之后的十年里，这篇文章被引用超过三十万次。斯特林·哈普尔也成为历史上最年轻的诺贝尔物理学奖获得者。

讽刺的是，斯特林后来承认当时他只想尽早把文章公之于众，被*Nature*退稿后他干脆删掉了原本严谨的结论，转而把自己直觉的猜想写在了下面。他没料到，那猜想不仅真的成了事实，而且直接诱发了延后二十年的新宇航时代的真正到来。

斯特林的猜想是——“突破摄星”计划发射的探测元件，通信网络使用的是安塞波。

那期学报送到的时候，我刚把黛西送去了外公家。莉莉娅把自己关进书房整整八个小时，再出来时满脸憔悴。我端着晚餐，或是早餐，站在门外。“怎么了？”我问她。

“这不可能……”她眼神空洞地看着我，“安塞波不可能存在。”

“什么？为什么？”我一头雾水，觉得自己像个白痴。

根据定义，安塞波是一种超距信息传递的工具。通信双方哪怕相隔银河两端，只要使用安塞波，瞬时便能交流对话。“突破摄星”之前，没有一种现象或理论能够证明，安塞波通信是可行的。人们曾经相信中微子或量子理论能够完成这一任务，但即便是身处纠缠态的量子也无法在受控条件下传递有效信息。

“没准是某种重力效应？短暂存在的微型虫洞？”

“不。”她瞪着通红的眼睛，仿佛我是敌人一般，“不可能是虫洞。如果虫洞存在，我……不，亚当教授早就找到了激发它的办法。十五年，我花了十五年时间和DARPA那帮官僚主义的家伙合作，就是为了寻找实现跃迁技术、超光速运动的办法。你知道我们找到什么了吗？什么都没有！事实上，我可以用一整张黑板的公式来向你证明，虫洞不可能存在于我们的宇宙……”

“也许你错了……”

“你不明白！这与时空结构有关！不是什么缺乏观测证据的推论！时空是一个连续的整体，我们所在的宇宙在拓扑性质上就不允许跃迁现象存在！哪怕是小到只允许克级探测元件……甚至只允许一束没有质量的通信激光穿过的虫洞，都不可能存在！安塞波不可能存在！没有可能！”

一时间，我除了呼吸声什么也听不见。沉默良久，我才开口问她：“所以他们是怎么做到的？”

“我不知道……”莉莉娅泄气地说。

与她一样困惑的还有大批学者、学生及民间爱好者。相关的论坛雨后春笋般涌现，几乎每隔两三个月，就有人宣称自己找到了安塞波存在的证明。但正如莉莉娅说的那样，这些所谓证明无一例外经受不起考验，纷纷败下阵来。

斯特林·哈普尔选择了一条完全不同的道路。他从未试图研究安塞波为何能够存在。提出“突破摄星—安塞波”理论后不久，斯特林不知怎么和尤里·米尔纳的长子迪米特里·米尔纳取得了联系，随即放弃研究工作前往了世界的另一端，担任其名下公司的首席科学家。就任之后，斯特林做的第一件事就是为“突破摄星”计划的所有设计图纸申请专利保护。迪米特里与政府关系甚好，推动此事顺利进行，牢牢地将“突破摄星”的秘密握在手中。

几个月后，新一批“突破摄星”计划的探测元件复制成功。

经过测试，它们同样能以安塞波进行通信。

全世界都疯狂了。

时机恰到好处。当时地球正遭遇百年一遇的全球经济下行，所有人都在寻找新的经济增长点。环境恶化，全球变暖加剧，极端天气频发，生态系统处在崩溃边缘。至于星星，更是很多年没有出现在灰蒙的天空上了。

然后，安塞波出现了。

想象一下这意味着什么吧。过去连电报都尚未发明的时候，股市交易需要依赖于情报员骑马往来大陆。互联网诞生后，突发事件不消半秒钟便能传遍世界。现在，有了弥漫于时空各处的安塞波，地月通信再不需要1.3秒的延误，宇航中心也不需要花费十几分钟才能调整火星探测器的轨道。

不仅是太阳系，建立深空殖民地，将人类送往更遥远的星系，组建空前强大而统一的文明共同体也成为可能。政治建立在经济之上，而经济依赖于信息传播的速度。以安塞波为基础的新宇航时代，以无法阻挡的姿态到来了。

很快，各国便分别推出了自己的深空计划。从火力强大的武装飞船，到只有一层金属防护层的小型登陆舱，没人想要错过在新世界拓荒的机会。我们终于要真正地离开地球，进入茫茫宇宙。随着新一批“突破摄星”探测元件发射升空，月球、火星、木卫六，逐个被人类征服。我们甚至派出了一去不复返的远征队，前往半人马座α星系比邻星b建立有史以来第一座深空殖民地——尤里·米尔纳拓荒营。这是人类的盛世，无可比拟的盛世。

至少在某种意义上。

迪米特里是个比他父亲更成功，也更精明的商人。掌握“突破摄星”计划专利的一大好处就是不需降低成本，便可垄断行业。毕竟有了即时通讯，谁还想忍受哪怕0.1秒的延迟呢？安塞波迅速取代了传统的通信技术，老牌的通信公司要么选择合作，要么选择破产重组，被历史淘汰。我所在的公司选择了后者。

失业后，我终于有机会去发展其他爱好。不是天文领域，我觉得自己对星星的兴趣已经到头了。我开始研读地质方面的书籍。黛西上学后我回到了大学，修了几门古生物学课程，之后便加入了业余挖掘队四处游走，寻找恐龙的遗迹。恐龙是种很奇妙的动物，它们的智慧水平连鸟都不如，却在合适的时间出现在了合适的地方。它们抓住机会成长为无可比拟的庞然大物，却又死于小行星撞击而引发的生态灾难。所谓命运不过如此。

至于莉莉娅，她仍试图证明自己是正确的。

她花了十多年时间潜心研究多种拓扑模型下的时空结构，其中不乏精妙之作，令安塞波与当前物理模型匹配。然而，其中任何一个都不属于我们的已知宇宙。

有一段时间她尝试了另一条路，逆向工程。莉莉娅加入了某个在线组织，在其被取缔之前成功拿到了一个号称是“突破摄星”原装的探测元件。她将其反复拆解，甚至利用学校的资源违规仿造。可是，她还是失败了。

通过逆向工程，莉莉娅的唯一发现就是安塞波与通信频率有关——只有当探测元件接入迪米特里公司的网络时，设备才能进行安塞波通信。

后来一次偶然机会，我发现莉莉娅竟不知怎么获得了斯特林·哈普尔的联系方式。她发送了数百封邮件，但斯特林从未回复。我想大概是要求他公开安塞波秘密的学者太多，像其他人一样，莉莉娅的邮件也石沉大海。

但莉莉娅不愿轻易放弃。

我不清楚她为了与斯特林取得联系究竟做出了多少努力，但几年之后，事情才取得了一丝进展。一位中间人愿意将莉莉娅引见给斯特林。她迫不及待地把这消息与我分享，同时告诉我，她需要付给对方一笔佣金。一大笔，几乎要搭上我们全部的积蓄。

“如果你觉得代价太大，我就不去了。”她对我说。

“你知道我的答案。”我对她说。

第二天莉莉娅便去了机场，与我一起。

但她没有见到斯特林，我们都没有。

刚刚起飞不久，斯特林·哈普尔的死讯就传遍了互联网。本打算去月球度假的斯特林搭乘的短途飞船在发射台突然爆炸，燃成了一团火球，包括机组成员在内的七十人全部遇难。官方声称此事是一场意外，但在阴谋论者眼中，这无疑是一起针对斯特林的暗杀。他知道的太多了。至于是谁下的命令，坊间则众说纷纭——火星独立势力、敌对企业、因市场被垄断而失业的技术员，甚至是迪米特里·米尔纳本人。真相无从知晓。

飞机一落地，莉莉娅便订了下一班回程的机票。再没去过学校，再没提过安塞波的事。

大约两个月后，她问我，愿不愿意陪她去湖畔度假。我告诉她当然愿意。莉莉娅当晚便替我们订了票。去了我才知道，她租下的木屋曾属于我们的老师，亚当·布罗斯。

在那里，我们度过了最后一段闲暇时光。我们游泳、散步、聊天、爱抚。我们回顾了这一生的点点滴滴，分享从未提起过的秘密。

离开前的那晚，我看着莉莉娅整理多年留下的手稿。那么一大摞，归置得整整齐齐，被她推进了壁炉，燃成灰烬。

“四十年，我花了四十年。”这是我听到的她的最后一句话。

次日清晨，莉莉娅因服药过量，在我身边溘然长逝。

空气循环系统于三分钟前正式报废，氧气告罄。所幸在那之前我已经把自己套进了宇航服。一个人穿这衣服的确很不容易。气瓶还能为我提供大约十个小时的氧气，假如阀门仍能正常工作的话。

我调整了飞船的电力供应，关闭了用不上的仪器设备，包括单人冬眠组件。除了加热宇航服，剩下的电量全都用来维持短波电磁通信系统的正常运行。

我将尽可能地将我的故事广播出去。

幸好，剩下的部分并不多。

莉莉娅的葬礼办得很简单。我没想到有那么多学生前来悼念。每个人都念了悼词，对我说，节哀顺变。我很感激。

至于普林斯顿，莉莉娅死后的第二天，他们便把她办公室里的东西全都塞进纸箱寄给了我。这未免有些冷漠和过于急切了。我听说校方承受了来自位高权重的商界校友的巨大压力，后者甚至与迪米特里的财团扯上了关系。

我把纸箱锁在客卧，那里原本属于我们第一个孩子。我再没打开过。

有一阵子我情绪很糟，经常冲动地带上些现金，随机跳上一辆巴士，漫无目的地游荡，最后却总会发现自己回到了基特峰。挖掘队的老友为我介绍了几个不错的对象，有几个的确不错，可她们都不是莉莉娅。

又过了几年，我终于重新振作起来，不是为了别人，而是为了黛西。

这个姑娘坚强得很，即便在我最低落的时候也没有放弃。真像她母亲。

大学毕业后，黛西决定加入建设第三座深空殖民地的队伍。这是有史以来最大的一支拓荒团队，人数总计一千五百万，预计前往十一光年外的罗斯128b。搭配冬眠系统、亚光速巡航，黛西将于有生之年抵达目的地，拓展人类文明的足迹。我为她感到骄傲。

送她上飞船的那天，我产生了某种错觉，仿佛类似的事已经发生过很多次了。也许这是真的，我的母亲、莉莉娅……她们都追寻着心底的星，无论结果如何，甘愿付出一切。对她们的生命而言，我不过是可有可无的点缀、陪衬。

我爱她们，我尽力地去做了一个称职的儿子、丈夫、父亲。我应该对此感到满足。这不是我的愿望吗？可是……为什么我的内心仍然无法平静？

黛西看穿了我的想法。她一向很聪明。“打开那扇门吧，”她逆着人流抓住我苍老干瘪的手，“拆开母亲的箱子，也许你会找到什么的。”

她的飞船发射很成功，壮观得难以想象。然后，我便孤身一人了。

我听了她的话，回到家，找出那把尘封的钥匙，打开了客卧的门。里面的一切都像几年之前一样。我搬了把椅子坐下，拆开最上面的一个纸箱。

黛西竟真的说对了。

纸箱里是莉莉娅最后两个月收到的书信文件，全都没拆封。其中有一封厚实的长信，来自斯特林·哈普尔。

斯特林在信中写下了多年追随迪米特里的所有见闻。令我惊讶的是，就连安塞波的垄断者也不知道那堆探测元件是如何诱发安塞波的。迪米特里斥巨资进行了重建实验，结果与莉莉娅一样毫无进展。于是他下令关停了实验室，并给所有参与实验的人发了巨额封口费。那些所谓全新的安塞波通信设备，不过是依照上个时代的蓝图，将基本通信元件集成在了传统主板上而已。

不过斯特林终归还是个学者。提出安塞波猜想的十多年后，斯特林竟然推翻了自己的观点。他翻阅了很多人的研究，包括莉莉娅的，甚至是亚当·布罗斯教授的。每一篇论文都让他无比确信，安塞波绝不应存在于宇宙之中。

问题在于，它究竟是什么？

斯特林提出了一种新的猜想。这猜想如此疯狂，以至于他自己都无法认同。但是，在莉莉娅的研究中，斯特林发现了类似的模型，尽管还是雏形。这给了他信心，也是令他答应中间人和莉莉娅见面的根本原因。

只是，他没有时间了。

办公室无故被盗，研究文件被人动过手脚，电脑被植入了木马，目标IP地址竟位于迪米特里的私宅。他意识到自己大限将至。尽管冒险，莉莉娅却是仅存的值得相信的对象。

信的末尾，斯特林详尽地描述了自己的猜想，并指出验证其真伪的唯一方法，就隐藏在莉莉娅的论文之中。那篇论文很难读，更何况我已有数十年没有接触天文学。

这为我带来了一种奇妙的感受。她的文字，她的思想就在那里，鲜活而跳跃，如此紧密地包裹着我，仿佛从未离开过。而当我终于搞懂之后，心中兴奋难忍，甚至不亚于四岁时第一次了解到哈雷彗星的那个夜晚。

斯特林的确很疯狂。不对，应该说，他和莉莉娅都是。不过哪个天才不是如此？

莉莉娅的确提出了一种验证方法，那方法极为聪明，却也极难进行试验。因为那是一条只去不回的路。

但是，那对我再适合不过了。哪怕只有一次，我也甘愿追随她们的脚步，追随那遥不可及的星。

飞船振荡幅度已经提升到肉眼可见的水平。推进光帆完全解体，我不得不手动将其抛离。

我不确定通信系统是否还在工作。但如果有人在听，我即将抵达旅行的终点。

时间紧迫，我必须加快进度了。

关于安塞波，当年的学报里有一处细节斯特林始终没能解释清楚。尽管拉诺德查南托天文台观测到的超新星伽马光谱与“突破摄星”计划传回信号在波形上吻合得恰到好处，二者之间仍然存在着细微的辐射强度差异。哪怕把相对论效应计算在内，差异仍然存在。

这一点被莉莉娅发现了。她所搜集的资料中还包括更多无法解释的神秘现象。平均每十亿条安塞波信息，便会有一条出现丢包、乱码等异常。即便从技术上看毫无可能，仍然有人声称他们收到的即时信息遭到了蓄意篡改，甚至连发件人与信件内容都与原文不符。

莉莉娅认定安塞波绝无存在的可能，可她始终无法解释那些提前二十年出发的探测元件是如何在一瞬间就把超新星爆发的信号发送回来的。如果那不是安塞波，又是什么？

在那封长信的末尾，斯特林提出了一个疯狂的理论。它极其复杂，没有天文学基础的人几乎无法读懂。但我想，我可以用一种简单的形式加以解释。

试着想象一下恐龙。这些曾在地球上生活的家伙具有异常庞大的身躯。一头成年迷惑龙身长大概有35米；阿根廷龙，40米；易碎双腔龙，可以长到惊人的50米。与之相比，恐龙体内神经信号的传输速度简直低得可怕，最快速度也不过每秒一百米。这意味着，如果一只史前蚊子在易碎双腔龙的尾尖叮了一口，它要等上足足半秒大脑才会感到瘙痒；如果它想甩下尾巴蹭蹭树，还要再等上半秒钟，尾尖才会做出反应。

同样地，如果它想来次饭后散步，大脑发出的信号刚刚传到前腿，肌肉收缩屈膝迈步时，后腿还在休憩之中，纹丝未动。越大的身体，控制起来需要花费的时间就越长。

那么，为什么恐龙没有被自己撕成两半？

答案很简单。分派支配权，让身体提前替大脑进行决策。早在20世纪，生物学家就已经通过实验证明，大脑对身体的控制不过是一种幻觉。我们以为手指拍下按钮的行动来自所谓自我意志，双手受控于大脑。实际情况却是，手指肌肉的运动信号早于大脑做出决定的时刻。换句话说，我们的双手预测了大脑的指令，然后越俎代庖，提前下令完成了工作。

没错。

安塞波并非即时传递了信息。它只是观察宇宙的运行状态，做出预测，并在正确的时间发布了几乎完全正确的信息而已。

我知道，这听上去有些不可思议，但其实并非那么难以实现。使用经过训练的人工智能预测股市的历史至少超过了六十年，尤里·米尔纳不过是把它们进一步升级，装进了“突破摄星”的探测元件，并以区块链技术建立了去中心化的跨星系通信网络。

根据斯特林的研究，尤里的本意大概只是希望提高探测元件的工作效率，而非制造虚假的安塞波。然而那些前仆后继、数以兆计的小家伙，竟然形成了一个具有类生命体特质的庞大存在，一个身躯跨越十余光年的星系巨兽。如同恐龙一般，其由探测元件构成的神经网络时刻都在进行预测，并将信息反馈至其大脑所在的位置——地球。

这个系统是如何保证预测信息是准确无误的？一个可能的策略是实时

修正算法。以半人马座α星A的超新星爆发为例，针对其爆发的具体时间，处在前列的第一具探测元件率先发出预测，接收信息的第二具探测元件会将其与自己的观察结果进行独立判断，并将两组判断以区块链的形式传递给其他设备。与此同时，第一具探测元件也会根据新的观察结果，对来自下游的反馈信息进行再次修正，发出新的预测。

这样一来，当超新星真正爆发的时候，来自“突破摄星”计划的信息早已经过了无数轮修正，抵达地球的预测信息便与真实信息相差无几。

新宇航时代到来后，地球上所有设备均接受了安塞波升级，每个人都身处在这巨兽的神经网络之中。当我们的一日三餐，社交关系，甚至最私人的秘密都被其轻易掌握时，预测的准确性自然也无须言说。

问题在于，提前到达的预测信息和瞬间到达的真实信息，二者究竟如何分辨？倘若我们没有能力进行区分，那它们又有什么区别？

万幸的是，任何如此复杂的通信网络都会出现错误。莉莉娅、斯特林所发现的那细微的辐射强度差异，以及资料中无法解释的神秘现象，正是预测信息和真实信息之间不可避免的偶然误差。

但是，仅仅如此，还不足以证伪安塞波。

莉莉娅在论文里设计了一个精巧的思想实验。假如我们将两个绝对同步的随机数发生器分别置于两地，一个通过安塞波网络观察记录，一个则通过常规手段。实时修正算法永远无法自有其限，只要给予无限长的观测时间，早晚有一天会出现显著的差异。

诚然，没有人拥有无限长的时间。但如果尽可能地拉长随机数发生器之间的距离，令区块链数据的运算量超过实时修正算法的极限，同样可以等效视之。

迪米特里不会允许她进行这种试验。这对他等同于自掘坟墓。但我的莉莉娅……我那单纯的莉莉娅，她为了证实这一假设，竟然不惜亲自去找斯特林。我无法得知当年的她究竟经历了什么，但毫无疑问，她吸引了迪米特里的注意力。

纸箱里那厚厚一沓申请文件证明，在她生命中的最后时光，莉莉娅申请了几百次单人飞船探索任务，却从未获得批准。迪米特里的财团参与了飞船的商业发射。在普林斯顿的私人往来信件中，可以发现莉莉娅被禁止参与任何相关研究。而普林斯顿近十年来最大的一笔私人赞助，就来自迪米特里。

阴谋论吗？也许。

但这就是为什么我会独自登上这艘飞船的原因。

莉莉娅所构想的那两个随机数发生器一个在我手中，另一个则位于地球上的安全地方。截至此时此刻，已经有两千一百三十七个数字……三十八个数字出现了错误。我相信这足够多了。

你是正确的，莉莉娅。安塞波并不存在。

我要感谢挖掘队的那些老伙计，是他们帮我潜入航天中心，帮我找到一艘合适的飞船并发射升空。我不会在这里提到他们的名字，或是使用了什么方法做到的这一切。这是为了避免安塞波网络刺探他们的真实身份，避免迪米特里或任何垄断安塞波通信技术的人对他们和他们的家人展开报复。

听到了吗？安塞波并不存在。请把这真相传往群星，传至每一处人类殖民地。安塞波并不存在。

飞船彻底解体了，每一片零件都在我身后飘得越来越远。或许我是第一个以亚光速状态下进行太空行走的人类，这真有趣。

大概是该告别的时候了。

自打登上飞船我就一直在想，如果说在特定范围的空间范围内，“突破摄星”构成了表征存在的物理现象——安塞波，那么是否有可能，我们习以为常的某些自然定律，也不过是特殊条件下的表征存在的特殊现象？是否有可能，当我们飞得足够远，回头会发现已知宇宙不过是一个安稳的肥皂泡？

我原本可以回去的。但我不想这样做。我想看看更远的世界。

当飞船驶离地球二十七光年，随机数发生器出现第一个报数误差的时候，我便调整了飞船引擎的推力等级，朝着更远的深空而去。而现在，我终于看到了第一个异象。

一个虫洞。

我从未见过如此的景象。那是难以用语言形容的壮美。时空的拓扑结构在这里改变，无数光芒环绕虫洞而入，又从中勾连出更多的光彩。它的引力已经将我牢牢锁定，用不了多久，我便将如流星坠入其中。

来自更高维度的律动在我体内振荡，令我产生了一种熟悉的感觉，仿佛回到四岁的时光。令我想到了母亲，哈雷彗星，想到了你。

也许，虫洞那边是更为遥远的宇宙，连时间也会折叠翘曲。届时，你我也将在过往中再次相逢。

我衷心期望如此。

哦，我的莉莉娅，我的星。

离开蓉城

On the Road

楔 子

车上的三个人中，是马拉拉最先发现了那个姑娘。

这倒不能怪他们的司机王凯，毕竟离开渝省后他就戴上了幻镜，假装自己在哪颗未知星球执行秘密任务。而另一名司机关雍，此时正斜靠在后座，在车窗上搭着脚，枕着胳膊闭目养神。

只有马拉拉一直盯着窗外，头顶冒汗，双唇紧抿，心无旁骛地忍受着来自下腹部的痛苦。在巴城城外高速公路的服务区，王凯已经警告过他不要乱吃东西，可马拉拉还是根据一份古老的地方小吃大全，在自动机器上要了一份脑花和抄手。其实那时关雍也饶有兴趣，但后来还是咽了咽口水，转而和王凯吃起了从蓉城带来的合成食品。

因此，当那个姑娘出现在路边的时候，脸色苍白的马拉拉一眼就发现了情况。

“停车！有个女孩！喀！”

王凯惊醒一般踩下刹车，这辆十年前产的红色敞篷吉普向左疾速一扭，接着向右侧滑出一百来米，如同一道火焰在高速公路留下烧焦的轨迹。

“哎！”被卡在车座底下的关雍骂道。他的脚还高高架着，上半身却被迫和脚踏垫来了个亲密接触。他艰难而准确地踢了王凯两脚：“你小子不是说会开车吗！”

“马拉拉说有个女孩。”王凯摘下幻镜回应道。

“女孩？哪儿？”

“不知道。”王凯受不了幻镜连续发出的“禁止停车！”警告，索性把它关了。他从后视镜望去，只见几十米后的路边蹲着个女孩，年龄和他们差不多大，顶多十四五岁的样子。

“这谁？”关雍摸摸后脑勺，“什么人啊？”

与此同时，马拉拉正趴在车窗狂吐不止。沉浸在呕吐物的气味中，马拉拉模糊地意识到，这是自他们离开蓉城以来，第一次见到活生生的人。

马拉拉

在马拉拉的记忆里，离开蓉城的主意，是王凯提出来的。

昨天下午，周四的课程刚刚结束，坐在马拉拉前面的王凯便扭过头来，问他能不能帮个忙，为自己明天翘课打掩护。

马拉拉和王凯算是发小，打记事起就待在一个班里。这事儿马拉拉之前也做过，无非是王凯提供一段替身虚拟影像代码，他来帮忙吸引别人注意力罢了。

打听八卦向来不是马拉拉的爱好，但不知为什么，这次他回问了。

“你想要干吗？”

“长途旅行。”王凯干脆地答道，“我要去申城。”

听到这话，马拉拉眼前立刻现出了半透明的浮雕地图，申城顶着一个红色的巨型感叹号，煞是显眼。

尚未登出的同学纷纷投来奇怪的目光，王凯迅速将地图压扁在马拉拉的桌上，从蓉城到申城，一条黄色的路径亮了起来。“一共1957公里。”他说。

“我也能去吗？”马拉拉突然问。

说出这话，马拉拉自己也吓了一跳。王凯的表情毫无变化，就像是画面卡住了一样。马拉拉心里有些羞愧，正要把话收回，王凯眨眨眼，做出了回应。

“行吧。明早9点，天府广场。”王凯说完便登出了。

摘下幻镜，马拉拉才发觉自己呼吸急促，心脏跳得厉害，好像刚刚做了什么了不起的重大决定。

这还是我第一次离开蓉城呢。马拉拉想。

虽然名为蓉城，但如今的城市已经和最初的概念完全不同。与其说是由街道和高楼拼成的空间，不如说巨型仿生立体建筑群，一颗颗居住舱室如泪珠般挂在钢筋混凝土的线状廊道上，像是非洲的白蚁巢穴，又像是野蛮生长的黏菌群落。

空间的利用率最终在三维方向上达到了极限，阳光透过空中网状交叉的廊道，在地表留下镂空的剪影。据说这种复杂的设计，最早是一群自动机器在三十年前开始施工的。而这世界上绝大多数城市，都已经在所谓“聚态网”的帮助下，建成了类似的建筑群。

蚁巢城市——教材上这么称呼。

有时候，马拉拉真的很难想象，建成如此硕大的建筑群仅仅需要三十年。蓉城高约千米，成半球形覆盖在地面。每一个廊道交会点，都有一个居住舱室。然而从物理空间上，孩子们永远无法进入另一个舱室。

是的，孩子们。在蓉城，马拉拉从未见过一个成年人。实际上，就连幻镜里的老师也并非成年人的模样。这世界上应该是有成年人的吧，马拉拉曾经这样想，我们长大就会变成成年人，对吧？可他们都去哪儿了呢？

这问题反复萦绕，在心头扼紧，不知何时令马拉拉患上了梦游的毛病。有时他在午夜醒来，发现自己站在廊道深处，孤身一人。漆黑的夜色冰冷得可怕，有好几次马拉拉都确信自己看到数百米之外的地方，有成年人的身影一闪而过。

他奔跑，脚步声回响在空寂的蓉城。马拉拉爬上爬下，绕过一个个舱室，一个个沉睡的孩子，一个个幻梦。他期待，又落空。相似的事情反复发生，一度令马拉拉怀疑自己是不是已经发了疯。

意外的是，就在周四这天晚上，马拉拉惊讶地发现，他停止了梦游。

王凯

当马拉拉摇晃地推开车门，一脚踩在自己呕吐物上的时候，王凯早已抢先一步，紧跑过去将女孩扶了起来。肌肤接触的那一刻，他的心里产生了一股莫名的熟悉感。与此同时，他的注意力立刻被女孩的衣服吸引住了。

在蓉城，所有人都穿着统一的外衣，内置的智能材料可以随时根据身体发育情况调整款型。关雍虽然穿着不知从哪儿寻来的老旧夹克，但也多少包含一些现代科技。

可女孩身上穿的，是一件款式极其简单的蓝色碎花布衣。整齐的针脚下，不难发现是手工的成果。

尽管确信自己没有撞到这个女孩，王凯还是招呼关雍过来检查伤势。女孩见状脸上通红，不自觉退了两步，连连摆手表示自己真的没有受伤。

“我只是看到你们吓傻了。这路上好久不走车了。”姑娘说。

“多久没走过？”关雍忙问，接着又改口道，“你怎么在高速公路上乱走？不知道危险啊？”

为什么要问多久？王凯好奇地想，但也仅仅是想了一瞬。幻镜在口袋里嗡嗡作响，闪烁的灯光正催促他们重新上路。

“对不起。”女孩尴尬地冲王凯鞠了个躬，“我也不知道会有车，把你们吓到了……”

“没关系！”刚刚处理完自己呕吐物的马拉拉突然冒了出来，抢着说道，“我叫马拉拉，是从蓉城来的，这是王凯、关雍。你叫什么名字？”

“英子。”女孩眼睛一亮，“我叫英子，就住在下面镇子里。”

“恩施州？”王凯问。女孩点头表示确认。

王凯回忆了一下，地图上恩施州是个很大的区域，下属村镇众多。幻镜曾提示过他，地图制作的时间至少是二十年前，难道现在还有镇子吗？这个自称英子的女孩又是哪一个镇子的人？幻镜仍然在闪烁。来得及吗？他盘算着。

“你们可以带我去巴城吗？”英子突然抓住王凯的手。

“为什么？”

“我想去巴城找医生。”

走着去？王凯一愣，那可得走上很久。

“为什么不用幻镜？”马拉拉问。

英子摇摇头：“我……我们没有……”

这倒有点意思。王凯想。

“你哪儿受伤了？”关雍伸手拉住英子，“我这儿有医药箱。”

“不是我，是我爷爷。”英子的脸更红了。

“爷爷？你有爷爷？”马拉拉看向王凯。王凯轻轻点头，心里同样很惊讶。

“对啊，你们没有吗？”英子有点不知所措。

“你等等啊！”马拉拉说完，迅速把王凯和关雍拉到一边，压低声音，“我说，咱们要不然就去一趟。你听见她说的了吗？爷爷。那是个成年人！老人！你们谁见过？”

当然没有。王凯端详着英子的表情，她真的很眼熟啊。

“我编不出来。但我也没见过。说不定是编的呢？”关雍说道。

“谁骗人会编个爷爷出来啊！”马拉拉着急地说，“王凯，你呢？难道你不想见？”

我当然想见了，他想。但他的心思很快飘向了记忆，那个模糊的人影对他说：“周六中午12点，我就要出发。你要是想知道答案，必须在那之前抵达申城。”

那人只留给我一天一夜的时间。二十四小时。

“三个小时。”王凯说，“我只耽误得起三个小时。”

“没问题！”

“你就那么确定只会耽误三个小时？”关雍似乎有点讽刺之意，这令王凯有些惊讶。之前他从没问过关雍，为什么愿意借车给自己。他也着急去申城？

王凯又瞥了眼英子，发现她正盯着自己。到底是在哪儿见过呢？王凯把这念头屏蔽起来。这或许是个错误，他想，但马拉拉说得对，见到老人的机会的确太难得了。

“我们家里有鱼糕，如果你们担心误了晚饭……”英子小心翼翼地插嘴道。

“无论如何，在一个小时内结束！”王凯终于下定了决心，“喂，你知道怎么回去吗？”

“知道！”英子抢着答道。

“那上车吧！”王凯说完就盯着马拉拉，“盯好时间，不许耽误。”

“保证没问题！”

几乎在同一时刻，王凯脑海中跳出了另一幅画面。那是他们即将离开蓉城的时候，路中央停着的一辆报废跑车。跑车车轮早就被卸得一干二净，车身则被熏成了炭黑色，应该曾被大火烧过，辨认不出面目。

王凯注意到，就在那车的残骸后面，有人用白漆喷了这样一行字——

“避世者必自毙”。

马拉拉问王凯那是什么意思。王凯沉默良久，才谨慎地回答：“意思是，我们必须小心。”

话音刚落，他清楚地听见关雍哼了一声，仿佛有些不屑一顾。

于是，三人就此上路。他们安然无恙地走了八个小时，接着在恩施州外遇到了英子。

关 雍

镇子离得并不远，只是地势陡峭，要走很多盘山路。不得已，司机由王凯改换为经验更加丰富的关雍。马拉拉借机问王凯在哪儿学的车，王凯告诉他，是幻镜里的模拟驾驶系统。

关雍听到后嗤笑了一声。幻镜，缩头乌龟的避难所而已。

这趟旅行，只有王凯带上了幻镜。幻镜通体银色，呈长方形设计，使用时挂在耳上，镜面自动贴合面部，提供全景式沉浸视野。幻镜与“聚态网”相连，既能给予虚拟现实的体验，也具备增强现实的功能。模式切换只需一键。

历史教科书记载，第一代幻镜出现在三十年前。巧合的是，那几年也正是“聚态网”、蚁巢城市等概念大行其道的时期。幻镜的设计最初是为了抹平教育不平等，然而所有人都没想到，这三种概念悄然定义了未来数代人的生存景象。

与蓉城的其他孩子不同，三个月大的时候，关雍脑部被检查出发育异常，简单来说，关雍在高频闪光刺激下会被诱发癫痫，严重时甚至可能因此丧命。

比那更糟糕的是，根据测试，自毁开关的诱发频率和幻镜的屏幕刷新率吻合。

关雍看过几乎所有与之相关的论文，这种疾病是第7号染色体某个基因发生突变的结果，平均每两百万人中才会出现一例。在幻镜出现前的世界，这根本不会对患者的人生造成任何影响。

但如今，这意味着遗弃。

像所有的蚁巢城市一样，蓉城完好保存着许多老城区，其中有一所封闭式学校专门容纳像关雍这样的孩子。加载平面幻镜系统的老式电脑，每天持续十二小时的教学，只为了能让他们追得上时代的步伐。

而那摧毁了所有有趣的东西。

前方出现了一个“U”形弯道，外侧就是山涧，垂直落差接近三十米。关雍咧嘴一笑，突然提挡加速。脊背猛地被座椅前推，压得颅内血液充盈。

英子吓得说不出话，马拉拉和王凯尚算镇静，但当他们看清楚前方的路况后，抱怨变成了惊恐的低呼。

胆小鬼。关雍轻哼一声。

对准弯道顶点，入弯的一瞬关雍迅速打下方向盘，同时踩下刹车，换挡降速。车胎与年久失修的柏油马路剧烈摩擦，发出锐利的尖叫。吉普车尾一摇，红色的身影倏地飘了出去。王凯和马拉拉撞成一团，英子也扑倒了，她那未发育成熟的小巧乳房隔着衣料轻轻点在关雍的胳膊上。

关雍的心跳迟了半拍，吉普误了加速的最佳时机。关雍赶紧踩下油门，车子猛地往前一跃，才回到了路上。

英子红着脸坐回副驾驶的位置。马拉拉连忙关切地问了几句，王凯则板着脸，冷冷地夸耀关雍车技高超。

废话。老子的技术可是在货真价实的路上练出来的。

在蓉城，关雍的学校里总共只有十来个学生。由于用不了幻镜，他们连身份也无法被“聚态网”识别，更不用提进入蚁巢城市了。但是，那并不意味着无处可去。

他们自称垃圾帮。垃圾帮里男女比例大致相同，由年龄最大的那个充当领袖。那一年，领袖是一个名叫苏樱的十七岁姑娘。她的身上有股特别的气质，和过去的所有人都不一样。

关雍的车技，就是苏樱教的。

一年前的某个日子，苏樱带着他们从学校后墙翻了出去。他们越过灌木林，在接近蓉城南部边缘的地方找到了一家仓储式大型超市。那里的野草高得没过锈蚀的铁轨，却遮掩不住超市巨大的蓝色外墙。

这里属于过去的时代，或许荒废了超过十年。而令关雍惊讶的是，超市里的商品竟然全部保存完好，崭新如初，仿佛正等着人们进行挑选。

他们用床垫垒成城堡，举着海绵枕头互相打斗；他们用陶瓷碗当飞镖，看谁扔得最准最远；他们挑选最喜欢的衣服，扮作成年人的样子来回走动；他们拆卸衣柜沙发，将之拼装成高大而怪异的雕塑。

在雕塑顶部，是一张正红色的单人沙发。那是关雍送给苏樱的宝座。

而在超市地下，他们发现了车。

成百上千辆各异的车，安静地沉寂在停车场，仅需推到阳光下充电便可立即上路。关雍一眼就相中了那辆红色吉普。

“你喜欢吗？”苏樱凑在他耳边问，距离近得能闻到发香，“它是你的了。”

“真的？”关雍紧张地抚摸冰凉车身，“可我不会开。”

苏樱莞尔一笑：“我教你。”

大概是天赋使然，两个月后，关雍成了垃圾帮最好的车手之一。也是在那个时候，苏樱离开了。

她告诉他们，自己要效仿之前的领袖，在即将成年之际踏上最伟大的旅途。要环绕整个大陆，看看外面的世界，而她回来的时候，就是十八岁的姑娘了。

尽管之前从未有人回来过。

自然地，关雍也希望能一起去。可苏樱拍拍他的头：“你还太小，再过几年，我们再一起上路。”关雍看着她的眼睛，同意了。

然后，像其他人一样，她也再没有回来。

所以当王凯找到关雍，提出要借车去申城的时候，他毫不犹豫地答应了。

“我要找到她。”关雍想，“我会找到她。”

出于某种连他自己也说不上来的原因，关雍觉得，英子有点像苏樱。

英 子

大约半小时的车程后，吉普终于驶入镇子。路面上的水泥已经开裂得无法修复，两侧的街道却还保持着过去的样貌。青砖墙、圆木柱、小石桥……然而除了水流潺潺，枝叶窸窣，这里安静极了，路边一个人也没有。

所有的建筑都被废弃了，毫无有人居住的迹象。

“这真的是个镇子吗？”马拉拉问英子。

“当然了。”

“这镇子上，不会就住了你们一户人家吧？”关雍四处观望。

不是啊，英子默默地想，不是这样的。

最早的时候镇子上还有挺多人的，可大多是老人，年轻人很少。爷爷告诉她，英子的妈妈生下她后，等不到“聚态网”的医疗救助死掉了。英子的爸爸不愿意留在这里，在英子两个月大的时候便和最后几个年轻人离开了。

于是，镇子上就只剩下七八个老人，一起抚养她长大。

英子的童年还是很幸福的，有人教她下棋，有人教她缝纫。还有一头母山羊，代替黄牛耕梯田。而所有关于外面世界的知识，都可以从家里的一台旧电脑里找到。

随着年岁增长，英子看着老人们更加衰老，看着他们一个接一个地倒下，就像多米诺骨牌一样。爷爷带着她把老人们拉到山涧，放到粗制的竹筏上送入江心。再后来，那头母山羊在拉犁时忽然跪倒，再也没站起来。

山羊死的那天，英子哭了一整个下午。她觉得整个世界都在离她远去。

打那天起，爷爷开始带着英子爬山路。他们走上最近的高速公路，在一份发黄褪色的纸质地图上指指点点。爷爷告诉她，哪里是巴城、江城，哪里是申城。

直到这一天，爷爷突然动不了了。他下不了床，也吃不进饭。英子找遍早已废弃的医疗所，里面却连一片消炎药都没有。英子鼓起勇气，一个人在烈日下暴走了将近四个小时，又等了几乎同样长的时间，终于碰到了一辆红色吉普。车上有三个男孩，关雍很粗俗，王凯很冷漠，马拉拉倒是很热情，可好像生了什么病，身上一股呕吐物的味道。

从镇中心的路口拐入，几分钟后，一幢尚且完好的木制小楼出现在眼前。它表面光洁如新，不见攀爬的藤蔓，前后的地面也没有碎石杂草。一根电线从头顶歪歪扭扭地延伸出来，与后院的木杆相连。这里就是英子的家了。

没等车停稳，英子就跑了下去。二楼卧室里，爷爷正盖着薄被躺在床上，腹部高高凸起。英子握住爷爷的手，脉搏透过细小血管微弱地跳动，这让她舒了口气。

爷爷被英子轻声唤醒，却不料他瞪大眼睛，惊恐地叫了起来，仿佛是见了鬼一样。

“你怎么在这儿！你……你给我滚出去！”爷爷死死地盯着男孩们。英子连忙回头，才发现爷爷指的是王凯。

马拉拉不解地问王凯：“你们认识？”

“当然不。”王凯摇头，“大概是已经糊涂了吧。年龄大的人都这样。”

“爷爷！他们是来帮你的！”英子连忙劝道。

爷爷诧异地看着英子，忽然又认出了她。

“英子啊，你一定，一定要去找你爸爸！”他紧紧拉住英子，手指攥得发白，“疼啊！疼啊！”

关雍见状连忙打开医药箱，取出一个长方形的仪器贴在爷爷的胳膊上。数字和文字迅速闪过，谁也看不清楚。

“怎么样啊？我爷爷怎么了？”英子急忙问。

关雍瞥了王凯一眼，把英子拉到走廊：“你要有心理准备，检测结果很不乐观。”

“他是生病了吗？你不是有那么多药吗？”

关雍皱眉看着她：“不，他没生病。”

英子一下子明白了。

她记得那一年，天气变化很大，先是连续下了一个月的雨水，淅淅沥沥冷得刺骨，接着又是持续数天的烈日暴晒。英子在家待了很久，久到几乎忘记了日子。要不是爷爷提议要找镇子上的老人们聚一下，她也不会跑去隔壁奶奶家找人。

推开门的那一刻，一股难闻的尘埃蹿入鼻腔深处。英子往里走了几步，惊恐地看见奶奶已经去世了。

床上的人蜷缩着，嘴巴孤独而可怕得张大。最令她难忘的，却是奶奶面前一碗尚未吃完的风干鱼糕。

关雍打了个响指，把英子从回忆中拽了出来，“我有一些止疼剂，但不知道能维持多久，如果……我觉得应该让他自己决定。”

英子点点头，一阵眩晕突然袭来，让她有点站立不稳。她的意识仿佛脱离了躯壳，飘在空中，像是个虚无的观察者，眼前的一切都不像是真的。

爷爷太老了。以后就只有我自己了。

“喂！”她叫住关雍，“能帮我一个忙吗？”

“什么忙？”关雍与她对视片刻，“你爸爸，你知道他在哪儿吗？”

“申城。”英子说，“我爷爷说过，他去了申城。你们可以带我一起走吗？”

仿佛过了很久，关雍才开口。

“没问题，”他说，“但是，我也有一件事要麻烦你。”

关 雍

六个月前。英子告诉他，六个月前，一辆银白色的跑车经过高速公路，驶往江城方向，司机是个姑娘。

时间对上了。

回到卧室的时候，王凯似乎在和爷爷交谈。关雍对他们之间说了什么一点兴趣也没有。他把医药箱里所有的止疼针取了出来，在老人身边依次排开。

“知道这是什么吗？”

爷爷那浑浊的眼睛看着关雍，像是要搞清楚他到底是什么意思。接着，他点了点头：“英子呢？我想和她再说句话。”

关雍把英子唤进来，自己则径直朝外走。王凯却挡到他的面前。

“你确定要把那些针都留下？”他问。

关你什么事。他想。

“我要去看下车。”关雍撂下这句话，突然很想抽一根烟。

关雍从没抽过烟，但他记得苏樱是抽烟的。苏樱告诉过他，万事万物在“聚态网”都有编号，唯独烟没有。

同样没登记编号的还有很多东西，过去人们曾以为这不会造成什么问题。然而区区几代人的时间，就足以让人们忘记它们曾经存在过。

蓉城的垃圾帮，就是以寻找这些东西为目的而存在的。香烟是特供品，只有苏樱能够享用。她身上有股好闻的烟味。有时候她会把烟衔在嘴里，轻吸点燃，吸入第一口烟气，闭上眼睛，感受尼古丁侵入肺泡的过程，再将剩下的烟夹在指尖，燃尽。

那沾着唇印的，有些潮湿的烟。

苏樱常用的打火机，就是关雍送给她的。那原本是一对，被关雍私自留了一只。苏樱离开后，关雍找到过很多不同牌子的烟，可没有一个散发着苏樱的气味。

他回到车边，摸出打火机把玩。也不知过了多久，脚步声从楼上依次传下。马拉拉出来了，手里提着一个小包裹，看样了大概是英子提过的鱼糕。英子和王凯跟在后面。

没等关雍开口，王凯一把将他推到墙角，压低声音质问道："喂，为什么你要答应她？"

"什么？"

"为什么你要答应带她去申城？"

"怎么了？有什么问题吗？反正目的地都一样。"

"你要明白，是我发起了这次旅行，留给我的时间有限。"王凯盯着他，"多一个人，就多一份潜在的麻烦。"

"那你也该明白，车是我的，我想带谁就带谁。你要是这么不情愿操心，让马拉拉照顾她。"关雍毫不退让，"还有，刚刚那老头对你说什么了？"

"不关你事。"

"想上我的车，就是我的事。"

王凯并未直接回答，而是死死盯着关雍，像是在评估他的认真程度。"他记得我，还给了我一个数字。"王凯说，"他说他是最后的避世者。"

关雍心里一惊，避世者？

"什么数字？"

"我也很想知道。"王凯甩开关雍，回到了车上。

再次驶入高速公路已是6点左右，夕阳正从群山中迅速落下。没多久，夜色就彻底降临了。路灯感应到吉普的到来，在他们抵达之前早早亮起，又在他们经过后迅速熄灭。路牌在关雍眼前飞过，像是从没出现过。只有在关雍集中视线的时候，才会显示出G138的字符。

关雍没心情探究那是什么意思，也许是这条路的编号。又是编号。

王凯问关雍需不需要休息一下，换他来开。关雍瞥了他一眼，回了句“老子不用”。

没过多久，后座上响起了沉睡的轻鼾声，是马拉拉。他今天可没少折腾。王凯好像也睡着了。英子却仿佛失魂落魄，眼前分明没有什么值得看的，而她却依旧看着窗外，试图捕捉每一缕光线。

“在想你爷爷？”关雍轻声问她。

英子吓了一跳，想了很久才缓缓开口。

“我应该感谢你，至少他不会经历什么痛苦。至少，我不用亲眼看到那一刻的到来。”

“那就好。”关雍回应道。

“你和王凯……”英子犹豫地说，“我还以为你们是朋友。”

“不是，最多只是旅伴。”关雍不屑地说。看到英子想要打开储物箱，关雍连忙伸手阻止：“里面有危险，你最好别碰。”

“对不起。”英子道歉。

尴尬的气氛再次蔓延，两人都沉默了好一会儿。

关雍打算换个话题，但他发现，其实自己也并不真的在意英子是不是在听，“我原先以为，跑长途最需要的是随机应变的能力，应付所有可能出现的麻烦。等到真正上路才发现，最需要的其实是耐得住无聊。”

“嗯。”

关雍伸手向后探，摸到了想找的东西，是幻镜。

“你无聊的话，可以看看这个。用马拉拉的身份就行。”

英子摇了摇头。

关雍以为她害羞，便踩了一脚刹车。没系安全带的马拉拉前倾倒在座椅上，关雍趁机抓起他的拇指，打开了幻镜，又接着踩下油门。马拉拉顿时又坐了回去。这一来一回，居然没把他震醒，只见他揉了揉鼻子，半张着嘴，流着口水昏睡过去。

英子扑哧一笑，也不知是笑谁。她终于放松了些，可当两人无意中交换视线，英子似乎又陷入了哀伤之中。

关雍在心里责怪自己，伸手递过幻镜。英子推了一下，最后还是接受了。她把它小心地戴在眼上，接着瞬间身体突然变得僵硬，仿佛被钉在了座椅上。

第一次接触幻镜的人都会有这种情况。关雍曾在苏樱的指导下侵入蓉城的监控系统，偷窥那些使用幻镜的白痴，仅凭姿势就能判断他们接触幻镜多长时间。

在蓉城，孩子们第一次戴上幻镜大概是三岁左右。那些还站不稳的孩子经常以各种古怪的姿势定在满是海绵的房间里，不敢随意走动。再大一些，他们就能够像正常人一样吃喝玩乐，甚至学习开车。

但关雍知道，幻镜的应用还有第三个阶段。那些十七八岁的少年把自己装在包裹全身的半透膜套子里，躺在自动调节的床榻上，接受全方位的感官刺激。刺入肌肉的电极令他们拥有健康、健美的肌肉，像是一个个包装完好的商品。

因此，关雍对幻镜全无好感。不，应该说，是对这个时代的一切全无好感。

看看周围吧。这原本应是生机勃勃的世界。路边倒塌的广告牌指向夜空，向群星展示绝美的风景。一个个精致的旅游度假村，在幻镜出现后土崩瓦解，带走了当地人仅存的希望。

就像英子的镇子，关雍想，英子的爷爷。他很确定，老人与王凯窃窃私语的时候，曾经朝自己看了一眼。

避世者——他是怎么知道这个词的？

据说，当初建造蚁巢城市时，那些拒绝生活在城市、逃往乡镇村庄的人们，就被“聚态网”称作避世者。避世者相信，他们在真正的自然世界，可以获得长久而安稳的生活，无须面对虚伪的冲突。

而他们这些无法使用幻镜的孩子，正是避世者的后代。他们的血液里，流淌着避世者的基因。

关雍从未相信避世者曾存在过，在他眼里，那不过是个多年以前的传说。关雍回忆老人的面孔，那么苍老，那么没有活力。

真是讽刺啊。就算是避世者，也会有消亡的一天。

没有什么将永远存在。

关雍瞄了一眼英子，她的脊背正渐渐放松。之前的念头突然跳了回来，他悄悄凑近闻了一下。

真的是苏樱的味道！那种烟味！

可是，英子身上怎么会有这味道？

关雍很想把她唤醒问个清楚。但看到路边标志后，他放弃了这个打算。

不着急，反正这一路还长着呢。

关雍转动方向盘，驶下高速公路。

王 凯

醒来的时候，吉普停在一个不知名的地方。周围一片漆黑，唯一的光来自坐在副驾驶上的英子。些许光线透过幻镜与面部的缝隙，伴随着英子的呼吸轻轻闪烁。

关雍不在，这倒不意外。说实话，他并非不愿让英子搭这顺风车，也不是对关雍有什么偏见。然而，他没办法完全信任关雍。

要证据？现在就是证据。

这到底是什么地方啊。我们应该在去江城的高速公路上才对。

他把靠在自己肩上睡瘫的马拉拉挪开，眼睛逐渐适应了微弱的光线。空气中弥漫着潮湿的气息，江滩大概在附近，可除了寂静一无所有。

关雍在找一个人。为什么在出发的时候没有告诉我们？

秘密并不是坏事，王凯自己也有秘密。不过对他而言，抵达终点远比沿途的经历更加重要。他希望关雍能对自己坦诚，否则谁知道路上还会出什么岔子？

他又检查了下时间，接着下了车。

微弱的影子遮挡住吉普的身形，王凯抬头，看到星光与残破的门牌。夷陵图书馆？来夷陵干吗？

王凯返回吉普拍拍车窗，英子惊声尖叫，一把扯下幻镜。马拉拉被尖叫猛地惊醒，“咚”的一声撞了脑袋。

“下车。”王凯简单地说。

“干吗啊？”马拉拉绵软无力地爬出座位，微微发抖，“关雍呢？”

王凯没有回答，紧盯着图书馆深处，那里似乎有灯光亮起。

“我觉得，”英子往马拉拉身边凑了凑，“他的意思就是让我们把关雍找回来。”

王凯点点头，蹭蹭袖子打开照明。夷陵不是座小城市，怎么会一点声音一点灯光也没有？他朝市中心的方向望去，夜幕下，比黑色更黑的东西矗立在那儿。

应该就是夷陵蚁巢了吧，可怎么那么矮，那么小？是正在施工吗？还是已经……

王凯想起英子爷爷对他说的话——“你们和我们一样！都是被抛弃的人。跑吧！趁你们还有时间！”

他说的是真的吗？没错，我也曾这样想过，也正是这想法让我开始了这趟离开蓉城的旅行。可是，这是真的吗？

王凯甩开这不安的思绪。他提醒自己，不要忘记此行的目的。申城，答案就在那里。在那之前所有的猜想都只是猜想，能做的只有观察。

跟随马拉拉和英子，王凯步入图书馆的黑暗之中。

“关雍！”“关雍！”马拉拉和英子的声音起伏，在开阔的大厅中回荡，没有任何阻隔，反复不止。

就像个巨大的坟墓，王凯想，只不过埋葬的都是书籍。关雍的秘密是什么？如果我是他，我来这儿是为了寻找什么？

王凯回忆起自己第一次见到关雍的情景。

那时他已经隐约察觉到了问题的存在。虽然幻镜中的老师永远不会给他答案，但好在他知道去哪儿寻找。“聚态网”的交互系统中有一组实时交换的动态密码，破解它很难，却并非不可能，而王凯又有足够多的时间。

进入交互系统，王凯注册了一个假身份，伪装成自动机器管理员，申请调用查看蓉城的资源分配。他钻入监控系统，却发现只有数千个摄像头处在开放状态。

没等他想清这意味着什么，“聚态网”便闪现提示，有另一名管理员登记上线。这不寻常，王凯知道这是另一个想要寻找真相的孩子。

那个人就是关雍。

联系他之前，王凯花了很长一段时间观察关雍的行为模式。最终，他选择了最简单的文字留言，约他在地表见面。

那是王凯第一次下到地表。

王凯猜测以关雍的性格，一定会迟到。然而关雍提前数个小时就等在了那里，这令他很惊讶。

“找我有什么事？”关雍当时这样问。

“去申城。”王凯答道。后面的事情，水到渠成。

根据王凯的观察，关雍的行为具有相当明确的目的性。他的生活仅仅围绕三件事而展开，垃圾帮，学校，车。

现在，车在外面，学校在蓉城。唯一有可能的，就是垃圾帮。

可是垃圾帮与这儿有什么关系？

王凯停住脚步，谨慎地吸了吸鼻子，有烟味。三层隐约有火光，那是古籍阅览室。

等他赶到的时候，火势已经变大了。关雍却像没事人一样，踩着早已过期的灭火器平静地观望。

“火是你放的？”王凯问。

关雍显然没有聊天的心情。看到他的表情，王凯忽然明白了，他是在找人。

“是那个姑娘，对吧？你们垃圾帮的头头。”

“不关你的事。”关雍闷声说。

“我猜她和你们达成了约定，无论到哪儿，都要留个线索，这样就算失踪了，也能找到。”

“我说了，不关你的事！”关雍揪住王凯，眼睛被火光耀得通红。

王凯点头，轻轻拍拍关雍的手：“我知道，咱俩之间到现在并不愉快，但我很希望我们能重新开始。”

“开始什么？”

“开始保持友好。”王凯看着他，“至少保持到申城。”

灰烟顺着热空气流出门框，在玻璃穹顶聚集成厚重的云。金属边框的书架高温变形，“轰隆”一声突然倾倒，火舌蹿出门外，舔在两人中间。

关雍淡漠地看了看火势，接着松开手："我只保证把你们安全送到。"

"没说一句话就把我们丢在车里，这可不算什么保证。"王凯回应道，"你并不知道外面会发生什么。"

"得了吧，能出什么事。"

王凯抓住关雍的胳膊，瞪着他的眼睛："你不知道这里到底发生过什么，可能有多么危险。"

"就算有危险，也不在这里。"关雍甩开王凯。

"至少你没必要一个人行动！"王凯冲他喊。

但关雍已经走开了。

好机会。

王凯闪身钻入古籍阅览室，在衣服内衬按了几下。外衣领口的智能衣料向上延伸，包裹住他的口鼻，成了简易的防毒面具。这样的设计本是应急，撑不了多久——但也足够了。

脸上烤得发烫。视线穿过热浪，一台显示器艰难地散发着光芒。王凯心一横，低头冲进火焰之中。赶在显示器爆炸之前，看到了想看的内容。

等他逃出来的时候，火势已经蔓延到了整座图书馆。上千年的知识结晶在高温下化归为焦炭，随着热气升腾。

其余几个已经逃出来了。看见王凯，马拉拉递给他一张老式的胶版照片，相纸已经发黄褪色。照片上是第一座蚁巢城市的施工典礼，六个人围绕着一台自动机器欣然欢笑，然而照片底部标明的时间却令他更加困惑。

一百年前。怎么可能？王凯困惑地想，幻镜里明明说，蚁巢城市是三十年前才开始建的。

"你在哪里找到的？"他问。

"城市学籍档案。这究竟是怎么回事？"

“我不知道……”

夜晚被火光映得通红。王凯抖去身上的烟尘，觉得自己一定在什么地方见过类似的场景。也许是幻镜里，那被焚毁的罗马城。

图书馆顶层的透明玻璃温度逐渐升高，内外温差越来越大，终于超过了它所能承受的限度。穹顶猛然炸裂，富含氧气的冰冷空气随之向内倒灌。图书馆内先是一暗，火焰紧随其后，一下子蹿出数米之高，烧红了半边夜空。

“多美啊。”英子的声音轻轻响起，“难道不是吗？”

“是啊。”王凯喃喃答道。他的思绪又跳回到了古籍阅览室，那条关雍寻找到的消息——“避世者必自毙”。

又是“避世者必自毙”。

马拉拉

灼烧的夜空在他们身后一点点消去，仿佛一场梦，被无尽的黑暗吞没。

再次上路，关雍和王凯换了个位置。英子依旧坐在副驾驶位上，关雍则斜倚车门打瞌睡。和之前一样，马拉拉只能躲在后排，偶尔偷窥英子的侧脸。

马拉拉又拿出那张发黄的照片，借着微光仔细查看。那个站在中间的人，既像王凯，又像是英子的爷爷。这可真奇怪。

马拉拉抬起头，恰巧碰上英子的视线，这让他脸上发烫，既想躲起来，又想拿头往车窗上撞。英子好像装作没发现他的窘迫，将幻镜收了起来。她向外张望了一会儿，又把视线折了回来。

“怎么了？是外面太黑了吗？”马拉拉问。

“不是啊。”英子歉意地笑了，嘴角浮现小巧的梨涡，“是觉得好像幻镜里看得更清楚，更真实，星星也更多。”

马拉拉一时不知如何回答，想了一会儿解释道：“我记得幻镜的硬件很久之前就没有更新过了，据说原因是幻镜的性能已经远远超过了人类感受的敏感度。如果把人的感官体验概括为简单的数据输入和输出，那么幻镜每秒提供的信息密度，已经和真实世界没有区别。”

“那么，什么样的人还会愿意在真实世界中旅行啊？”英子看着他。

“你是说关雍？还是王凯？他要去申城……”

“不不不，我是问你。”英子认真地看着马拉拉，“你为什么想要旅行呢？”

是啊，为什么呢？

一条腿突然出现，踹了马拉拉一脚。“因为他嘴馋呗！”不知什么时候开始装睡的关雍嘲讽道，“你看看他，还捧着你那饭盒呢！”

“你知道这有多珍贵吗？”马拉拉小心护着怀里的鱼糕。

关雍哈哈笑了一通，又忽然想起了什么。他凑到英子耳边，低声问了句话。

“你怎么知道啊？”英子的脸羞得通红。

“什么？你们说了什么？”马拉拉摸不着头脑。

只见英子打开衣服内衬，掏出一个口袋，从里面取出了一袋塑料包装的细长的手工烟卷，大约十几根的样子。

“这是那个姐姐留下的，说要我代为保管。”

“什么姐姐？”马拉拉困惑地问。

“他没告诉你们啊？”英子错过了关雍的眼神，没头没脑地说，“六个月前，有个姐姐开车经过，正好碰上了我和爷爷。她来我们家里吃了顿饭，走的时候，把这袋卷烟交给了我。后来我问爷爷，但他不让我碰。”

王凯侧脸看了一眼：“烟？关雍？你可别乱动！”

“关你屁事！”关雍一把抢过卷烟，打开口袋嗅了两下，喃喃地念着，“果然是这个味道，怪不得找不到牌子。”

马拉拉完全不知道发生了什么事，他戳戳王凯，问他：“那到底是什么啊？”

“致幻剂。”王凯没好气地说。

“啊？”马拉拉完全想不通，“那个姐姐是从哪儿搞到的？”

“苏樱。”关雍告诉他，“她叫苏樱。”他伸手掏了一根迅速叼在嘴边，抢在王凯阻止他之前，就点燃了烟卷。

浓厚的烟雾很快充斥了车厢。王凯忙不迭竖起衣领，放下车窗透气。但在那之前，烟气中那迷幻的成分已经钻入了每个人的肺泡。最大的受害者就是坐在关雍旁边的马拉拉，关雍喷出的第一口烟就把他呛住了。马拉拉咳出不少眼泪，又接着吸了不少。

“你没事儿吧？”英子问。

马拉拉抬起头，看看英子的脸，又看看关雍，爆发出一阵大笑。

“你，你长得太好玩了，哈哈哈哈哈。”

英子和关雍也绷不住了，三人顿时笑作一团。

关雍的脑袋大得简直不像话，还方方正正的。王凯的耳朵也很奇怪，像是柔软的麻花。只有英子最好看，她浑身发光，身边冒出一朵朵璀璨的小花。马拉拉从来没有这么放松过，他伸手想要摘下一朵，又看到自己的指关节高高地凸起，古怪至极。两只手的位置也不对，看起来那么小，又那么远，就像婴儿的手长在了筷子上。

“苏樱说过，这个世界被遗弃了，而我们是最后一批被留下的人。哈！”关雍边笑边说。

马拉拉望向窗外，疾驰而过的灯光拉出长长的尾迹，绵延成一条彩色的巨龙。那龙腾空而起，飞到前方张开大口，一下把吉普吞了进去。马拉拉惊得挡住双眼，却发现那龙正坐在身边，穿着关雍的衣服。不对，是关雍的大方脑袋变成了龙。

龙头张开嘴，噘起厚实的嘴唇，用英子的声音问马拉拉："你为什么想要旅行呢？"

马拉拉正要回答，转眼看到吉普车已经驶入了无尽的平原，天边映得火红，高耸的巨石峡谷拔地而起。一辆老式厢车和他们并行而驶，车门居然还镶嵌着木料。马拉拉发现对面车里也一样坐着三男一女，只是他们年龄都在二十岁上下，比他们大好多。副驾驶上的女孩金发碧眼，乳房高耸，司机是个肌肉发达的家伙。后排坐着的年轻人把半个身子探出窗外，高举着一台古董打字机，朝天空兴奋地喊叫。暧昧模糊之中，马拉拉听见了"狄恩"这个名字。

随后，年轻人发现了马拉拉，他拍打车顶，指着吉普大呼小叫。马拉拉赶紧低下头，等他再直起身的时候，对面的人已经不见了。

不，是一切都不见了。马拉拉漂浮在无尽的夜空，群星在他身边环绕、旋转，变换形状和色彩。

英子再次现身，只见她站在星光之中，轻启朱唇。可是马拉拉什么都没有听见。接着，英子开始脱去衣服。马拉拉挣扎着游动，想要把外衣盖在她身上，眨眼间却看到，英子的衣服下面什么都没有，只是一团火焰。

那是夷陵图书馆的火焰。照亮整个夜空的火焰。

那场大火真正存在过吗？在马拉拉的记忆中，那份灼热就像蓉城一般真实。可是，蓉城真正存在过吗？

星光汇聚成河，马拉拉的身体逐渐升腾，破水而出，却又发现那原本就是真正的江河。数不尽的碎块漂浮在水面，像是未发育完全的身体组织，又像是未出生的胚胎婴儿。马拉拉凝视它们的面庞，每一张都和自己一样。

英子的声音再次响起："你为什么想要旅行呢？"

"也许……"马拉拉结结巴巴地说，"是为了寻找另一种真实。"

接下来的事，他什么也记不得了。

等到马拉拉完全恢复意识，已是凌晨2点。吉普此时停在一座桥上，下方就是奔流的江面。马拉拉跌跌撞撞地爬下车，熟悉的感觉又涌了上来。他奔到桥边，冲着江水一个劲地呕吐，同时心里庆幸没有浪费英子的鱼糕。

他抬起头，瞥见王凯呆立着，望向远方。马拉拉擦擦嘴，也跟着望了过去。

江城终于远远地现出了它的身影。

"城市是一种生命体。"马拉拉不记得在哪里听到过这句话。就像蓉城一样，江城也是一座蚁巢城市。然而与蓉城相比，江城的高度足足是蓉城的两倍。江北与江南同时生长，在数百米的高空以人字形合拢，构成一株直指苍穹的巨型珊瑚。

马拉拉每一条神经末梢都感受到了强烈的震撼，这江城比最高的山峦还要宏伟，比所能想象的任何人造物都要壮观。那建筑群的顶尖映衬着月光，犹如明珠般绽放。江水拍动岸边的声音就在那钢铁的空隙中回响，以几何级数放大，如钟声传向远方。

而马拉拉脚下这条高速公路，如同刚刚幻觉中的那条巨龙，黑暗、阴沉地延伸，指向夜色尽头。

一股强烈的情绪撞击心底，就连喉头也被死死锁住。马拉拉浑身发冷，浸没在巨大的孤独之中，花了好一会儿才反应过来究竟是什么让他如此恐惧。

庞硕的江城，竟全部埋葬在这夜幕之下，没有一处灯光亮起。

空城。江城已经死了。

“这到底是怎么回事？”马拉拉抑制不住地颤抖，“人呢？他们都去哪儿了？”

王 凯

王凯心里一沉，他最担心的事情终于得到了证实。

大约六个月前，王凯初识关雍的那个下午，他侵入了蓉城的“聚态网”，整个城市的监控系统都没有设防，却只有三千多个摄像头对他开放。

王凯花了足足一周的时间去检视那些画面，绝大多数摄像头都位于蚁巢城市上方，对应着每一个孩子的居住舱室。此外还有几百个摄像头散落分布在地表区域，监控范围包括蚁巢城市的底层入口、受保护的古建筑，以及关雍所在的特殊学校。

除了这些，就什么都没有了。

王凯反复比对过编号，检查是否可能存在损坏、丢失，或是其他可能失去连接的摄像头，即便这猜测本身就很可笑。建造蚁巢城市的“聚态网”，怎么会连一个损坏的摄像头都无法维修？

但他必须验证这种可能性。因为如果连这也不是事实，那只可能把猜测引向更坏的结果。

偌大的蓉城，只有三千个未成年的孩子。

再无他人。

最初王凯拒绝相信。幻镜宣称蓉城的人口接近两千万，怎么现在只有区区三千人？他无法相信，可是他又能怎么办呢？难道爬遍每个楼层，试着撬开居住舱室，检查里面究竟有没有人？

王凯知道，一旦这是真的，那也就等于承认，他从“聚态网”接收到的一切信息都可能是编造出来的假象。这代价太可怕了。

于是他继续努力，往更深处钻去，试图寻找证明自己错了的证据。通过调取大量与设备订单有关的历史记录，王凯绝望地发现，过去的蓉城的确拥有远多于现在的摄像头。而且在这背后，有着更为令人费解的内容。

历史记录显示，设备登记的时间跨度长达七十年。

蚁巢城市的历史总共才不过三十年，怎么会有七十年的记录？

那时候，距离他见到马拉拉找到的那张一百年前的照片还有很久。王凯还想继续追查下去，但可能是触碰了某种防御机制，“聚态网”强行把他踢出了系统。

然而就在这个时候，一条信息撞进了他的幻镜，运行追踪算法后，王凯惊讶地发现，信息来自申城。

“你看到了这世界的一角。”署名“凯鲁亚克”的人说。

王凯不知道他的真实身份。他犹豫了数天时间，最后选择了相信。

随后几个月，王凯把自己观察到的消息和猜想告诉了凯鲁亚克，并希望他能说出这一切背后的真相。可凯鲁亚克坚持认为，只有当王凯接近真相的时候，真相才最有意义。

直到周四凌晨，整整四十八小时前，王凯提出了自己新的猜想。蓉城经历了史无前例的大衰退，也许，整个世界都在衰退。

他等待了半个小时，然后收到了这样一句话。

“来找我。周六12点前。”

“为什么？在那之后呢？”

“我也会离开。”说完，凯鲁亚克就从“聚态网”中消失了，仿佛从来没有出现过。

王凯望向桥下，心里琢磨那江水一定很凉。

“你知道些什么，对吧？”关雍问道。

是的。王凯想。

说实话，他从来没有什么相近的朋友。哪怕是马拉拉，对他而言也不过是点头之交。然而此时此刻，王凯感受到了某种强烈的情绪。

他们有权知道关于世界的真相，有权知道我为何要踏上这趟旅程。

而他已经想好了要从何说起。

等到三人围拢在身边，王凯方才开口。他边说边挑选措辞，同时观察他们的反应。关雍和英子看起来十分平静，接受得很快。马拉拉倒是一脸惊愕。

“我不明白，”马拉拉连连摇头，“我明明在巴城吃了小吃。”

“那是服务区的自动机器，它们都和聚态网相连，所以看起来还活着。天知道那些食材放了多久。”王凯耸耸肩，“路过巴城的时候是在白天，还看不出有什么异常，可是在夷陵的时候，那里一片漆黑，毫无疑问，那里的蚁巢城市已经死了，虽然江城的规划比蓉城更大……”

巴掌“啪”地扇在王凯脸上，清脆得要命。

“你……你明明知道江城没有人……那申城呢？申城是不是也是一样？”英子愤怒地问。

“我不知道！”王凯第一次乱了阵脚。怎么会这样？他只是说出了他所知道的真相而已，为什么要质疑自己？“我不知道江城是座空城！我和你们一样惊讶……”

“但你小子已经知道了线索。”关雍冷冷地说，“你知道，这世界上的蚁巢城市可能都废了，江城也可能是其中之一，申城也一样。”

“不是的。”他还想挽回，“申城不是。”

“这话可是你刚刚亲口说的！‘如果蓉城都只有数千人口，那么其他的城市呢？唯一的解释是，整个世界都在衰亡，甚至这衰亡已经结束，我们错过了时间，成了唯一的幸存者。’”

但不是申城！“申城还在！”王凯坚定地说。

“为什么？”

“因为那个知道一切真相的人，就在申城！”王凯轮流看向每个人的面孔，“只不过明天中午的时候，他就要从申城离开了。我不知道他会去哪儿，所以我们必须抓紧时间！”

“他叫什么名字？”马拉拉问。

“凯鲁亚克。”

“假名字。”关雍摇头。

“那又怎样？他没必要骗我上路。”

“你太自大了！”关雍一脸漠然，“听着，我不知道马拉拉这个白痴为什么要上路，但我可以向你保证，英子绝不是为了调查什么神秘的蓉城消失人口而站在这儿的。我也不是。所以清醒点吧！你以为自己是什么人？拯救世界的英雄吗？你不是！你谁也拯救不了！你只不过是个凡人而已。现在你又要拉我们下水，好像这就能弥补你那内心中那狂妄的优越感。王凯，你和我们没有任何不同。”

是的。冰冷的江雾淡薄地飘荡，仿佛凝结了一般。是的，王凯想，我和你们没有任何不同。

四人陷入漫长的沉默，最后还是马拉拉先开了口。

“所以，我们现在怎么办？”

“继续前进，我们还是要去申城……”

王凯的话被关雍打断了：“进江城。”他说，“我得去图书馆。”

“为什么？”刚问出口，王凯就明白了。关雍要找的人，在每个图书馆的同样地方都留了信息——那条“避世者必自毙”的信息。如果她更改了行程，或是返回了这里，应该也会更改那条留言。

“我还从来没去过江城呢，”英子望向黑暗中的江水，“怎么找图书馆啊？”

“幻镜。”关雍说道。

王凯终于知道关雍当初为何那么干脆地答应了自己。他需要一张地图，而王凯和幻镜就是那张地图。

一声嗥叫在远方响起，像是某种不祥的征兆。

“那之后呢？”英子问，“找到图书馆，之后怎么办？”

“江城是个大城，一定能找到另一辆能开的车。”王凯看向关雍，“到时候你尽可以去找你的人。我们不必继续同行。”

关雍拍拍王凯的肩膀，一脸轻松而不随意的样子。“话别说太早。”他说，“先想想怎么甩开尾巴吧。我们被盯上了。”

王凯向身后望去，黑暗阴影之中，数双眼睛正在疯狂地闪烁。

关 雍

就像一场噩梦。沉重的暮色，黯淡的前路，还有形象不明的尾随者。

奔腾的江水散发出金属锈蚀的气味，离江城越来越近了。蚁巢城市终于展现出了全貌。和江城相比，蓉城只是个低矮的金字塔。

“他们还跟着吗？”马拉拉紧张地问。

“废话。”关雍抬眼看了下后视镜，影影绰绰之间，有活物在其中穿梭。

大概是野狗吧，关雍想。这些之前被当作宠物抚养的家伙，在蚁巢城市再没有立足之地，为了生存，只得重返野外。

在蓉城的时候，他曾经与野狗群正面交锋，但那是和垃圾帮的伙伴们一起。现在呢？一个弱不禁风的书呆子、一个生活在上个世纪的姑娘，以及一个肠胃功能紊乱的白痴？关雍估计了下他们的胜算，并不乐观。

“图书馆怎么走？”

“过桥进城，顺着江边走，还有十公里。”王凯戴着幻镜说道。

进入江城，驶过第一根直径十余米的梁柱，野狗的踪迹就似乎消失了。但关雍并不打算放松警惕，他知道，它们比他更熟悉这里。

关雍痛恨步入陷阱。

此时已经没有办法，只能硬上。越往江城深处走，关雍就越能体会到这空城的可怕。他们此刻仿佛驶入了巨大的洞穴，头顶就是蜂窝状的山峦。如此庞大的构造，没有灯光，没有声响——什么都没有。

“江城怎么会这样？”马拉拉低声自问，“人都去哪儿了？”

“那个凯鲁亚克是怎么说的？”

“那些自动机器，它们不仅仅是把钢筋混凝土浇筑在一起，还把自己也嵌了进去。这是一种防御机制。处在休眠状态中的它们，在蚁巢城市遭遇危险的时候，能够破墙而出，不惜以毁灭整座城市为代价，消灭敌人。”

“是吗？那可真蠢。”关雍对此不屑一顾。

王凯插嘴道：“我倒不觉得蠢，多一种传言总不是坏事。至少这是我第一次来到另一座城市。”

“你是在讽刺我吗？”关雍回头质问王凯，“还是说这就是你想要找的真相？藏在混凝土里的自动机器毁灭了世界？”

“当然。”

“那就好。听好了，一旦我找到……”

“当心！”英子忽然叫了起来。

一头粗壮的獒犬不知什么时候站在了公路正中。关雍连忙踩下油门，吉普猛地驶下路基，冲入齐腰高的杂草，扬起草根和渣土混合的沙尘，面临颠覆的危险。关雍咬紧牙关，提挡变速。吉普突地一冲，跃出草丛。

然而没料到的是，草丛外是一片江边广场，地势比公路低了许多。吉普腾空而起，一头撞上了防波堤。

关雍肋骨直接顶到了方向盘，肯定得留下几道瘀青。

“大家都没事吧？”王凯在后排问。

“闭嘴！”关雍从未这么厌烦过一个人的声音。他拉开车门，踩在碎玻璃碴上，余光瞥见远方有什么动静。

野狗正在集结。该死！

关雍绕到车前，打开引擎盖。大概有一两根线松了，他能修好，不过现在没有时间。

马拉拉跌跌撞撞地从车上爬下来，关雍按住他的胳膊：“你知道怎么过去吗？图书馆？”

“不知道啊……”马拉拉看着英子拉开车门，似乎想要过去帮她。

关雍一把抢过王凯的幻镜塞进马拉拉手里：“现在知道了吗？”

马拉拉木然点头：“你不一起去吗？”

“必须有人吸引它们的注意力。”关雍又朝獒犬瞥了一眼，看样子他们已经集结完毕，“快走，带着英子一起！”

马拉拉愣了几秒，接着拉住英子的手，没等她反对就开始往前跑。

“现在怎么办？”王凯悄声凑近。

关雍拉开储物箱，取出里面的家伙扔给王凯。那是一把钢弩，精钢箭头在月光下闪耀凛冽的银光。“干掉它们。”他说。

一声嗥叫孤独地响彻夜空，可惜却不会是最后一次。

关雍抽出储物箱里剩下的武器塞在后腰，却发现王凯对着钢弩发呆。

“先瞄准，再扣扳机。”

“我当然知道。”王凯回嘴道。

哼。关雍才不相信他知道怎么用，但现在也没有更好的办法。

野兽的眼睛逼近了，车头灯光散射下，为首的獒犬终于完全暴露了身形。关雍估计它有半个马拉拉那么大，也差不多该有那么重。

獒犬瞪着通红的双眼，在它身边则围绕着七八头不同品种的中小型犬。它们的身上遍布伤疤，有的甚至尚未愈合。

丑陋、可怖。关雍默默地想，守着一座空城能幸存到现在，攻击性不会太差。

像是评估完毕关雍的实力，獒犬忽然仰头狂吠不止。这是进攻的信号。关雍身体微微一沉，做好迎敌准备。

冲在最前面的是一头牧羊犬，漆黑的毛色几乎和夜晚融为一体，仅能从唇间瞥见森森白牙。它四条腿肌肉紧绷，爪下生风，直奔二人而来。

关雍从背后抽出武器，那是一根约有小臂长的钢管，一端被切出斜面，露出锐利的尖头。他随手掂了下重量，毫不迟疑地把这标枪掷了出去。

枪头破空呼啸而去，直接扎中牧羊犬头部，把它死死地钉在地上，顿时没了生气。

瞥见王凯目瞪口呆的模样，关雍心里很是满意。

“来啊！”关雍冲野狗群吼道。

又有两头斗牛犬溜了出来，企图夹攻他们。关雍毫不犹豫投出标枪。头一发直接命中左边那头斗牛犬的脖子，标枪尾端顿时涌出鲜血，洒在地上溅起湿热的气息。受伤的斗牛犬哀号着拖着后腿，挣扎几步便瘫下了。

另一发标枪则没这么好的准头，在地砖上撞出火星，飞速掠过右边那头斗牛犬腹部，高高弹起戳向陈旧的路牌，“咚”地砸出了个凹坑。

斗牛犬抓住时机扑了上来。关雍躲闪不及，重重地倒在地上，标枪只来得及从背后抽出挡在胸前，随即被斗牛犬紧紧咬住。

强烈的腐臭味伴着唾液滴在关雍脸上。混蛋！这些家伙都不知道刷牙吗！他不合时宜地想。

关雍眼前的斗牛犬紧咬标枪，猛地一甩。标枪顿时飞了出去，“叮当”一声不知落在了何处。獒犬再次怒吼，听到指令的群狗发动进攻，数双爪子高速勾抓地面，发出恼人的杂音。

过去的回忆在眼前瞬间闪现。那是发生在蓉城的战斗，一个刚刚六岁大的男孩，被一头罗威纳犬撕开了喉咙。他仍呜咽着想说些什么，血水却不停地从喉咙上的破洞里往外涌。紧接着，那男孩就从关雍眼前被野狗群拖走了。直到两天后，垃圾帮才找到了他残存的尸体。

一周之后，在苏樱的带领下，他们找到了野狗群的老窝，血洗了那里。但关雍永远无法将男孩的死状从脑海中抹去。

他不想以那种样子死去！至少现在不行！

关雍正要拼死一搏，却听见“嗖”的一声，胸口突然减轻了重量。只见斗牛犬被一股突如其来的力量撞飞出去，一头栽到吉普车下，腹部已被弩箭刺穿。

是王凯！关雍想道谢，转念一想，气又不打一处来。

“瞄准再扣扳机！”他气愤地大叫，“把眼睛睁开！”

“我瞄了！”王凯回应道。他一把将关雍拉起，接着上膛，瞄准射击。

一发又一发弩箭射出，追随势大力沉的标枪直入野狗群中。一根根金属迅速刺入血肉，发出沉闷的敲击声。一向不对付的两人此时竟然配合默契，相互掩护，从防守逐渐变成步步推进，连续出击。

鲜血洒在曾经完整的地砖上，野狗群被两人的攻势打乱了步伐。一头年幼的牛头梗率先违抗命令，转身向后方逃窜。而在另一侧，一头杜宾和一头小猎犬也犹豫了。它们同时停下脚步，对着两人狂吠不止。

獒犬困惑片刻，接着愤怒地嗥叫。它冲着那牛头梗奔去，几秒之内就追上了目标，一掌将其扇翻在地。

几头尚在猛冲的野狗顿时被吓住了。关雍抓紧时机，在王凯的掩护下连续出击。又有两只看不出品种的杂种狗倒在标枪下。

“来啊！”关雍喊道。

剩下的野狗再无心恋战，纷纷开溜，獒犬残存的威严顷刻瓦解。面对背叛，獒犬既没有追杀同伴，也没有采取新的行动。它站在原地，双目死死盯着关雍。

天色此时已经开始发亮，地砖上的鲜血愈发显眼。

然后，它开始冲锋。

王凯迅速连射三发弩箭，然而命中前的瞬间，獒犬像是早有预料，竟然横着朝右侧一跳，轻巧地闪开了。

王凯试图继续射击，扳机却只发出空响。箭袋空了。

“跑远点！”关雍喊道，随即从背后摸出最后两根标枪。它们的尖头经过特殊的打磨，锋利无比。

他还记得，在蓉城那间废弃工厂里，苏樱拉着自己，手把手地示范如何把标枪边缘磨成锋利的刀刃。“关键的时候，会有特殊的效果。”她曾这样说。

獒犬全速冲了上来，腾空跃起，径直扑向关雍的喉咙。

关雍迅速向左闪避，同时刺出标枪。刀刃划开皮肉，却因獒犬太重吃不住力，仅仅留下了浅浅的伤口。关雍随即感觉右臂发麻，手中标枪不停发抖。几条深切的抓痕赫然出现，鲜血已经渗入夹克的纤维，把颜色染得更深。

没时间叫疼。关雍调整身形，把重心挪到左侧，同时注意到王凯已经爬回了吉普上。这家伙要干吗？与此同时，他瞄准獒犬的落点投出标枪。

獒犬的行为并未如他所料。只见它前爪刚刚落地，身体已经扭到了另一侧，做出漂亮的回旋。关雍的标枪结实地戳在獒犬鼻前的砖缝里，只是把它吓退了半步。

好吧。关雍忍住疼痛，左手紧握标枪。就这一次机会了，他的心脏怦怦直跳，什么都听不见。冷静，关雍告诉自己，冷静，总会找到机会的。

獒犬发动突袭，像是完全没有受伤，全速朝关雍冲来，作势要把他直接撞翻。

就是现在！

关雍高举标枪，奋力一掷！

偏了！

强光照在獒犬的身上。关雍还没来得及困惑，獒犬就被突然冲过来的吉普撞了出去。獒犬露出一股惊诧的模样，闷声飞出十余米，一头栽入冰冷的江水中，几声哀号后便悄无声息。

王凯跳下车，还没开口就被关雍一拳揍到了地上。

“打我干吗？”王凯既愤怒又困惑。

“老子不用你帮忙！”

“谁稀罕！”

“多管闲事！”

王凯要拉关雍上车，关雍却自己跳了上去。吉普跌跌撞撞地回到路上，十几分钟后，在原本是图书馆的地方停了下来。一路拌嘴的两人也终于消停下来。

然而早已等候在那儿的马拉拉和英子一动不动，像是两尊石像。

接着，关雍也看到了他们所看到的。

数不尽的人类骸骨，层层叠叠堆在一起，上千，甚至上万具。它们被自然的力量侵蚀，只留下了森森惨白，每一具骸骨都比他们任何一个人都要高大。

成年人的骸骨。

英 子

英子对着眼前的骸骨发呆，几乎没听到吉普驶来的声音。

所有的骨头看起来都很脆弱，仿佛轻轻一碰就会碎成粉末。它们在这儿堆了至少十年，甚至十五年，她想。这太可怕了。

“这到底是怎么一回事啊？”马拉拉问。可是没人知道该怎么回答。

关雍走到英子身边：“找到我说的字了吗？”

英子点头，带着关雍绕到另一边。骨堆外的青砖地上，一行显然被涂改过的字迹显露出来——

“避世者，这里什么都没有。不要去申城，去庐州。我在那里等你。”

关雍看着这明显是留言的话，一言不发。

“你不会是想去庐州吧？”英子说，“你答应过我……”

“当然，”关雍不耐烦地说，“老子说到做到……”

英子敏锐地捕捉到了关雍眼中的犹疑，这并不是什么好事。

两人回到吉普旁边，马拉拉告诉他们，自己发现了这些骸骨的来源。就在他们头上一百米高的位置上，有一个直径近五十米的硕大圆盘。圆盘还不止一个，以大约三百米为间隔，横跨整条江面。

“你是想说，这些人是从上面掉下来的？”关雍不屑地说，“太可笑了吧。再说，在蓉城怎么没有这种东西？”

“有。”王凯反驳道，“只不过你从来看不见。蓉城的圆盘在最顶层。”

“那和这些人又有什么关系啊？”英子问。

“我怀疑，这圆盘是类似停机坪一样的地方。”王凯说完就上了车，“我们需要上路了，我们必须抓紧时间赶到申城。”

“凭什么？”关雍抓住方向盘。

“因为如果我没猜错，停机坪原先是有飞行器的。”王凯说，“而飞行器原本应该把他们接走，可是后来航班中止了，人却仍然被不停地被送上圆盘。”

“等等，你这话有问题。蓉城只有孩子，没有大人，那么这些大人是哪儿来的？”

“我们都会长大，不是吗？”英子说。

“你是说？”马拉拉惊得捂住嘴，“如果我们还待在蓉城，会被送到同样的地方……”

王凯点点头。“蚁巢城市，也许就是个巨大的培育工厂，直到自动机器像江城一样彻底老化衰亡之前，会不停地运作。”他语气忧虑地说，“不过这还不是我最担心的。凯鲁亚克说，明天12点，他也会离开。”

英子忽然明白了王凯的意思。无论那航班目的地是哪儿，大概都不会是停留在他们所处的世界了吧。可如果带走凯鲁亚克的就是最后一趟航班呢？如果我们连那也错过了……

关雍连连摇头，拒绝相信这种猜测，和王凯争辩起来，马拉拉也参与了进去，竭力表达自己的观点。英子抬头，看向空中的圆盘。她想象那停机坪就是申城，而蓉城是比那更高的球形居住舱。那么，遵循这种类比，凯鲁亚克要去的地方又会是哪儿？

而恩施州那座小镇，而我……又将落在什么样的位置呢？

英子再一次想到了关雍的眼神。她看向车上的三个男孩，争论已经停止了，可每个人仍在想着自己的心事。而且她很清楚，哪怕是马拉拉，也没有思考过她的命运。

回到高速公路，很久都没人再开口说话。天空渐渐发亮，太阳终于升起来了。江城终于被抛在了身后，与此同时，东方的天际线上隐约出现了一条肉眼几乎不可见的直线。

英子以为是自己出现了幻觉，或是车窗被撞开了一条裂缝。但很快，她就发现那其实是一座人工建筑，耸立在天地间的，无与伦比的高塔。高塔笔直地指向天际，直入云端那看不见的地方。而在接近地表的位置上，才稍微扩张延伸开来。

即便如此，英子也不敢相信那渺小到可以忽略的底座能够承载如此伟大的建筑。她无法想象那究竟采用了什么建筑材料，也无法想象究竟是什么人才能住在里面。

那底座实际也并不渺小，只是离得太远。如果再近一些，她就会发现，单单那底座就相当于八倍的江城那么大。

“那就是申城。”王凯大概注意到了她的表情。

原来那就是爸爸所在的地方。

从恩施州上路，英子就一直琢磨：爸爸明明很糟糕，抛弃了还是婴儿的自己，为什么爷爷一定要我去找他？

然而就在此时，她意识到，爷爷临终前所指的并非是爸爸，而是爸爸背后代表的一切。那是钥匙，是窗口，是世界……

是未来。

吉普猛地停下，打断了英子的思路。

“我要撒……”关雍看了一眼英子，改口道，“放水。”

“我跟你一起。”马拉拉跳下车，和关雍并排站到路边。

车上就剩下了他们两个。王凯看着远方的申城，似乎若有所思。“按现在的速度，肯定赶不上了。”他淡淡地对英子说。

“是因为我吗？”

“不，是因为关雍。”王凯的视线移向车外，“庐州就在前面了，你猜他会不会停下？”

“如果我们迟到，会有什么后果？”

“我不知道，事实上，我都不知道如何进入申城的大门。谁知道呢，说不定凯鲁亚克就是申城的看门人，他一离开，就没人能进入申城。”

英子心里一颤：“你真的这么想？”

“有这个可能，不是吗？”

“甩掉他们。”英子突然说。这话把她自己也吓了一跳。

王凯狐疑地盯着英子：“你确定？那马拉拉怎么办？”

英子没有回答。她与王凯对视着，同时听到关雍和马拉拉已经开始往回走。

像是突然下了决心，王凯立刻踩下油门。关雍愣了一下，拔脚便追，紧跑几步跳上了车尾，翻入后车厢。

“停下！不然我就不客气了！”

“你试试看！”王凯迅速换挡。

关雍拉开车窗，彻底无视英子的存在，直接跳进驾驶室。两人对方向盘的控制权展开了争夺。吉普左右漂移，不断地碰撞护栏，擦出金属的火花。

“够了！”关雍钳制住王凯的手，像野兽般吼道，“最后警告！”

王凯朝英子看了一眼，仍然没有停下的动作。关雍拉开车门，并起双脚猛地一踢。

英子惊恐地看见王凯露出迷惑的神情，接着人便消失了。

关雍重新把吉普带回路中间，仿佛刚刚什么都没有发生过一样。车厢里安静得可怕，英子完全不知道关雍在想什么，不过可以肯定的是，中午12点前，是绝不可能抵达申城的了。

像是猜透了英子的心思，关雍调整了下后视镜，闷声对她说："我答应过你，就一定会做到。"

可是，就算是那样，她也已经没有时间了。

一股说不上来的情绪顶上胸口，英子不知哪儿来的勇气，突然扑上前排。关雍躲闪不及，吉普随之猛地一扭，后轮失去重心，横着飞了出去，在空中连续旋转数圈，翻滚着砸在破碎的柏油路面上。

不知道意识消失了多久，英子再次醒来时，人已经躺在了吉普外面。她挣扎着坐起，头痛欲裂。

我还活着。

她擦去眼前的血，看见有人正把关雍从散架的吉普里拖出来。这人很熟悉，我究竟是在哪儿见过来着?

紧接着，她想起来了。

见到英子苏醒，苏樱放下关雍，笑着迎了上来。

"英子，好久不见啊！"

苏樱的脚重重踢向英子的头。

关 雍

苏樱。

关雍从黑暗中惊醒，左手胳膊上裹了一层简易的石膏，疼得厉害。这是一顶行军帐篷，标签上的名牌显示它来自蓉城。

关雍甩开身上的睡袋，掀开门帘。阳光直刺下来，睁不开眼。适应光线后，关雍发现自己身处一座废弃的露天体育馆里，青苔和藤蔓悄然爬满了观众的座位。场地中央，疯长的青草被人工夷平，一小簇篝火正在温顺地燃烧，火上架着一口黑色的锅，一个女人正在看着自己。

“嘿，你醒了啊。”苏樱冲他笑道。

关雍张了张嘴，说不出话。苏樱喂他喝了几口水，他才控制住自己的神智。

“你果然在这儿。”

“这么说，你果然看见我在江城留的话了。没想到这么快就有人来了。不对，”她柔情地看着关雍，“没想到是你。”

刹那间，数不胜数的问题萦绕在关雍嘴边。你还好吗？这半年你是怎么过的？他头疼欲裂，不得不闭上眼睛才稍微舒服些。

“发生了什么？”他望着她，“为什么你没回来？”

苏樱点点头，像是早已料到这个问题。她看向远方的天际，申城就在那里，将视野一劈为二。

“我去过了很多城市，甚至跑遍了整个海岸线。你知道我找到什么了吗？”苏樱自言自语，“没有，什么都没有。”

“我不明白。”

“所有的城市……不，整个世界都是空的。活在蓉城的我们，是这个世界上最后的人类。”她对关雍说道。

怎么会这样？“那你为什么不回来？”至少，蓉城还有我们，还有我。

苏樱笑了，她再次望向远方的申城：“不，你不明白。蓉城没有未来，用不了多久，它也会变成空荡荡的废墟，和别的城市一样。留在蓉城是没有意义的。这个世界被遗弃了，而我们是最后一批被留下的人。”

关雍没有说话，他仔细琢磨苏樱话中的含义。为什么留在这儿是没有意义的？在垃圾帮的时候，大家在一起，每天很开心，这算不上意义吗？

苏樱又为关雍喂了几口水，她起身，光线绕过她的身体，勾勒出成熟的线条。这让关雍迷惑不已。

“你看见别人了吗？”他犹豫地问，“一个姑娘，你大概以前也见过？”

苏樱并未直接回答。“只有申城，那里仍在运作。我蹲守了几个月，在城市外面等待寻找。我一度以为自己找到了进城的入口。”苏樱苦笑道，“可是我进不去，你也进不去……就因为我们和其他人不一样！”

“幻镜。”关雍猜到了，“我们无法使用幻镜。”

苏樱挽起袖子，一道刺眼的伤疤贯穿整条胳膊，“癫痫发作的时候，我摔了下去，差点在江水里溺死。”

“我们回去吧。”关雍突然说，“我们回蓉城去。就算是被遗弃的又怎么样？我们还拥有这个世界啊。”

“当你知道有更广阔的世界在外面，为什么还要留下？你果然还是个孩子。”苏樱掏出一支手工烟卷轻轻点燃，烟气缭绕之中露出享受的神情。

关雍忽然有种不好的预感：“英子呢？你把她怎么了？”

“我不知道你们是怎么碰上的，但我很感谢你把她带到我的身边。”苏樱的眼光突然地锐利，“她将会成为我的钥匙。”

“如果她不情愿呢？”

“那我只好再找一把新的钥匙。”

王 凯

被关雍踢下车后，王凯在地上躺了半天才起来。马拉拉急匆匆地赶来，两人仅仅对视了片刻，交错而过。

“你追不上他们的！”王凯喊道。

“不试一试怎么知道！”

然后，世界恢复了孤独。

王凯一瘸一拐地朝庐州走去，几公里后才恢复正常的步速。说不定能在那里碰上什么车呢，他琢磨着，也许还不算太晚。

然而抵达庐州的时候，他才发觉实在太高估了自己的运气。

庐州不是空城。

实际上，更准确的说法应该是，庐州曾经是一座空城。王凯站在路边纹丝不动，简直不敢相信自己的眼睛。

整座蚁巢城市曾经矗立的地方，被一座低矮的山丘覆盖。贫瘠的土壤上已经长出了不少植被，生满锈红的钢筋刺破地面，依稀残留着文明的痕迹。

这座城市坍塌了。

王凯很想把这发现和旅伴分享，然而身边一个人也没有。

看来只剩下了一个选择，走路去申城。他做了个深呼吸，戴上幻镜确认路线。奇怪的事情发生了。一片废墟的庐州土丘上，竟然出现了一条木制的步行道。王凯以为自己看花了眼，连忙摘下幻镜。

什么都没有。

再戴上，步行道又出现了。

他检测了下步行道的代码，其来源并不是“聚态网”的增强现实系统。幻镜似乎认为，步行道的确是真实存在的。他向下挖了一会儿，竟然摸出了一个信号发射器。

王凯抬头看了看申城的方向，转身踏上步行道。

这步行道并不长，只是被树木杂草遮掩，辨认起来颇费周折。大约半小时后，步行道到了尽头。王凯摘下幻镜，发现眼前是一个梯形地堡。

说是地堡，高度也就两米左右，铸铁大门遍布锈迹，门前都开上了小野花。王凯绕了一圈，根据庐州废墟和地堡的位置关系，判断地堡的修建应该是在庐州坍塌之后。不过这里似乎也已经废弃很多年了。

“有人吗？”王凯喊了几声，惊起了林中不少雀鸟。

什么都没发生。他走近铁门，拂去浮土，看到了一个老式的机械密码锁。一瞬间，他想起了英子的爷爷。老人临终前，告诉了他一串数字。

王凯连忙把数字输入进去，大门纹丝未动。

他挠了挠头，忽然注意到密码锁旁有一张浮点地图，一条条横线标明了如何从高速公路走到这里。抱着试试看的想法，他又戴上了幻镜，统计了下步行道的木板数量，把结果输了进去。

大门“咔嗒”一声打开了。

干燥和陈腐的气息扑到脸上，灯光忽闪着亮起。地堡空间很小，不过几十平方米。位于正中的是一辆重型摩托，王凯立刻凑了上去。摩托上漆着“避世者”三个字，看起来保养得很好，电量也很充足。

他环顾四周，在角落的一张行军床上看到了死去的主人。这人看起来和英子的爷爷差不多大，皮肤仍然具有弹性，就像是刚刚睡去一样。

然而王凯恐慌地发现，这个老人，竟和自己长得一模一样。

这怎么可能？王凯连忙揉揉眼睛，幻觉逐渐消退。不，他不是我，但是我们之间至少有某种血缘关系。他猛地想起第一次见到英子的时候，英子带给他的那种莫名的熟悉感。原来是血缘啊。

他停下所有动作，试图品味这一新的信息所带来的冲击。可是他心里一片空白，什么都没有。

王凯继续搜寻，试图找出跟这个老人有关的线索，可地堡里除了一台短波通信器一无所有。他打开通信器，将英子爷爷告诉他的数字输了进去，通信器立刻跳到了一个频道。

漫长的白噪音中，年迈的声音突然响起。这是遗言，一条录播的遗言。

避世者们，这将是我最后一次播音了。上一次有人来电已经是三年前的事情，时间过得可真快，到如今，能走的都走了，留下的还活着的，大概也只剩下我最后一个老头子了。我想不到有谁还会听到这份播音，所以请允许我最后的任性，讲述一下为何我们沦落至此。

在我出生之前，蚁巢城市就已经开始建造了。我的父亲是自动机器的设计者，这种模块化的智能设备是建设蚁巢城市的基础。它们就像真正的蚂蚁，把资源吃进身体，根据需求制造建筑材料，再像蜘蛛吐丝一般浇筑在已有的施工结构上。这些规模宏大的蚁巢城市，曾经标志着人类文明技术所能达到的最高峰。那时谁也不会料到，它们如今要么已经坍塌，要么正在消亡。

我父亲原本希望制造更广阔的生存空间，然而当与万物相连的聚态网，以及能够构建完美虚拟世界的幻镜进驻蚁巢城市的时候，父亲意识到他做了一件错事。人们将逃入完美的城市，从此与外面的真实再无瓜葛。人们停止互相接触，甚至停止做爱，选择让新生命从硕大的基因库中诞生。

父亲开始抗议。他找了一批志同道合的朋友，花费了数十年的时间与城市抗争，却最终无可避免地败下阵来。他们选择了离开，并用他们所鄙夷的名字称呼自己——“避世者”。最初，他们种田放牧，认为自己代表着人类的希望，人类的未来。然而时间流逝，新一代人出生了，他们忘记了过去，真的把父亲视作了“避世者”。因为在他们眼中，蚁巢城市，那现代科技才意味着真正的世界。越来越多的人选择了离开，蚁巢城市一个不落地接受了他们，像是早有预料。

父亲临终前痛心疾首，直到那时他仍然认为蚁巢城市是错的。讽刺的是，就在父亲去世的同一年，申城建成了，它如此高大，简直不是人类的造物。而有流言说，那些生活在申城的人也早已褪去肉体的束缚，成为无法描述的存在。飞行器在蚁巢城市之间穿梭，接走那些刚刚成年的孩子，集中送到申城，再从那里出发，前往未知的世界。

后来，就连飞行器都停止了往来。就像当年蚁巢城市抛弃了父亲，全新的、更难理解的世界也在抛弃它们。而在庐州坍塌那天，我也终于理解了父亲。他是明智的，也是徒劳的。他看到了世界将会成为的模样，他也深知，自己并不属于那个终将到来的世界的未来。

避世者必自毙。如果说我从这一切中学到了什么，那就是这句话了。永远不要成为那只自大的鸵鸟，永远要看到现实，看向远方。

再见了，避世者们。

白噪音再次充斥地堡，每一寸空气都在释放难以言语的惶恐。

原来如此。

即便如此雄伟的蚁巢城市，也不过是更大世界的一小部分，甚至是一个被抛弃的、被忽略的、微不足道的部分。我们太渺小了。

这就是凯鲁亚克想要告诉我的真相，王凯想，现在我提前知道了。按原定计划，我也该踏上回去的路。

他抚摸那辆重型摩托，像是抚摸自己从未有过的爱人，接着戴上幻镜，跳了上去。教学影像浮现在身边，虚拟教师开始讲解摩托的基本结构。

当你知道外面存在更广阔的世界，怎么能就此停下脚步？

马拉拉

当关雍终于苏醒过来，见到苏樱的时候，马拉拉距离他们不过百米。他正站在体育馆的立柱之间，核对地图上的建筑结构，寻找进入下层的路线。

尽管马拉拉对王凯的态度很是不满，但也不得不承认他说得没错。他的确追不上吉普，除非吉普主动耽搁了行程，比如意外翻车。

马拉拉赶到时，苏樱正把关雍从车里拖出来，马拉拉冲动地要去帮忙，却随即目睹苏樱踢晕英子的情景。

怎么回事？马拉拉脑子里一团乱麻。他眼睁睁地看着苏樱把英子捆紧，扔进跑车后座，带着昏迷不醒的关雍绝尘而去。

从她对关雍的态度来看，这个女人就是关雍在找的苏樱。可是，苏樱不是关雍的朋友吗？她不是认识英子吗？到底发生什么事了？

马拉拉往前跑，一路担心自己是不是再也找不到他们的下落。然而跑车不久后就驶下了公路，在杂草中留下了易于辨识的轮痕。他沿着踪迹追赶，也许追了几个小时，最终抵达一座被抛弃在荒郊野岭的体育馆。

这座建筑并未完成，修建的年代大概早于蚁巢城市，墙体已经被侵蚀得摇摇欲坠。马拉拉一眼就看见了那辆银白色的跑车。可是后座除了一截粗糙的绳索，并没有英子的踪迹。

他转身，面对这座过去文明的遗址，鼓起勇气走了进去。

体育馆空旷得要命，到处都是废弃的建筑材料。场地中央有人搭了帐篷，马拉拉正琢磨要不要下去，却看到了苏樱。他悄悄观察了一阵，确信帐篷里只有关雍，与此同时，他发现苏樱反复出入一扇不起眼的小门，手上还拿着奇怪的面具。

苏樱忽一抬头，马拉拉心里一紧，连忙藏到立柱后面。幸运女神一定很讨厌自己，不然这一路怎么老是这么不顺利？马拉拉紧张地想：她刚才看到我了吗？

无论如何，他也没有胆量确认这一点。马拉拉检查地图，发现那扇门通向运动员准备室，共有两个出入口。肯定不能从场地那扇门进去，另一扇门虽然有可能锁着，却并非没有机会。

值得一试。

体育馆内的楼梯虽然处于半完工状态，但至少没有被完全堵上。不过中途马拉拉无意间踢到了一根钢管。叮叮咚咚的声音顿时响彻整座建筑。马拉拉吓得肚子一抽，糟糕的感觉再次涌了上来。不过他的霉运似乎到此为止了。接下来的路上没有出现任何意外，马拉拉仅仅走错了一次，就摸到了准备室外。

一片平静。准备室的门关着。隐隐约约地，马拉拉能够听到关雍和苏樱在外面争吵着什么。他犹豫地摸上门把手，用力一拉。

门没开。也许是锁了。马拉拉手心冒汗，贴到门上屏息倾听，里面似乎有人呜咽。“英子？”他轻声问道。里面没人回应，于是他放大音量又问了一次。

呜咽声更强了。英子一定在里面！

马拉拉心跳加速，试图确认外面是否有人，却只听见血液疯狂涌动。不能再等了。他退了两步，往前猛冲，朝门锁狠狠踹去。

休息室的门“嘭”的一声被拉开了，马拉拉躲闪不及，整个人扑了进去，立刻被浓厚的烟气包围。怎么回事？他猛地吸了两大口，熟悉的感觉迅速充斥脑海。

英子神色迷离地坐在长凳上，眼睛明亮得可怕，整个人进入了超现实的世界。看到马拉拉，她缓缓地抬起手指，扑哧笑出了声。

马拉拉回头，佩戴防毒面具的苏樱正好奇地看着自己。在她身后，一个大号金属桶正燃烧着，冒出滚滚浓烟。

“你是什么人？”苏樱好奇地问。

她的面孔开始融化，扭曲成某种无法描述的恐怖形状。马拉拉失声尖叫，吸入了更多致幻气体。申城突然出现在他的眼前，可只有一个玩具那么大，仿佛一脚就能踩成碎片。

恍惚之间，他听到了关雍和苏樱正在争吵。“我只需要她帮我进入申城，至于她是不是清醒，并不重要！”“你这样会伤害他们的！”“你觉得我在乎吗？他们没有任何意义！”“他们是活生生的人！”“我不在乎！”“我在乎！”“那你就陪他们一起吧！”等等等等，语言如同子弹交锋，无穷无尽。

打斗突然出现了，这吓了马拉拉一跳。两只硕大无朋的怪兽站在废墟中，用破碎的城市做武器痛殴对方。英子突然出现了，她仍然被野花包裹，如曼陀罗绽放。马拉拉伸手想要抓住她，英子哀伤地看了他一眼，忽然急速后退，陷入虚空。

“不！”马拉拉大喊，挣扎着想要追去。可是怪兽发现了他，巨龙再次归来，缠绕他的肉身，拉着他不停后退，离英子越来越远。他扭打，撕咬，像个婴儿一样踢蹬着双腿。

阳光忽然刺眼，马拉拉再次沉重地陷入幻觉，经历了一场极其盛大的幻梦。

清醒来得出乎意料。马拉拉猛地站了起来，脑袋一阵昏厥，扑到墙根吐了一通才觉得舒服了些。

“没事了吧？”关雍拍拍他的肩。马拉拉突然发现他的右臂裹了厚厚的石膏，脸上也有不少瘀青，衣服上到处都是撕扯的痕迹。他的肩上也有一道伤口，正缓慢地渗血。

“英子……”

关雍点点头，“苏樱还把车开走了，我们必须追上她。”

马拉拉立刻站直，身体微弱地摇晃了一下。

“还撑得住吗？”关雍问。

马拉拉没有回答，咬着牙迈开脚步。两人一前一后，顺着新鲜的轮痕追随，最终回到了坚实的柏油公路。

上午的阳光炙烤路面，热气蒸腾，目所能及的一切都摇摆不定，若实若虚。然而在马拉拉眼里，路的尽头从未如此清晰。

幸运女神啊，他默默祈祷，如果你真的存在，请多少帮我一次吧。

引擎运转的声音突然出现，马拉拉差点以为自己仍在幻觉之中。眨眼之间，一辆重型摩托停在他的面前。

王凯饶有兴趣地看着狼狈的两人：“搭车吗？”

“我们要去申城！”马拉拉说，“立刻！”

王凯的眼神先滑向两人，什么都没说，示意上车。

爬上摩托的瞬间，马拉拉无比清晰地意识到，这将是他们最后一段旅程。

王凯

终于要到了。

王凯曾经以为申城是一座极高的塔，也许是某种太空电梯。然而距离越近，他就越强烈地发觉，自己的认识是多么的错误。

天边的垂线以几何速度扩增，几个小时之内就已经扩展为充斥视野的怪物。那不是什么塔，是一座山，一座拔地而起、垂直指向苍穹的疯狂之山。越来越多的细节呈现在王凯眼前，他注意到申城并不是蚁巢城市，至少没有运用同样的建造模式。

申城外表看起来像是结合了雪、玻璃和石头，如一整块水晶，每一个晶格都是一根巨型棱柱。每根棱柱直径超过一公里，从天空鸟瞰，就会发现棱柱以完美的形式相互贴合，平铺在这古老的土地上。

棱柱的高度并不相同，越往城中，棱柱越高。申城是如此庞大，以至于不同的区域已经拥有了不同的气候。城外最矮的棱柱群上，北方吹来的浮土在此沉积，形成了一片空中花园。而更往中心的地方，环境则更接近于山地，但就连技巧最高超的山地瞪羚也无法在这里生存下来。

更高的位置上，来自海洋的水汽迅速凝华，留下清晰的雪线。而处在申城最中央的，则是由数十亿根、长得看不到尽头的棱柱组成。哪怕风力再强，申城屹立于此纹丝不动，就连最狂躁的风暴也不得不为之绕行。

正午的阳光投射在申城上，在它后面留下狭长而深邃的阴影。那里气温明显下降，疾风劲起，无休止地侵蚀地貌，形成了史无前例的自然景观。就像个日晷，王凯琢磨，只是破坏性超强。

王凯感到身体都变得略微轻盈，仿佛重力也因这座城市而改变。重型摩托疾驰，笔直的公路让他产生了某种错觉，也许申城本来就没有入口，只要一直行驶下去，他们就能驶上完美的弧线，驶上那永无止境的棱柱，直到世界的终点。

然而高墙转瞬即现。

几十米高的墙体向两边无限延伸，看不到边缘。公路在墙下被硬生生地截断，像是刀切一般。

“我们搞错了？难道苏樱没走这条路？”马拉拉紧张地问。

“没有。”关雍指了指路面，两三个幻镜被抛弃在那里，有的只是破碎的残体，像是被车轮碾过。

王凯摸了摸墙面，上面一片光滑，什么都没有。他想到地堡门前的步行道，连忙掏出幻镜戴上。

一个黑点，雪白的墙面上多了一个黑点。王凯抑制不住冲动，伸手触摸上去。接触的那一刻，一股从未有过的力量将他拽入其中。

绚丽的、如同万花筒般的色彩在他眼前旋转，海量信息不断地冲击他的耳膜、视网膜、鼻腔和肌肤，挑战他大脑的极限。王凯头痛欲裂，几乎无法承受。

马拉拉按住他的肩膀，一下将他拖回了现实世界。王凯惊慌地摘下幻镜，刚才的一切都消失了。高墙不知何时打开了一扇门，仿佛在发出某种意义不明的邀请。

王凯回到摩托上，缓缓驶入申城。

与其说是一座城市，不如说这是一个由高墙和道路组成的迷宫。先前那些看似完整的棱柱，原来是一个个相对独立的街区。眼前不断有新的道路出现，并向各处分岔。

这里看不到通常意义上的楼房，比他们所能想象的寂静还要沉寂百倍。烈日之下，空气虽然清凉温润，但是除了重型摩托的引擎轰鸣，感受不到一丝振动。

“苏樱错了。”关雍低声自语，“这里也是空城，和别的地方没有不同。”

可越往深处走，王凯越明显地感受到某种生命的涌动。他不时地朝高墙瞥去，那里尽管没有窗户，却仿佛有人在其中窥视。

不，不是人，而是某种更高级的生命形式。

紧接着，马拉拉最先发现了那辆银白色的跑车。“在那儿！”他大喊。

跑车停在中心棱柱群的正前方，三人连忙在此下车。高墙在这里终于出现了变化，相互交叉，构成了某种类似大厅的区域。

大厅整体呈菱形，分布着十二根圆形立柱。英子小小的身体正瘫倒在大厅末端，脸上戴着一个脏兮兮的幻镜。

马拉拉见状连忙要冲上去，苏樱却早一步从立柱后站了出来。

“你对她做了什么？”马拉拉质问道。

听到熟悉的声音，英子似乎想要站起来，可她挣扎了一阵，还是瘫了回去，嘴里嘟囔着没人能听懂的话。

“她吸了太多迷幻气体。”关雍告诉马拉拉，“这样做是为了更容易地让别人操控，可看样子她已经无法对外界做出反应，如果不及时进行处理，恐怕生命……”

“她不会有事的！”苏樱打断关雍，“我只不过要她帮我个忙而已。现在，轮到你们了。”

“你什么意思？”

苏樱在三人之间迅速扫了一眼，视线落在了王凯身上：“你，戴上幻镜，把这里的门打开。”

“凭什么！”马拉拉刚喊出口，就被王凯阻止了。

王凯从容地戴上幻镜。

先前城外的迷幻景象没有再次出现，他环视一周，除了英子、苏樱、马拉拉和关雍，大厅空无一物。

“你看到了吗！看到开关了吗？”苏樱急切地问。

“没有。”王凯对她说，“这里什么都没有。”

“不可能……不可能的……一定是你在骗我！”

“他没有任何理由骗你！”关雍吼道，“接受现实吧！我们都被抛弃了！连这里也一样！”

不是的。王凯没有开口，警铃却忽然在此时响彻他的脑海。是幻镜的倒计时，时间到了。12点。

一具由纯粹的光构成的人形出现在王凯面前。

“你来了。”那人说，“可惜，我们也该走了。”

“凯鲁亚克？等等，这一切究竟意味着什么？”王凯对着空气大喊。

人形璀璨地闪烁，缓缓开口。

“你们的世界，是人类文明的第一座陵墓。”

申城像是苏醒了一般，强烈的光贯穿一面面高墙，脉冲般汇聚至此。凯鲁亚克瞬间被这光所淹没。

光线越来越强，王凯的眼睛不停地流泪，身体被一股巨大的力量包裹。紧接着，像是能量积攒完成，所有的光猛地注入中央棱柱，顺着无穷的直线急速攀升，飞向未知的地方。

“你做了什么？”苏樱揪住王凯，“为什么我们还在这儿？”

“因为你不过是人类而已。这里只为神人开放。”王凯摘下幻镜，平静地看着苏樱。

苏樱茫然地后退，像是遭受了重大打击。马拉拉趁机跑去英子身边，试图唤回她的意识。

“说谎……”苏樱喃喃自语道，“你们这些小毛孩都在说谎。生在蓉城又不是我的错，基因不好又不是我的错，凭什么要我承担？牺牲我的未来？不，不可能是这样，我不相信……我不相信……”

王凯走上前去，想说几句安慰的话，却被她眼中凌厉的恨意吓得血脉冰凉。

胸口猛地一震，王凯低头，惊奇地发现身上多了半截弩箭。

“如果我要留在这儿，那也要拉着你们一起陪葬！”苏樱手中的钢弩闪闪发亮。

关 雍

王凯捂着胸口倒在地上，吐出一口血沫。

大脑还没来得及思考，关雍的身体已经做出了反应，把苏樱横撞出去。钢弩顺势摔落，关雍回身要抢，又被苏樱一脚踢在肋骨上。

苏樱夺回钢弩试图瞄准，关雍抢先一步躲到了立柱后面。

“你个没良心的小杂种！”苏樱试图追上关雍，却看到英子和马拉拉。弩箭“嗖”地扎进雪白的墙面，马拉拉尖叫着带着英子赶紧逃窜。

关雍瞅准时机冲到王凯的位置，架着胳膊把他拖到了安全地带。王凯咬牙把弩箭拔了出来，面色苍白，胸口“咚咚”往外冒血，每次呼吸都发出令人担忧的“嘶嘶”声。

“现在想要我帮忙了？哈哈，谁稀罕！”王凯自嘲地说，咳出不少血。

“多管闲事！”关雍骂了他一句，探头查看情况，却见一支弩箭直飞而来。他连忙低头躲避，弩箭“叮”的一声，在立柱上擦出火花。

王凯拉了关雍一把，虚弱地指着外面：“你还记得江城吗？”

关雍顺着手指，看到那辆银白色的跑车，立刻皱起眉头：“我才不会开车撞她呢！我又不是疯子！”

“想什么呢！”王凯狠狠咳了两下，“我是说声东击西！”

关雍突然有了点子，摸出自己的打火机。苏樱突然出现，连射数发弩箭。关雍侥幸全部躲过，拖着王凯到了下一根立柱后面。

“我需要点东西，能点着的。”关雍看着王凯的外衣。

王凯白了他一眼：“我都这样子了，你还想要脱我衣服？”

“当我没说！”关雍气愤地脱下自己的老式夹克，不舍地最后摸了一把，直接点火。

火焰最初很小，接着蹿起大量浓烟。关雍抓起夹克，朝苏樱的方向扔了过去。对方吓了一跳，弩箭乱飞。

“来啊！”关雍冲她喊道。

苏樱似乎被激怒了，一步跨过着火的夹克，直接冲向关雍的位置。王凯不知哪儿来的力气，绕过半个立柱，从后面猛扑到苏樱身上，试图夺取钢弩。可他实在低估了自己的受伤程度，手指从钢弩上滑了一下，身体就被苏樱掀翻在地。

苏樱立刻瞄准王凯，即将扣动扳机的时候，关雍却突然出现在了她的面前，用胸口抵住了钢弩。

“停手吧。”他恳求道。

苏樱也许犹豫了短暂的一刻，又也许那一刻只是关雍的错觉。她用力扣下扳机，然而什么都没有发生。

关雍死死地扣住了击发装置，金属簧线在他手指上勒出道道伤痕。

“结束了。”关雍对她说。

“还没呢！”苏樱放弃钢弩，右手猛地一刺。关雍顿时觉得脖子一凉。苏樱拔出标枪箭头，那正是她教给他使用的武器。

真荒谬啊。关雍想。

他脚下一软，跪在地上，双手紧紧压住伤口，却仍感到温热的血柱不停地涌出。他看着马拉拉冲了过来，被苏樱果断地放倒。关雍的意识逐渐模糊，眼前的一切都像是慢放的电影。

苏樱脚踩马拉拉，瞄准他的脑袋，高高举起标枪。

刺眼的光柱突然笼罩了所有人。是之前的脉冲光，它居然逆行回来了！

苏樱抬手遮挡眼睛，却仿佛看到了什么。是门！在那大厅的末端，英子身边的墙面上，最强烈的光线组成了门的形状。

关雍看着苏樱欣喜地走了过去，全然不顾光线的灼伤。她伸手，摸在那扇门上。接着，苏樱的表情变了，她惊恐地后退，门上留下了她沾满鲜血的手印。

“不，不……不！”

从那门中突然射出一道白光，击中了苏樱的胸膛。苏樱尖叫着，身体仿佛化作了细小的碎块，一点点地消失了。

紧接着，关雍看到那光分成了四叉，分别击中了躺在地上的每一个人。一股温暖而舒适的力量环绕全身。终于可以结束了，他想。

关于之后的一切，关雍只隐约记得些不真实的碎片。他站在一片漆黑之中，面前有一道白色木门。他很想打开那道门，他甚至能感受到，那门后面是一个无比安宁的地方。

可他就是没有办法。

对不起，他不停地道歉，对不起。

然后他醒来，发现自己躺在纯白色的房间里，像是间病房。脖子上的伤口被修复了，手上的石膏也没了，只留下了淡淡的伤疤。

倦意袭来。

他看到苏樱站在床前，温柔地看着自己。

不，那不是苏樱，是英子。

“对不起，”关雍隐约觉得自己正在流泪，“我把你看错了。”

“没关系。”英子摸着他的额头，在上面留下小小的吻，“睡吧。”

英 子

深夜时分。

英子离开关瘫的房间，独自一人游走在空荡荡的走廊。

她不知道自己身处申城的哪根棱柱，这里有很多房间，但都没有窗。当英子把手贴在墙上时，隐藏其中的门便会微微发亮，为她打开。

有的房间像储藏室一样堆满不明用途的工具，有的房间则空空如也，四壁雪白。其余绝大多数房间都是单独的寝室，就像关瘫待的那间。醒来时，英子和马拉拉待在同一个房间，对面有一架空床。她没有看到王凯，也许他已经离开了。

她继续摸索，并没打算去找任何人，就连前进的方向也与最初的房间截然相反。致幻气体带来的影响仿佛仍未散去，幻觉的记忆仍然留存在她的体内。在那场漫长而煎熬的幻梦之中，她仿佛回到了童年，回到了爷爷身边。

我再也回不去了。英子默默地想。

她又打开了一间新房间，这里似乎是陈列馆，中央的圆形站台上，放置着一座蚁巢城市的模型。英子凑近观察，又发现它和蚁巢城市并不完全一样，更疏松，更透明。一个个球形居住舱反射变化的光彩，像是怀有某种等待苏醒的生命。而在她观察的时候，模型边缘部分的立柱结构不时地亮起微弱的光，像是正在生长，向外扩张。

被这奇异的模型吸引，英子试着伸手触摸。可在距离表面大约五厘米的位置上，她的手仿佛碰到了看不见的力场，不得不停住。

“你不该来这儿。”一个和善的声音说。

英子转身，看到一个陌生人。这人很高，穿着修身的外衣，没有头发，应该是男性，可面部轮廓又很柔和。他的身上有种奇妙的熟悉感，英子分辨不出那是什么。

“你是谁？”英子问。那人没有回答，她又问：“这是什么？”

“我的名字叫管理者，”陌生人沉稳地说，“而那个，是世界感应器。”

“我不明白。”

“每一个圆球就是一个世界，每一条立柱就是一条棱柱通道。”管理者缓步走了进来，“让我演示给你看。”

英子侧身让到一边，注意到管理者长得有点像马拉拉，神情又和王凯有几分相似，鼻子却特别像关雍。管理者走到模型前，不知触碰了哪里，突然间，整个模型开始发光，绽放出纷繁的色彩。星球展现出各自独有的自然地貌，有天、有云、有地、有海，还有很多她从没见过的天然景观、人工景观。

“我们在哪儿？”

“地球？就在这儿。”管理者比画了一下，模型竟然迅速放大，充斥了整个房间。

原来这是投影，英子心想，但和星球、立柱接触的瞬间，她却发现，这是某种真实材料构成的实体。

地球就在两人之间缓缓旋转，黯淡，几乎没有光泽，然而很美，晶莹剔透。白色的浮云之间，大地上都是葱翠的森林，海洋一片深蓝。英子看到零星的白色建筑出没，那大概是真正的蚁巢城市。

“为什么人们要抛弃它？”她抬头问管理者。

“地球是我们的起点，是这一切雄伟神迹的起点。从这里，我们走向宇宙，走向万千世界，它们中的每一个都值得探索、开发、定居、再出发……我们很感谢地球，而它现在很疲劳，需要时间休养生息。”

“所以你们就把我们丢在了这儿？凭什么啊？”

管理者没有回答，也许他从未想过这个问题。他的皮肤光滑紧绷，英子却觉得他已经很老了。大概他一个人在这儿待了很久，也没人与他说过话了吧，她想，尤其是被人这样质问。

英子几乎心怀歉意，考虑要不要向他道歉，却同时想起了另一个问题。

“你是我爸爸吗？”她问。

“不是。”管理者说。果然如她所料。管理者犹豫片刻，又反问英子：“你想看看他在哪个世界吗？”

什么？我爸爸在哪儿？

管理者手指跳动，模型上的一颗星球瞬间放大，将整个模型包裹。

那是一颗橘黄色的星球，拥有蓝色的河流，不时跃动粉色的光线。土地上分布着许多中型城市规模的居住点，小小的交通工具有条不紊地往来穿梭。

“好美啊。”英子感慨道。

“他们并没有真的抛弃地球。”管理者仿佛现在才想起英子的问题，自言自语道，“尽管离开的时候，他们已经拥有超越性的技术，能在不同形式生命形态间来回转化，成为神人一般的存在，可他们仍对地球充满热爱。地球就像是一个文明保存地，一座封存完好的陵墓。他们相信，早晚有一天，人们会回来，将这里重新启动。”

“为什么？”

“无论是独立的个人，还是一整个文明，当其成长到某个阶段的时候，一定会问出那个问题。”管理者温柔地看向英子，“宇宙如此之大，我们存在的意义是什么？”

英子低头想了想，不好意思地笑了：“我不知道。”

“我也是。”管理者露出同样的笑容，“我的体内拥有全部人类的DNA，是活的基因库。是神人们创造了我，他们希望保证人类基因多样性，也希望当他们再次返回时，我能成为一把钥匙，一把重新打开这里、打开所有答案的钥匙。我奉命守在这里，身负如此重任，能够操纵许多强大的力量，但也不过是神人们的仆人罢了。而最终在时间抵达尽头之前，我们每个人，或者每个文明，必将迎来自己的未来。”

两人不约而同地陷入沉默。英子不断思索管理者的话，琢磨其中每个字词所指代的含义，最终她发现，所有这一切无非是另一个无法解释的问题的题干。

我们实在是太渺小了。她想，我们果然如此渺小啊。

良久之后，管理者转向英子，缓缓开口：“王凯已经做出了他的选择，你呢？”

马拉拉

“什么？你要留在申城？”马拉拉难以置信地问。

王凯点点头，说：“管理者同意了。我想在这里学习，学习成为神人的方法。”

马拉拉看着在场的其他人，忽然意识到，这可能是他们最后一次聚在一起了。

王凯甩手把旧夹克扔给关雍，“管理者把它复原了，但还是有着火的痕迹。”

“挺好，也挺好。”关雍咧嘴一笑，直接穿到身上，“我一直很奇怪，从蓉城出发的时候，你是怎么知道‘避世者必自毙’这句话的。”

王凯顿时哈哈大笑，“我不知道啊！那时候我只是在琢磨它字面的意思而已。我们都应该面对这个世界，然后勇敢地走下去，不是吗？”

“那你呢？”马拉拉问关雍，“你也要留下吗？”

“不，我要回去。”关雍似乎瞥了英子一眼，“垃圾帮还在，我不能抛下他们，我还要告诉他们关于这个世界的故事呢。”

马拉拉把视线转向英子。未等他开口，英子便做了回答：“我要走了。去另外一个世界，寻找我的爸爸。”

哦，原来是这样。马拉拉觉得心里有一小块地方凋零了，但这莫名地让他轻松了许多。

他再次看向房间里的大家，一个接着另一个。也许多年以后，他们还会记得这趟旅程，还记得彼此的名字。又也许那时候，他们也已经不再记得对方的模样……

但那都不重要。马拉拉努力地观察每个人的面孔，把他们记在心底。至少，我们还有此时此刻。

就在那一瞬间，他忽然回想起了自己在体育馆吸入致幻气体的时候。众多可怖的梦魇之中，唯有那一段让他最难忘记。

那就像一段真实的记忆，王凯、关雍、英子，还有马拉拉，四人一起坐在那辆红色的吉普里，在夜色中行驶。然而马拉拉清晰地意识到，自己处在幻觉之中。因为那开车的司机，是他自己。

吉普驶入了一条漫长的隧道，身边的大家都不见了，就连吉普也消失了。他孤身一人，飞行在那隧道的黑暗之中。随后，豁然开朗。

申城如同一座通体发光的灯塔，一只点燃的火把，在夜色中傲然而立。一个接一个的世界在夜空中闪烁，点缀成绝美的图景。

马拉拉感到一股力量从尾椎骨绵延而上，战栗着每一根神经纤维，如同接受神启。

万千机遇和可能在他面前展开。

“你呢？”英子问，“你想要去哪儿，去做些什么呢？”

马拉拉没有回答，他甚至没有分清她的声音究竟来自幻觉、回忆，还是身边的真实。

他的心里早已知道了答案。

尾声

他们果然再也没有聚在一起。

马拉拉成了一个星际旅行家，他时常会和英子在幻镜上聊天，互相询问近况。有时王凯也会加入他们，尽管他的形象已经完全化作了另外一种模样。马拉拉也会偶尔回地球，与关雍小聚几天。但不管如何，他们四个再没齐聚过。

正如王凯说的那样，这世界太大了。

多年以后，马拉拉在自己的回忆录中写过这样一段话：

“对于如今的人类文明，我们每个人实在太过渺小，我们的存在几乎没有任何意义。面对这以光速变化的世界，有人选择转身逃避，有人选择尽力跟随。我们穷尽一生，终将被世界所抛弃。而与此同时，那些人类中的先驱者、开拓者，那些神人，他们勇往直前，甚至轻而易举地抛弃了整个世界，这无疑令人感到沮丧。”

他把这段话发送给英子。远在星系另一头的她，回复了一句批注：

“但也只有我们，才拥有整个世界。”

Amour

Part 1

我一直相信爱是纯粹的存在。

尽管许多人不再相信或者从未接受这一观点，但我始终认为，爱是一种比简单的喜欢更加高尚的东西。你遇见一个他，或者她，有时候甚至是它，你好奇，想要接近，想要去了解对方更多。这是喜欢。当你与对方拉近了距离，并且认为这并不能满足你的需求，你想要花更多的时间和对方待在一起。这就进入了灰色地带。

而爱的转化应当是发生在这之后的某个时刻。有一天起床，阳光特别耀眼，你慵懒地转身，阳光照射在床上另一个人的身上，你发觉自己真的完全知晓了对方的一切，从阳光帅气优雅性感惹人迷，到挖鼻孔吐痰抠脚丫令人厌。你发觉即便如此，你还想要继续和对方待在一起，一直持续到你的大脑无法想象出来的久远时光。尽管可能对方还有许多你不知道的小秘密，但这没关系。因为你知道，你爱上了他，或者她，或者是它。

我知道这种描述并不确切。事实上，一个人在其语言体系中使用“爱”这个字眼的时候几乎不会真正思考其背后真正的含义。对绝大多数的人而言，爱不过是高于喜欢的一种表述形式。我喜欢吃草莓，我爱吃菠萝，如是而已。我并不否认这种爱的存在，事实上，我认为这是真正之爱的某种变体，是感官层面对非己物的本能性欣赏。我爱吃奶酪，我知道奶酪的工艺，从头到尾的一切繁杂或那让人作呕的制作过程，我仍然想在我生命中的每一天里吃奶酪，哪怕肠胃对乳蛋白消化不良。所以你看，我爱吃奶酪。

这种爱意同样也能建构在纯粹疏离性的体验之上。比如看到蒙娜丽莎的原作真迹，睁开双眼的那一瞬间我便会感受到浓浓的爱意。那是一种包裹全身的酥麻感，从大脑皮层闪光的灰质到右手指尖颤抖的神经末梢，喜悦和欢快的情感冲击着我的身体，即便它来自理性的欣赏。

只有在很罕见的情况下，理性的爱与感性的爱能在同一个对象上得到贯彻和体现。我相信那抵达了爱纯粹的本质。于我而言，这一生中总共体会过四次。其中第四次的对象，正是我在这个房间，这个世界，这个星系乃至这个宇宙的灵魂伴侣，凡涅拉，mon amour，我的真爱。

唯一的问题是，凡涅拉是一团气态生命体。

凡涅拉来自仙后座的一个恒星系统，星系中拥有四颗行星。她的种族所居住的艾斯克里姆，是四颗行星中重力最大的一颗。它距离恒星最远，地质活动却最为频繁，火山喷泉屡见不鲜。地表物种乏善可陈，只有几种值得一提。其中之一是名为朗姆的植食性动物。朗姆体型巨大，常年进行环球迁徙，皮糙肉厚，可以经受突发性上涌气液混合物的冲击，最喜欢在温度接近沸腾的温泉水里泡澡。尽管看似温顺，朗姆的脾气却很冲，种群中绝大多数的死伤都发生在内部交配权的争斗中。

除此之外，朗姆很蠢，智商相当于地球上的牛。

朗姆的主要食物是葚草，一种依靠地热生长，能量密度极高，拥有硅基维管束支撑的低矮植物。朗姆特有的消化系统能够吸收葚草中大部分的能量，只是其古怪的植物纤维会扰乱特异性肠道菌群的生活。在特定的情况下，菌群与朗姆消化道的相互作用会产生奇妙的效果。

虽然听起来有点难堪，但是和绝大多数艾斯克里姆的智慧气态生命体一样，凡涅拉是从朗姆的屁中出生的。

我第一次见到凡涅拉，是在蛇夫座星门中转站。

当时地球刚刚与艾斯克里姆达成了长期贸易协议的共识。作为人类发现的第五种非类人形智慧生命，凡涅拉和它的同胞作为使节代表，前往第三方空域签署协议文件。

它们离开摆渡船，走出廊桥的那一刻，正给地板打磨抛光的我呆立当场。

那时我尚未知道凡涅拉的真身，只见到四个巨大的玻璃人偶缓缓走进中转站大厅。每名人偶大约有三人高，通体透明，闪耀着钻石般的光辉。人偶内部，复杂的粥状构造相互接壤，光线折射反射，依稀可以辨别出功能不同的各个器官。

很快我意识到那人偶体内的粥状构造并非结实的一块，顺着看不见的孔隙，浓浊的气雾如胶体般涌动其中，改变关节的压力结构，驱使人偶移动。随着浓度的改变，在光学效应下，气雾不断变幻着色彩。

而其中一具人偶里，那在橙黄色、薰衣草色和海蓝色之间不断切换的气雾，就是凡涅拉。

她的人偶是最高大的一个，体表甚至泛着一层淡淡的金色。当它大步迈过我的头顶时候，那身体中散射的光彩让我迷醉，甚至战栗。我感到一股来自体内的不明能量涌入发梢，令我身体发烫，膝盖不稳，想要向它跪倒。

我真的跪了下去。大脑眩晕不止，周身的每一个细胞都欣喜地尖叫。过去我也曾在爱意的冲击下产生过类似的快感，但从未如此强烈。

然后爆炸发生了。

一具防御性单兵火箭发射器被入侵后激活，弹头直冲使节代表而去。激活武器的嫌犯被当场击毙。

在我的记忆里，袭击发生的那一刻，许多都不甚清晰。我仅仅记得尖叫、拥挤的人群，记得向使节代表飞驰而来的机械警卫，记得弹头击中人偶时的光芒，以及之前那一瞬间，为了将我阻挡在致命的冲击之外，人偶向右迈出的关键一步。

我一定失去了几秒钟的意识。当我再次起身的时候，眼前的中转站正旋转、颠倒，令人眩晕。

这时我见到了凡涅拉，真正的凡涅拉。

乳白色的气雾从人偶的裂缝中溢出，在空气中探出一条细肢，摇曳地伸向我的鼻翼。我屏息不及，狠狠吸了一下。

气雾受伤般从我面前迅速闪开，收了回去。

紧接着的下一秒，我弹到了人偶身上，紧贴那条缝隙，在被警卫拖走前极力嗅闻着所有可能残存的气息。我知道接下来将面对几个月的监禁、审查，即便顺利脱身，也很有可能丢掉在中转站的工作。但那已不再重要。

我感受到了纯粹的爱。凡涅拉，我爱上了她。

通过语言描述一种超越性的感官体验是件困难的事。但如我所说，那并不是我第一次抵达爱的本质。

对绝大多数人，生命中最早的记忆都是模糊而不确切的。而在我的脑海中，我的生命起步于一个暗红色的，因长时间吸吮而柔软的老式橡胶奶嘴。

由于提前三周出生，我的母亲没有足够的奶水喂养我。我生命最初的六到八个月，完全依靠特制冲调奶粉维持身体机能运转。

奶嘴便是那时候来到了我的世界。尽管那时最大的新闻是人类第一组星门中转站的开启，但对我来说，奶嘴才是我生命中唯一重要的存在。它温暖、甜美、值得信赖，而又略微苦涩。据我的母亲说，当护士第一次把奶瓶递给我的时候，我便扑到奶嘴上拼命地吸吮，完全不像发育不全的早产儿。后来，母亲奶水充盈，我却拒绝靠近她的乳房，仿佛奶嘴才是我真正的母亲。她绝想象不到，那是因为我爱上了奶嘴。

五岁时，母亲趁我上幼儿园，偷偷扔掉了奶嘴。而当幼小的我最终放弃寻找的时候，已经翻遍了周围七个小区的垃圾桶。这件事教给了我宝贵的一课：爱可以是单方面的。

人常说，小时候发生的事很快就会忘记。我想说，那并不正确，最多只是没那么在意。直到现在，当我嗅到冲调羊奶粉的味道，仍会感到安宁与哀伤——就像凡涅拉带给我的感觉。

忽然想到，我的母亲似乎从来没有抱过我。

无论如何，从监禁审查中脱身的那一刻起，我就已经打定了主意，我要再次见到凡涅拉。

然而，我只是一个形销骨立、手无缚鸡之力、一无是处的清洁工，凡涅拉身为使节代表，高贵卓绝，身份的差异甚至远于空间的距离。我需要一个方案。

幸运的是，我还保留着蛇夫座星门中转站的工作。

休憩时间，工友告诉我，上次袭击艾斯克里姆星球使节代表的嫌犯，来自一个信奉种族精英论的极端组织。自从地球方面发现第一个外星生命文明，并和平建立多层次往来合作后，该组织便策划了数起针对外星生命的恐怖袭击。发生在中转站的事件，不过是其中之一。

“他们需要内线吗？”我问。

工友以奇怪的眼神盯着我，让我几乎以为他马上就要向恐怖袭击专案调查组打报告。

“等着吧。”他最后说。

三天后我收到一封邮件。里面只有一个坐标，对比后我发现，坐标位于星门中转站的某个房间。

我来到下层维修甲板，绕过巡逻的机械警卫抵达目的地。房门关闭的同时，一个瓮声瓮气的人透过通话器向我发问，内容都是关于工作时间在中转站见到的外星生命数量，往来方向，诸如此类。大约半小时后，询问宣告结束。

“这就完了？”我冲通话器问，但并没有获得答复。

这种碰面大约持续了五个月的时间，然后我开始接受一些莫名其妙的指示，诸如下午3点站在行人最多的通道中央转圈，或是在观光舷窗口的台檐放上一罐喝了一半的汽水。与此同时，日常的询问也变得更加细致。

两个月后，当艾斯克里姆的名字出现的时候，我知道，时机到了。

关于上瘾你需要了解以下事实。

它很美妙，尽管只是在一开始。

从逍遥的享受到纯粹的噩梦，二者并没有严格的分界。这就是为什么所有专业人士不停告诉你，不要抱着自控力强的侥幸心理，沾染任何已知的或是未知的毒品，哪怕你最亲的朋友兄弟劝你来上一口，也千万别碰。

任何东西只要有了难以摆脱的依赖感，你的半截身子就已经进棺材了。

曾经有一段日子，我整日酗酒，喝得昏天黑地。有时候在白天昏死街头，醒来已经是另一座城市的夜晚。我不停地让身体吸收酒精，以至于时间抛弃我的时候甚至不需要做任何伪装，就那么大摇大摆地从我眼前摇摆而去。

整整两年的时间，我记不起发生过的任何事。

两年。

最终戒酒之后，我像其他那些想要重新开始的人一样，来到了星门管理机构寻找工作。从离地球最近的半人马座星门中转站出发，落脚到了如今蛇夫座的星空。

然后，我再次上瘾。

从很多层面看，爱和酒精都没有区别。

于是那天，我又见到了凡涅拉。

恐怖袭击的发生并没有阻碍两种文明在和平交流上所做的努力，这对我而言是最好的消息。越来越多的人偶从艾斯克里姆来到这里，又从这里走向新的世界。

而凡涅拉的再次出现，让我的等待获得了价值。

在专为人偶开辟的公共卫生间，我追上了她。时间紧迫，这是能够撇开那些机械警卫，与她单独相处的唯一机会。

“你怎么在这儿？你是谁？”

这是我第一次听到人偶说话。浓郁的气雾涌上喉头，带动玻璃做成的声带嗡嗡颤抖。

凡涅拉变作橙红，映照警示的光线。

我抿了抿干燥的嘴唇，发不出声。见我没有回应，人偶不耐烦地移动。我挪步上前，张开双臂挡在她的面前。

人偶停住了，眼睛辨认我的脸孔。

“你是那个人。”

原来她记得我。

我该说什么？她想听什么？我要怎么说？她能听懂吗？我能说什么？我不知道如何开口。

“你想要什么？”

“你！”仿佛打破禁言的魔咒，我一下得到解脱，“我可以……我是说，真正的你，人偶中的你。”

人偶一动不动，任凭体内气雾涌动。

“我没有恶意，”我磕磕绊绊地说道，“我只是想……我只是想再见到你，再嗅到你。自从上一次之后，我就已经爱上了你，我知道那不是单纯的味道，而是一种全新的……”

“人类公民。”

机械警卫的声音突然响起，我噤若寒蝉，寒毛倒立。它是什么时候进来的？我根本没注意。也许人偶第一眼见到我的时候，就已经按下了隐蔽的呼救按钮。

“请你离开艾斯克里姆使节代表凡涅拉。掏出你身上所有违规物品，向我缴械投降。否则我将被迫采取极端措施。”

“听着，这不是你想象的那样。”我从口袋里拿出早已准备好的道具，双手高举，“你在犯一个严重的错误……”

“放下！双手背后交叉！额头贴墙！马上！”

我依言照做。人偶毫无反应。我猜不出她在想些什么。

机械警卫拷住我的手腕，抓起我的一瞬间，它的体内芯片突然升温，发出焦糊的气味。我以一种古怪的姿势被擎在半空，动弹不得。

“你做了什么？”

我扭动身体，试图脱下手铐，“不是我做的！但我们已经没有时间了。”

门外的骚动越来越响，已经开始行动了。人偶犹豫地望向门外，不知如何是好。

“凡涅拉！”我向她呼救，这是我第一次叫出她的名字，“听我说，在这座中转站我最不希望发生的一件事，就是你受到伤害。可如果你不放了我，我们面对的会比受伤严重得多。相信我，哪怕只有这一次。求你……”

猛地一下，我栽倒在地，冰凉的地板撞得鼻子生疼。

人偶伸手，同样冰凉的掌心将我托起。胸膛里的凡涅拉，卵黄色的气雾镇静盘绕。

“现在呢？”人偶声音嗡嗡。

我把道具递交过去，那是一个精巧的气罐，内部已抽真空。

“你要绑架我吗？”

“如果我说是，你愿意跟我走吗？”我看向她。

人偶盯着气罐，以肉眼几乎看不出的幅度扬起头颅，随即将气罐插入喉头。气雾旋转飞升，收入其中。

然后，我带着她，慌忙逃走。

每一个星门中转站，核心都由振荡引擎构成，该引擎受到重重保护，不仅因为至关重要，也是因为其脆弱易毁。正因如此，清理引擎的工作只会交给经过审查的人。

比如我。

我无意杀害那么多的生命，但当振荡引擎在土质炸弹的爆炸下释放全部能量，当蛇夫座星门中转站在空间急剧的收缩与扩张中化为星际尘埃，我不禁怀疑所做的一切是否值得。

逃生的飞船里，气罐在我怀中安稳地沉睡。我说服自己，无论有没有我，他们都会采取行动，杀死无辜的人。至少现在，我还怀抱凡涅拉。

人们常说，爱并不代表占有，但我知道，那不过是彻头彻尾的谎言。

在我的生命中，第二个令我触摸到爱之纯粹的人，是一个来自火星殖民地的姑娘。她真正的名字我已不记得，出于方便，我把她称作Amour。这单词在法语中意为爱，或是爱人。

是她教给我的。

Amour和我的相识没有什么特别之处，发生在我们两个人之间的故事，与全天下所有的校园爱情故事并无二致。是她让我明白，情感上的互通是多么美妙。与她在一起，就像两件完全不同的乐器，却在同一曲乐章下奏鸣和谐。是她让我相信，她就是我一生中最重要的人，我所能信任的恋人，mon amour，永恒而唯一的真爱。

直到我撞破她的背叛。

Amour一直都是个很招人喜欢的姑娘。事实上，按照火星殖民地的传统，她一共拥有六个男友，每个男友，又同时拥有六个同性或异性伴侣。这或许和早期殖民的人口扩张历史有关，但我并不在乎这一传统诞生的缘由。

说我老派吧。就算有人大力提倡开放式关系，对此我依旧无法表示认同。我没有办法接受一个人能够同时爱上许多人。爱是独占的，否则何来背叛？

狡辩。不过是一种狡辩，将纯粹的真爱拉低为欲望的满足，那微弱而不值一提的理性得到消解，剩下的只有无法被填满的情欲。

那不是爱。我爱她，她却并不爱我。

和Amour的分手绵延而可悲。自那时起，我明白了单向的爱注定会走向悲剧。

虽然客观看来，我对凡涅拉鲁莽而窘迫的告白纯属感动自己，是骚扰对方的无赖之举。但在那时，我的身体被情感所占据，我言不由衷。

我知道那是错的，是不合规矩的。但我依旧要做。

因为那是爱啊。

我是如此分裂，以至于我想挖出自己的大脑撕碎成条缕，交给他人好好研究。

和Amour分手后，我开始喝酒。

三天的飞行几乎耗尽了我的精力。不仅是因为躲避搜寻幸存者的机械警卫，逃生飞船的燃料也不允许我拥有更多的选择。万幸的是，终点并不遥远。

桌面上放置着一尊小型的人偶，内部真空，不比水杯大多少。我把气罐接驳连入。人偶的眼睛闪烁几下，活了过来。

“这是哪儿？”凡涅拉填充小巧的气压关节，试着移动。

我告诉她，这是一颗内部被掏空的小行星，它曾经属于我的父亲，现在所有权落到了我的手上。

“为什么有人会愿意住在一颗小行星里？”

“没有人。”

这里是墓穴，是坟场。父亲花费毕生积蓄，买下了这颗小行星。入土为安，我们出生的地球上已经没有空间满足这一乡俗，所幸还有星空。

我将凡涅拉捧在掌心，来到墓穴深处，两个狭小的葬洞里，我的父母相依而置。

“在我出生的星球，并没有父母的概念，”凡涅拉缓缓说道，“从生物学角度看，朗姆是孕育我们出生的生命个体，但我们对朗姆并没有特别的感情。”

“在中转站的时候，你为什么愿意跟我走？”我犹豫地问。

“因为好奇。”人偶转过身，扫视四周，“在你身后的架子上，那一排排的是什么？”

“没什么，只是收藏品。”我对她摆手，心中浮上一丝不安，“好奇？”

“是的。”凡涅拉确认道，“对你们的种族，我并不了解。身为使节代表，我有探索的义务与责任。当你说，你爱我的时候，我产生了好奇。就像父母一样，在我们的文化中，同样并不存在爱这个概念。所以我想知道，你所说的爱究竟是什么。”

见鬼。

如何才能对一个异类生命阐述什么是爱？

我试图对凡涅拉解释，爱是一种纯粹的存在。它以抽象的形式印刻在人类的知识图谱中，描述了两个独立的生命个体之间所能达到的最和谐的关系，从肉体到情感。

可凡涅拉告诉我，她没有肉体，也谈不上与人类相近的感受情绪的能力。

“可是……我爱你啊。”我瘫坐在椅子上。

“是的，我相信你。”凡涅拉说，“然而我无法对一种我所不理解的情感做出回应。”

“那么在你的世界，不同的生命之间是如何相处的？”

“放我出来，我会展示给你。”人偶攀上我的胳膊，玲珑剔透。

“我怎么知道你不会逃走？”

人偶肩膀抖动，眼睛闪烁，像是在笑。

“我的质量太轻，离开这里的封闭环境，我的身体会在气压骤降中消散成无法重新凝聚的分子。那就等于死亡。”凡涅拉顿了顿，“不过关于死亡这个概念，我们的认知也与你们不同。”

“教给我。”我说，同时摸索人偶背后的开关。

“听我说，”人偶侧身躲过，轻巧可人，“当我靠近的时候，放松你的感官，摒弃任何杂念。专注在我身上，可以做到吗？”

当然可以，那毫无疑问。

我拨动开关，“嗤”的一声，气雾从洞口逸出。在冷光灯的辉映下，凡涅拉舒展身体，环绕在我的身体周围。

“我准备好了。”我轻声说道。

刹那间，气雾涌入我的毛孔、鼻腔，冲撞着我身体上每一组反射弧的神经感受器。如此多的信息，同一时刻汇集于我的大脑。

于是，我看到了。

用“看”这个动词描述如此一种感官刺激并不合适，这更像是某种虚拟现实的体验，是跟随凡涅拉的思维激流而舞动的超验性共识通感。但这又与凡涅拉无甚关联，只是一个由她讲述的故事。我既是读者，也是听众；我既是故事的起点，也是故事的终点。

“在艾斯克里姆，原本并没有‘你’‘我’之分，我们即是彼此，他者即是自身。”

凡涅拉的故乡，文明起源于一团智慧气态生命体。没人知道它最初是如何诞生的，姑且可以称之为“始祖”。它庞大，兼容并包。它吸收来自星球内部的能量，从朗姆排出的气体中摄取营养。后来它太孤单，一分二，二分四，如此这般。

随着分裂，它的智慧水平随之下降。事实上，当其小到一定程度时，其神经系统就不足以维持自身的气体密度，变化成毫无意识的气团，或是被其他智慧气态生命体吸收，或是飘逸消散。经过漫长的试验，始祖发现，类似凡涅拉的体型最为合适。

在这一时期，分裂的生命体随时可以再次融合，交换体内分子共享信息，继而合成新的生命体，新的始祖。通过这种方式，始祖得以探索世界。

“人类认知体系中所能理解的个体概念，可以追溯到葚草工具化的出现。这一场革命为我们的种族带来了第一次，也是唯一一次内部分裂。”凡涅拉调整了分子比例，我在瞬间目睹沧海桑田。

出于偶然的契机，一团小型的智慧气态生命体将自己压缩、导入葚草的硅基维管束，通过控制压力，如操纵人偶一般移动、行走，与世界直接进行物理接触。彼时始祖已经将星球探索殆尽，常年游荡在平流层，体型庞大到足以笼罩八分之一个大气层球面，终日冥想宇宙真理。葚草工具化的革命，与始祖的理念完全相悖。

在始祖看来，葚草工具化意味着固定化的小型化标准，意味着限制自由，这与原生思想格格不入，是反气态的。而那些自愿将自己束缚入葚草的生命体，获得了坚实的外壳，相比始祖尽管渺小，却拥有了改造世界的能力。

这场分裂最后演化成了一次世界范围的战争，巨大对战微小。最终，伴随着采取葚草工具化的新派生命体获取全面胜利，战争最终落下帷幕。曾经不可一世的始祖，一部分被对手撕裂，一部分逸散在地外空间，永不归来。

尽管葚草工具化革命最终成功，伴随而至的种群扩张瓶颈却是始料未及。朗姆的天然产量本来就低，即便采取集中养殖，平均每一千头朗姆，在一年的时间里只能产出三至五团平均大小的智慧气态生命体。而获得硅质外壳的生命体，随着时间流逝，相互之间的差异也越来越大。个体愈发不愿分裂自己，因为分裂就意味着信息的耗损、丢失。

即便如此，不同的生命体之间依旧通过互换气体分子的方式交换信息，这一从始祖的年代延续的习惯令每一个相对独立的个体共同享有相同的经验与知识。

“只有在极少数情况下，不同个体才愿意发生融合，其中某些案例还是处于试验的心理。”

这么说来，凡涅拉也一定与其他气态生命体……不，应该说，凡涅拉本身，或许就是融合之后的产物。想到这一点，我忽然有些失望。

凡涅拉仿佛感知到我心情的变化，但她并未对我做出明显的反馈，“多年的分裂令我们无法完美兼容。而当融合发生的时候，不仅思想随身体合而为一，同时也会诞下数团大小不一、发育不完全的气态生命体，我们将其称之为‘幼态’。”

幼态由于质量太小，甚至无法主动吸收营养，短时间内就会耗散。因此，新出生的幼态必须被封入葚草，喂食给朗姆后，在其肠道系统内二次发育成型。然而幼态的神经系统所占比例比成熟的智慧气态生命体更高，这也就意味着，整个二次发育的过程，都会一丝不差地被幼态忠实记录下来。这一过程漫长而痛苦，哪怕成熟之后，与其他个体进行信息交换时，那往昔灾难一样的经历也会给对方带来难以忍受的刺激。任何由幼态发育的生命体在社会中都会遭受不同程度的排斥和孤立。

随着技术进步，抛弃朗姆全面采取机械化手段进行繁育的试验已经开始。但对于独立的个体，除了基本的社交，拒绝分裂，拒绝融合——这是维持自身质量稳定乃至长久生存的不二之选。

“对我们而言，死亡的概念以两种方式存在。”凡涅拉停顿了很久，才缓缓继续，“一种是在失压状态下逸散，身体内每一个分子受到物理学的掌控，从身体的各个部位撕裂分离，直至神经系统瓦解的那一刻。另一种，是融合。”

“我以为那会形成新的生命。”不知不觉中，我又回到了冰冷、苍白的小行星墓穴。

凡涅拉汇聚身体，收缩回到人偶之中，眼睛忧郁闪烁。“是，但也不是。融合是痛苦的，甚至比逸散还要痛苦百倍不止。我不知道始祖生活的年代，那是否也同样令人难以忍受，但对现在的我们，融合意味着意识的消亡。你能够看到身体如何与对方结合，体内每一根担任神经传递的大分子与对方相连，与此同时，你的大脑却体验着极度的平静，近乎虚无的平静。你的身体不再归属你的控制，新的意识在两人之间逐渐形成，自己却一点点地淡化。所有曾经属于自己的、独一无二的努力在融合完成的那一刻，统统成为新生命的记忆。你最后的念头，可能仅仅是‘我已不再重要’。而最讽刺的是，‘你’的确已经不再重要。‘你’，已经成为‘我’。”

在那之后，我把回到人偶的凡涅拉留在原处，钻进为自己保留的葬洞。任凭她怎样呼唤，我都拒绝与之交流。后来，凡涅拉也不再劝我，我猜，她在冥想。像我一样。

数小时，或许过了数天的时间，我还是爬了出来。简单吃过东西，我开始组装发射筒，一根金属长杆立在一旁，焊接着小巧的金属圆柱体。

凡涅拉对此并不理解。她质疑我费了那么多努力，甚至不惜帮助恐怖分子炸毁星门中转站，将她绑架至此，难道只是为了最终放她进入一个金属罐，射入太空?

“那不是金属罐，是救生飞船上的呼救信标。会有人来接你的。”我哑然失笑，“你不会是得了斯德哥尔摩综合征吧。”

“我并不知道那是什么。”

“没什么，一个用已被淹没的地名命名的现象罢了……”

一时间，我无法继续下去。难以表述的情绪充斥身体，我四肢无力，只想再次回到葬洞。

不行，我还不能回去，至少现在不行。

人偶攀上我的膝头，透过眼睛，我注视着凡涅拉。宝蓝色的气雾旋转，也许她有些不安。

沉默很久，我缓缓开口："我不明白，第一次见到你的时候，那种感觉从何而来。尽管我确认，那是爱……不，是纯粹的爱的体验。可如果你并没有爱的概念，那又是什么？"

"迷惘、不知所措，寻求安全庇护之所。"凡涅拉说，"就是那时的我。"

"我明白，爱具备单向的模式，我爱，而她不爱。但就算在最极端的情况下，我所能预期的不过是自己的狂热遭遇对方的不屑。现在……至少在以前，对方还懂得什么是爱。对你来说，爱却从不存在。"

"振荡引擎。"凡涅拉突然说，"你记得吗？"

"当然了……我在那里引爆了土质炸弹。那么多人……我当然记得。"

"不，我想说的是振荡引擎的原理。通过施加巨额能量，可以干涉所选空间中任意一对特定的弦，令其达到共振，从而打开星门。当它被摧毁的时候，周围所有的弦都会发生简并。"凡涅拉看着我，"那些消失在爆炸中的人们，在我们的概念中已经死去。但在你们的概念中，或许以另一种方式，依旧活着，甚至永生。"

融合。

"这是我所能想到的最接近爱的表述。"凡涅拉对我说。

我的第三次，也是遇见凡涅拉之前最后一次感受到纯粹的爱，发生在半人马座星门中转站。那里是人类最早建成的几座星门中转站之一，也是所有星门中转站中最为繁华、环境最为复杂的一座。

各个行业，各个星球的商人来到这里，贩卖各种你所期盼得到的和你所从未想要期盼得到的一切。

比如性。

在我从培训机构毕业、抵达半人马座星门中转站开始第一份工作之前，我也与别人发生过关系。性爱是美妙的，这毋庸置疑。我甚至一度认为，那是所有感官能够达到的最令人愉悦的高点。

直到我遇上杰洛欧。

杰洛欧来自一个被海洋覆盖的星球，为了保证体内水分不被流失，漫长的演化令他拥有了柔软、透明度高而又极有韧性的皮肤。纤细的肌肉叠加其上，透过血管，能够看到绿色的血液在其中流淌。

当然，这些都不重要。

和种族中的其他同胞一样，杰洛欧为包括人类在内的诸多外星生命提供性服务。

彼时我对跨种族的性爱仍然存有疑虑，毕竟对方实在太像一个淡绿色的果冻。

但当他开始时，所有的疑虑都被打消了。而最终快感抵达的那一刻，我甚至相信自己洞悉了宇宙最深处的秘密。那是我所希冀的，白色的光明。那就是爱。

我不想离开杰洛欧，我不希望他离开我。然而最后，他还是离开了。

正如我生命中其他美好的事情。

我在一个又一个星门中转站旅行。我也曾被机械警卫投入监狱。我希望遇到另一个如同杰洛欧的生命。我再也没有遇到另一个如同杰洛欧的生命。

我最终放弃了这种打算。我抛弃过去的自己，换了一个新身份，留在了蛇夫座星门中转站，干起打扫地板的工作。

就是在那里，我见到了凡涅拉。

“你该走了。”我将呼救信标放入发射筒，旋开背部的帽盖。凡涅拉操纵人偶，将背部靠近我的指尖，等待被再度释放。我却迟迟没有动手。

“怎么了？你后悔了？”她问我。

“不。”我真心想要送她离开，只是心底还有一点执念不愿放手。

是爱的力量。我告诉凡涅拉，希望在她临走之前，让我再次感受到爱的力量。我知道这很为难，让她在毫无准备的情况下回到过去那一时刻的状态。

她答应了。

我拨动开关，人偶背部洞口展开。乳白色的气雾透过指缝溢出，晃动着探出一条细微的线，像是触手。气雾推开空气，伸向我的面前。

一想到这即将是最后一次触及爱的本质，我便难以自控。然而屏息再久仍然需要呼吸，我张开鼻翼，猛地吸了一下……

“……你哭了。”

我触及面颊，才发觉她是对的。我知道凡涅拉等待着我的反应，但我没有回答。

在引导下，凡涅拉被灌入信标密封筒。我启动信标的呼救系统，电磁波以光速穿透墓穴，朝着最近的机械警卫的方位疾驰而去。

再见，凡涅拉，mon amour。

我深呼吸，按下发送键。舱门打开，信标被压力差推动，“嘭”地飞入宇宙。

然而这时，异样的噪声在身后响起。这怎么可能？我转过身，那尊人偶竟然颤颤巍巍地四肢扶地，试图站起。

我冲去将它举起，凡涅拉竟然还在！她缓缓变幻色彩，浓度似乎单薄了许多。

“这怎么可能？我明明见到你被灌了进去……”我忽然明白了！是分裂！她抵挡住了压力泵的力量，将自己一分为二。“为什么？”我问。

“我……”人偶的眼睛虚弱地闪烁，“我想要理解你。”

她告诉我，自己从来没有对另一个人类、另一个生命如此好奇。她想要记录下我的生命，她想要将我的故事带到更远的地方。她想要搞懂到底是什么驱使我做出了选择，她想要理解什么是爱。

于是我坐下来，对她讲述了我的故事，从出生到现在，从序幕到尾声。

但凡涅拉对我说，这还不够。信息通过语言表达时，太多细碎而微妙的数据会被忽视和丢失，而人类的语言对她又非母语，二次转译更会让她陷于困惑的旋涡。

与我这样沟通一定消耗了她非常多的能量，停顿了很久，她才再次开口："我想要嗅到你的气息。"

很久以前，我读过一个故事。故事里的男人为了保存少女身上的香气，一个个将她们杀死，再用油膏包裹。几天后，经萃取，最终以香水保存。

技巧的关键就在于萃取。

我无法找到那种神秘的油膏，但我拥有仅次于它的东西。

墓穴深处，我搞到了些油脂。借助一些简易的手段，我将它们提纯成了成分更单一的脂类化合物。稍作皂化后，将它们涂抹在我的胳膊上。

与此同时，我开始酿酒。对我而言这一部分倒轻车熟路。作为一个曾经的酒精上瘾者，利用火星土豆私酿威士忌的流程即便过了这么多年，我依然熟记在心。只是这一次，我需要更高的浓度。

经过两天的试验，我把成品摆上桌面，问她："你准备好了吗？"

凡涅拉舒展身躯，将自己悬浮在二十厘米高的位置上。我按下开关，那提取自我皮肤的气味被打散成雾珠，腾地弥漫开来。凡涅拉试探性地接触，我清晰地见到那接触的瞬间，她向下伸出的数百根细小的旋锥。然后，她将它们吸了进去。

"成功了吗？"

凡涅拉在空中抖动，她的身体连续变色，不断调整在空中的姿态。我意识到，她想要和我对话，却忘了我无法理解她的语言。

我抓起人偶，冲她摇晃示意。凡涅拉涨得通红，咻地钻了进去。

“你……那是什么感觉？”

“那么多的忧伤……那么多的痛苦……”人偶抓住我的手。

“你能明白，我为何爱上了你？”

“不，太多杂质，太模糊。我相信，我理解了你，可也只是勉强地触及皮毛。我无法真正看到你的过去，无法知晓到底曾经发生了什么。”

我沉默了很久。

“有一种办法，可以去掉所有的杂质，但是……”

“但是怎样？”

我告诉凡涅拉，在星门中转站，清洁工拥有这样一套设备，可以对垃圾进行粉碎、烧结。而那其中的机械刀刃，可以令粉碎等级达到大分子尺度。

“我可以调整最后的结构，将烧结换作挥发。那样的话，我就能够将自己化作一团气雾。”

“那样的话，你就会死。”

“如果能让你理解我，理解什么是爱。那我愿意如此。”

“我无法要求你这样做。”

“你无须要求。”我对她说。

——以下内容摘自《“蛇夫座星门中转站”恐怖袭击案件最终调查报告》

……经过历时七天的反复排查，机械警卫最终在距离蛇夫座星门中转站原址一个天文单位的位置上找到了求救信标。使节代表凡涅拉在信标的密封罐中被找到，被发现时身受重伤，现已返回艾斯克里姆星球接受治疗。

根据信标弹道，结合小行星带轨道进行逆推之后，机械警卫锁定了目标小行星。此时距信标发射不到七十二小时。

调查显示这里是一处家族墓穴，归属于嫌疑人王凯（绰号“屠夫”）。此人出生于地球，幼年即显示出严重的暴力及反社会倾向，五岁时曾因争吵刺伤其母。后其父将其带往火星殖民地抚养，求学期间，曾涉嫌女友失踪一案而遭扣押传唤，后因证据不足获得释放。毕业后，王凯销声匿迹了一段时间，在半人马座星门中转站涉嫌谋杀性服务者杰洛欧，受害者遇害前曾被王凯非法拘禁长达十二周。案件发生后一周，王凯的父母被发现死于致命性药物注射。王凯被当场抓获，判处有期徒刑二十年，三年前，表现良好提前释放。

蛇夫座星门中转站恐怖袭击案件发生前七个月，曾有另一场针对艾斯克里姆星球使节代表的袭击发生。虽经监禁审查，但因与极端组织无关，王凯的身份并未引起足够的注意。爆炸发生后，机械警卫迅速包围极端组织的基地并实施了精确打击，在一份联系人名单中，王凯的名字再次出现，才引起调查部门的注意。

抵达小行星后，机械警卫采取爆破方式强行打开机库大门，计划利用内部失压真空使目标昏迷，再进行抓捕行动。但当机械警卫进入后，发现王凯已经死亡。根据现场调查和尸检综合判断，王凯死于大创口外伤造成的失血过多。嫌疑人将两条胳膊伸入一台垃圾处理设备，墓穴几乎被鲜血覆盖，场面令人作呕。

在墓穴现场同时还找到了保存完好的王凯父母的尸体，某种制造肥皂的装置，酿酒器具，以及一整排奶嘴收藏品。经过后续详细检查，机械警卫又在一处墓穴葬洞中找到了一件带有血迹的学生制服，一些绿色果冻状生物的照片。从照片上看，王凯似乎对其进行了某种以防腐为目的的试验。

尽管还存在些许没有厘清的疑点，譬如王凯为何绑架使节代表凡涅拉？又为何选择将其送走后采取这种极端方式结束自己的生命？但是嫌疑人王凯参与制造蛇夫座星门中转站恐怖袭击、绑架、蓄意伤害使节代表凡涅拉事实清楚、证据确凿。鉴于王凯本人已经死亡，经与星门管理机构及机械警卫等方面协商，此案宣布告破。

王凯的大脑将被独立取出，交由有关部门进行更为详细的病理检查。

经过初步沟通，使节代表凡涅拉决定不进行起诉。

他把胳膊伸了进去。

旋转的光芒周而复始，像在演奏一曲永不停息的忧伤乐章。白色的雾气散发出香草的滋味，将其轻轻包裹、吸收、融合。

然后，我醒了。

我曾是一名来自地球的人类，也曾是名为凡涅拉的智慧气态生命体。

我曾将爱的纯粹，视为终生追随的目标。

我曾毫不明白爱为何物。

而现在，我终于理解了它，感受了它，得到了它。

我是幸福的。

我别无他求。

Part 2

蛇夫座星门中转站神秘信号之我见
——选自半人马座星门中转站建成二十周年演讲精选集

作者：艾斯·裘波

注：本文发表于蛇夫座星门中转站恐怖袭击前。

下午好。

诸位对我的身份可能有些陌生，作为一个与文字打了大半辈子交道的人，对这也并不奇怪。私下里，我跟朋友揶揄说，星门纪元一来，文科生没有了用武之地，未来属于拥有理科精神的探索者。

转眼间，半人马座星门中转站已经建成二十年了。老话说，二十年正好是一代人的落幕，我对此深有感触。在我年轻的时候，别说宇宙旅行，就是坐上笨重的火箭到天上飞一圈，都是极为罕见的。而如今，坐上一艘飞船，跨越星门抵达另一个星系，好像已经是很普遍的事了。我的外孙今年刚刚十岁，去过了两次半人马座，一次蛇夫座。对他们这一代人，星门中转站的存在就像我们那时候的手机一样普遍，正常。

人类活动的疆域扩大，除了带来蓬勃的发展，还会带来全新的变化。随着抵达星系另一端的时间缩短，那些神秘的面纱被缓缓解开，我们会发现，原先认识世界的理论已经无法发挥其作用。面临这种状况，许多曾经专业领域的佼佼者也被这种冲击打得措手不及。这也是近十年一直被关注的话题。

越到这种时候，我越觉得应该回溯一下历史，从过去寻找新的灵感和启发，更好地面对我们的未来。

我想说的历史，正是1900年前后，量子物理学初露锋芒的时代。随着经典物理理论不再适用，许多杰出的物理学家被潮流所淘汰，而更多优秀的物理学家扛起了新世纪的大旗，开疆拓土，为我们认识这个世界做出了巨大的贡献。我今天想要提到的人是薛定谔。

薛定谔所处的时代，基因才刚刚被发现，人们对此充满了好奇。百余年后的今天，我们对生命的研究也局限在了基因领域。不仅仅是地球上的生命，我们一度狭隘地认为进行简单的元素替代，将碳基换成硅基，就等同于全新的生命形式。这种思维在星门中转站打开后在很短的时间内便失去了效用。

是的，遭遇外星生命后，我们发现，过去的经验无法发挥作用。昆虫一般的生物如何能够具备智慧？类人生物体内脏器分布为什么和我们如此不同？更为常见的问题是：它如何能够成为一种生物，具备生命活动？迄今为止，我们已经遭遇了数万种地外生命，拥有可以交流智慧的生命有二十余种，绝大多数都或多或少地具备类人形的特征，这还是极为宽泛的评价标准——如果一个外星生物，长了两只眼状构造的器官，我们就判断它具备类人形的特征。而即便如此，还有五种具备高等智慧的生命，甚至不具备任何类人的特征。

我们如何理解它们的存在？传统的生物学家对此一无所知。或许若干年后，新一代的年轻学者深入到这些外星生命的世界，学习它们认识世界的方式和知识体系，我们便能够获得其为何能够存在的答案。但即便如此，我还是想问一个问题，也请在场的诸位同我一起思考。

究竟是什么原因，才令宇宙中生命形式如此多变？

或是说，有没有一种共性，能够容纳所有的生命形式，并能够以之为参照，寻找其他可能存在的生命形式？

这里我要再次提到薛定谔，作为物理学家，他在量子物理学领域的造诣与成就相信无人不知。而在物理学之外，很少有人知道，他曾经出版过一本小册子，题为“生命是什么”。就在这本册子里，他从物理学的角度，谦虚地探讨了生命这一他所不了解的知识领域。

在这本小册子的开篇，薛定谔探讨了生命的尺度，即为什么人体如此庞大，为什么拥有智慧生命的有机体要那么大？在他眼里，原子组成分子，分子构成细胞，细胞集群在一起，组成拥有高级行为能力的生命，其数目庞大的本质原因在于微观世界的量子不确定性。考虑一下布朗运动，一个在雾室中匀速下落的液滴，本质上是在无数原子、小分子的随机无规律冲撞下，表现出的某种综合性的结果。这是一种统计学的意义。古典物理学的研究目标正是如此。

薛定谔认为，之所以生命体与原子分子相比如此庞大，正是因为在这样的尺度下，生命体才不会具备体察入微的能力，不会被纷繁复杂的随机运动所干扰。想象一下吧，如果你能够感觉到每一个分子的冲击，当你呼吸的时候，无数空气分子颗粒撞进你的器官，在肺中与血液发生交换，氧气进入体内，二氧化碳被排出，一次心跳的时间，氧气分子随着血液泵进身体末端的毛细血管，进入细胞内部，和成千上万的分子一起钻入线粒体，和ATP结合，释放些微的能量。人体的活动，每时每秒，都要发生如此的事件，无数多次。我们的意识会被这种感官体验迅速塞满。倘若如此，也就谈不上认识世界了。

而这其实是生命体本身对秩序化的追求，无论是思维的产生，还是有机体的有效运作，都需要有规律的秩序化结构存在。为了构成如此的秩序，就需要大量的、能够容错的基数。大量原子分子才有可能构成生命体，这就是生命的统计学。我们得以生存，与世间其他无生命之物存在的差别，正是在于这统计学上的规则与秩序。

没错，这种思考听起来颇有道理，尽管十分主观，而且似乎能够嗅到一丝先验主义的味道，然而并不能否认其正当性。

我曾对此深信不疑，直到星门中转站开启，数以万计的生命出现在我们的世界，我意识到，这似乎没有想象的那么简单。

不同的生命形式太多了，质量、体积，甚至是组成元素。我们对这个世界有多少种知识体系的分类，就有多少种与我们已有认识截然不同的生命个体存在于这个宇宙。我说这话的意思是，迄今为止，我们所遭遇到的数种外星生命，原本不应该存在。

在艾斯克里姆星球，有一种名为斯诺鲍尔的智慧生命。斯诺鲍尔是一种气态智慧生命体，在它们的星球，能够在没有活动外骨骼的情况下以纯粹的气态形式存在，其大尺度运动完全依托于大气环流，没有任何能够称之为主动的运动模式。另外，斯诺鲍尔可以吸收周围的热辐射，在小尺度压缩自己，将身体注入封闭或半封闭的活动外骨骼，以种种不同形态的身体行走、互动、改造世界。

这听起来好像违反了热力学第二定律。我与许多斯诺鲍尔交流过，它们的知识体系与我们极为不同，在少有的共通之处中，就有热力学三定律。斯诺鲍尔认为，它们对身体的压缩和扩张，并不完全符合第二定律。这种对热量的吸收会以能量耗散为代价。每当一团斯诺鲍尔改变自己，就会失去一段记忆，或是知识。这也是为何有许多想要成为学者的斯诺鲍尔会以原始形态停留在艾斯克里姆的大气层中，融合成为一团极为庞大的云雾。

对于斯诺鲍尔，另一个值得思考的是它们的组成结构。一团斯诺鲍尔体内是多种复杂气体的杂交混合，不同分子之间以特殊的氢键连接，表面看似灵活多变，内核却能构成与气凝胶类似的坚固核心。据斯诺鲍尔学者介绍，在它们体内流动循环着的是一种名为寇得艾尔的物质，这物质沿着分子链条进行传输，具备保存能量的能力，也能够选择性释放能量，维持生命活动。到目前为止，我们还没有找到寇得艾尔与我们知识体系中对应的概念，最接近的可能是自由电子。

当斯诺鲍尔决定压缩或者扩张身体的时候，会从核心向外发出信号，随机流动的气体小分子会在信号的指引下旋转，排列成为有规律的形状，向内折叠或向外施展。似乎很像蛋白质对不对？然而其构成元素简单得多。我们的科学家在实验室内试图重复这一过程，然而一直没有成功。有人认为这是源于我们忽略了某些关键要素，而我认为，斯诺鲍尔是一种特殊的单细胞生命体——如果这么说合适的话。就像没有办法令人工分离的细胞器持久地独立完成工作一样，我们也没有办法复制斯诺鲍尔身体的局部生命化学反应。

更需要注意的是，斯诺鲍尔体内，所有分子都处在量子物理发挥作用的尺度，然而斯诺鲍尔的遗传能力比人类所知的任何一种生命都要稳定。一个斯诺鲍尔可以分裂成等大的数个斯诺鲍尔个体，且记忆、技能等任何方面高度一致。似乎斯诺鲍尔的小分子具备某种抵抗不确定性的力量。那么，是什么决定了这些特殊的气体分子，为什么只有这些特殊的气体分子能够激活、启动一个斯诺鲍尔的生命呢？

我们当然可以说，如果不是这套分子的组合，斯诺鲍尔根本不会出现。但这不过是另一种人择原理的表达罢了。无可否认，从任何一个角度，数学概率、量子物理，或是化学反应，斯诺鲍尔在宇宙中都是极为稀有的存在。

另一个值得提及的是在小熊座星门中转站首次发现的斯崔欧勃雷。我注意到在座许多朋友都露出了笑容。没错，斯崔欧勃雷的名声确实不算太好。经营妓院的“浪荡果冻”——经常有人这么评价。

斯崔欧勃雷的母星佛雷威尔是一颗位于宜居带的被水包裹的星球，平均水深在两千米左右。佛雷威尔没有卫星，随着日升日落产生巨大的潮汐涌浪。斯崔欧勃雷看上去就像没有触须的绿色水母，或者是电子游戏里经常出现的低级怪物史莱姆。经过亿万年的进化，斯崔欧勃雷具有柔软、高透明的韧性皮肤，避免了低盐度体液的流失。在斯崔欧勃雷皮肤之下，是经纬分布的纤细肌肉，同时还有几近透明的血管。斯崔欧勃雷的血液是绿色的，这也是它们身体唯一的身体色素。

虽然很多人对斯崔欧勃雷的印象来自于它们所提供的非凡的服务，但我想要指出的是，妓院生意让我们大大忽略了其身体的奥秘所在。比如新陈代谢。表面上斯崔欧勃雷的进食与排泄接近地球上的肛肠动物，以低等浮游生物为主要食物来源，然而斯崔欧勃雷与海参、水母这种借助水流移动的生物截然不同，它们具有十分强大的运动能力。依赖强大的肌肉收缩，斯崔欧勃雷能够调整浮力，甚至能够在海底像超级弹力球一样前进。据推测，斯崔欧勃雷收缩扩张肌肉的时候，会产生类似内啡肽的物质，令它们感到愉悦。

斯崔欧勃雷的身体是几近完美的轴对称，除此之外，它们也没有明确的器官分布，仿佛所有的细胞都具备多重功能。我知道你们在想什么，以地球激烈的竞争环境，一定会将生命的演化朝着高效的方向推进，全知全觉的细胞太浪费能量了。为什么斯崔欧勃雷没有这样呢？是佛雷威尔太安逸了吗？不，佛雷威尔存在着多种大型生物，它们主要的捕食目标正是斯崔欧勃雷。实际上，根据统计，百分之三十的斯崔欧勃雷在成年前都会落入被食的下场。

令我讶异的是，斯崔欧勃雷并没有利用自己的智慧保护后代，正好相反，它们鼓励后代赤手空拳进入深海，踏上环游星球的长征之旅。一些宗教学者对此研究后认为，它们的行为与宗教毫无关系。斯崔欧勃雷的文化中没有任何类似宗教的思想体系，它们崇尚科技，与大家常见的认识不同，斯崔欧勃雷在母星有着极为发达的科学文明，尤其是医药制品、人工智能、绿色能源、电子设备。科技产品是地球与佛雷威尔的重要贸易品类，每年为它们贡献百分之七十的外汇收入。

这样的特性令某些阴谋论者认为，斯崔欧勃雷不可能是由自然选择演化而来。它们实在太像人造物了，仿佛专为其他文明设计的巨型工厂。虽然根据基因检测，斯崔欧勃雷的基因组并没有遭遇篡改的痕迹。我们要如何解释它们的出现呢？

这意味着宇宙是不均匀的吗？我们所依赖的物理学、生物学法则在一些区域内成立，在另一些区域内完全行不通？还是说，有着我们不可知的因子，能够影响生命存在的基准特征？一团气体可以改变自己的形态，一种软体动物开发了诸位手中的智能设备。各种没有办法复制重现的生命形式出现在宇宙的各个角落，伴随着数座新的星门中转站的修建，这种情况也许会越来越多。也许从这个角度看，宇宙的确是均匀的。

气态的斯诺鲍尔，体内的分子无论在数量还是在种类上均远远算不上统计学上的规律性，它们的化学反应过程是无规律的。是的，即便整体上看，斯诺鲍尔具有特定的生命活性，能够定向移动，然而斯诺鲍尔不具备任何一种可供分辨的次级结构，氢键连接是绝对随机的，就算同一团斯诺鲍尔在同一地点做出同样的动作，体内没有一个分子重复出现过。

球状的斯崔欧勃雷，成年体型只有小型宠物犬的大小，由于没有明确的器官分化，我们无法推测其脑容量大小，即便考虑到其多功能细胞的特性，将斯崔欧勃雷看作以一整团独立生存的大脑，我们也无法估算其生理活动中有多少比例用于消化食物、多少比例用于思索世界。更为离奇的是，幼年的斯崔欧勃雷和成年的斯崔欧勃雷仅有体型上的差别，即使是新出生的斯崔欧勃雷，也具备天才般的智慧。换句话说，斯崔欧勃雷的认知能力与细胞数量无关。

那么，斯诺鲍尔、斯崔欧勃雷，它们是否符合薛定谔所认为的“大量原子分子构成”“秩序性”呢？答案也许是肯定的。但那意味着什么呢？

让我们沿着薛定谔的思路往下思考。薛定谔认为，决定秩序性存在的关键在于温度。原子尺度下，在不违反泡利不相容原理和洪特规则的情况下，电子总是更倾向于优先填满低能级的轨道。能量越低，也就越稳定。当温度升高，电子活动剧烈，能量更高，会跃迁至更高轨道；而当电子降低轨道，会以电磁波的形式释放能量。

温度与运动的关系可以延伸至更宏观的领域。从热运动的思路出发，我们会得到热力学第二定律的前半部分，即热量总是自发地从温度更高的地方向温度更低的地方转移。这代表了能量衰减的方向。而热力学第二定律的另一种表述，是熵增定律。孤立系统总是趋向于熵增，最终达到熵的最大状态，也就是系统的最混乱无序状态。但是，对开放系统而言，由于它可以将内部能量交换产生的熵增通过向环境释放热量的方式转移，所以开放系统有可能趋向熵减而达到有序状态。

如果我们将生命活动看作一种运动，任何无生命物质的能量衰减都会显得更加迅速。相比之下，生命的能级更高，无生命的能级更低。然而趋向平衡的熵增昭示着，有秩序的低熵有生命之物终将步向无秩序的高熵无生命之物的状态，这是必然的进程。生命最终将进入混沌。

上周，贝利星存在生命的消息首次得到了官方证实。调查文件公布后，也引起了不小的争议。其中重要的原因之一，便在于贝利星的生命是一种晶体。

由于官方还没有为其定名，在这里请允许我将其称为贝利星人。贝利星人是一种晶体生命，也是人类首次发现的完全没有有机物质参与构成的生命形式。到目前为止，我们对贝利星人的生活细节所知甚少，根据现有的信息，贝利星人的生存似乎与贝利星的环境有很大的依赖。贝利星人在风力等多种自然应力条件下，从低势能抵达高势能的区域，自然分解后，以晶体形式重新生长、扩散。官方对其生命的判定，来自于其应激反应。据介绍，贝利星人能够对不同的外刺激给予不同的反馈，这种情况绝不是普通的无生命晶体能够完成的任务。

假如我们认同这种观点，那么能够得出什么结论呢?

生命的实质是秩序，秩序是熵的反面，是负熵。是否可以这样理解：对于我们的世界，太阳就是一个提供能量的源头，光和热向外散发，为万物均衡的寒冷提供热量的时候，也为潜在的生命形式提供着机遇。从无生命到有生命，是熵减的过程。保持生命的活性，实际上就是抵御宇宙终极使命的过程。

生命就是建立在大量基本构成元素上的，具备统计学意义的，高效逆转熵增的系统。

这时候，终于轮到探讨蛇夫座星门中转站的神秘信号了。

预防在座诸位有人还不清楚此事的来龙去脉，我在这里极其简要地概述一下。半年之前，位于蛇夫座区域的数个边陲殖民地先后收到了一段信号，该信号具有某种规律性，但无法解译，无法判断是不是文明发出的信号。该殖民地将此事按照常规流程向上汇报，最终抵达星门中转站，记录在案。

随后，在蛇夫座区域的各个殖民地出现了一段文本。不，不是传播，因为传播有延时性，采取比较文学的研究策略，总会寻找到其演化规律，并最终发现单一源头。不，来自蛇夫座的文本追根溯源，可以抵达最初直接接收到神秘信号的几个殖民地，而该文本在这几个殖民地出现的时间，具有某种特性，它们与光速吻合。这也就意味着，除非有人商量好，提前抵达数个殖民地，按照严格的时间序列进行传播，否则只能认为是这神秘信号给人成功地洗了脑。

文本本身最初并没有受到重视，直到有好事者将各个殖民地的文本搜集起来，才发现，文本在字词运用上有着极大的差距，然而在语句形式、文笔结构上极为近似。更为奇怪的是，这些文本无法进一步追溯源头，找不到创作者，找不到传播者，好像一夜之间就在街头巷尾传开了一样。

不仅如此，文本的出现不限于人类殖民地，比如斯诺鲍尔的母星，也诞生了同样的文本。神迹一般。不知从何时起出现了一种理论，这是某种超越性的文明传出的信号，总有一天，它们会抵达收到这文本的星球，拯救众生。

围绕着这种猜想，诞生了一种宗教。官方这才注意到问题的严重性，开始介入。然而几个月过去了，除了认定这种宗教的合法性，没有做出任何结论。

不少学者对此表示不满，试图独立调查这一现象，最终把目标聚焦在那神秘的信号上。信号洗脑的说法越来越主流。可是目的呢？为什么有人想要费尽心思，传播一段文本？

如果在座的诸位完整地阅读过这份文本，就会发现，这文本其实是一段故事。一段英雄传奇的史诗故事。

有人说，这是某种文明毁灭之前发出的信号，目的是保存文明的遗迹。但当我读过这段文本之后，我发现，它太像荷马史诗了。事实上，我认为如果有人用现在的语言模式重新书写荷马史诗，得到的文本与这份文本不会有任何区别。

所以，这究竟意味着什么呢？

如我刚才所说，从百年之前薛定谔的小册子中，我们可以得到一个十分不严谨的推论：生命就是建立在大量基本构成元素基础上的、具备统计学意义的高效逆转熵增的系统。

以这一定义来看，假如将信息本身看作一种基本构成元素，通过宇宙中飘荡的大量噪音、大量电磁信号的堆叠，能否自发生成一种有秩序的结构？能够逆转信息本身的熵增？

也许多年以前，这种生命漂泊来到地球，孕育出了荷马史诗，影响了我们的文明进程，然后匆匆离去。它们的后代却仍然寄存在我们的文明之中，不断生产新的故事并传播。有的故事会消散，有的故事会永远流传下去。

不，我不是说存在某种虚拟病毒，通过寄生的方式传播这久远的故事。而是说，这段神秘的信号本身，在这信息之海中，字符相互振荡相连，逆转信息之熵，构成了一种生命。故事，就是一种生命。

在这段神秘的文本里，有几句话对我特别触动：

是的，我们现在还无法理解它们的举动，
但那是因为我们站在它们脚下。
当我们与它们的眼光齐平，甚至超越它们伟大的头颅，
定能见到更为广阔的图景。

今年是人类第一座星门中转站建成的第二十个年头，未来的五年之

内，又将会有新一批星门中转站的落成，届时我们应当会遭遇到全新的生命形式。相信那时，就会证明我的猜想。

以上就是我的全部发言。

谢谢诸位。

附注1：艾斯·裘波，男，曾任泰坦矿业高级工程师，科幻作家，曾居地球。受邀参加半人马座星门中转站建成二十周年纪念活动，并发表演讲。本文即由该演讲整理而成。演讲发表后，其内容受到学界普遍批评，认为该理论太过荒谬，且不具备可证伪性。艾斯·裘波随即亲自前往蛇夫座调查取证，后声称掌握了能证明神秘信号是生命的决定性证据，并定于在蛇夫座星门中转站召开新闻发布会，公布第一手调查资料。艾斯·裘波抵达星门中转站当日，发生了著名的蛇夫座星门中转站恐怖袭击，包括艾斯·裘波在内的数万人死于这场袭击。

附注2：贝利星存在生命的结论在第二轮专家研讨会中被驳回，目前贝利星被标记为无生命富矿星球。参与会议的泰坦集团发言人表示，将委托下属矿业公司在贝利星展开进一步的勘探工作。

武汉往事

A Faded Sorcery Story

外婆、阁楼与鸭子

（丫头的故事）

严格说起来，丫头对武汉的第一印象并不太好。

这其实不能怪她，毕竟此时正值一年中最热的月份。柏油路上烫得可以煎鸡蛋，江边湿气重得又像个蒸锅，简直让人承受不了。

丫头对此倒不是特别介意，她从小就在上海生活，虽说没有武汉这么闷，地表温度却不落下风。离家之前，爸爸特地为她带上了各种防暑降温的小设备，尽管风力不佳，倒也是聊胜于无。

不过当她得知外婆家没有空调的时候，整个人便彻底崩溃了。丫头蹲在汉口站外号啕大哭，怎么劝也不愿多走一步路，直到妈妈保证给她买个冰淇淋才勉强挪窝。

从上海出发时妈妈已经告诉过她，这个夏天她要住在外婆家，不能和自己一起住。妈妈平时工作忙顾不上看管，这丫头也知道。只是她不太理解，为什么爸爸不来武汉。

“因为他要忙工作。”妈妈在出租车上这样回答。丫头模糊感到这背后隐藏了某种不满，便识趣地不再开口。

外婆家在古田，小区远离主街，年代久远，住的也大多是些老人，年轻人很少，不过丫头倒是瞥见了不少一两岁的幼儿。小区虽然对外开放，街道却窄，司机不愿进去，最后一段路是两人在烈日下步行完成的。小区共有六栋老楼，呈星形紧密排列，外婆家就在最中间的那栋。

丫头跟着妈妈走进漆黑的楼道，楼里没电梯，她不得不自己提着行李箱，上到顶楼已经浑身大汗，热得像只被煮熟的鸭子。哪料妈妈刚打开门，竟然迎面而来一股冷风，令她精神清爽。

外婆家地方虽小，户型却是标准的两室一厅。屋里光线通透，布满各类花草。客卧此时已经收拾妥当，像在恭候丫头的到来。

丫头正想往床上扑，肩膀却被妈妈一把抓住。只见主卧里缓缓走出一位年迈的老妇人，看上去该有七十多岁，脸上皱褶丛生，嘴角下耷着，一点也看不出高兴的模样。

妈妈推了丫头一把："快，叫外婆。"

这就是外婆？丫头不自觉地有些害怕，但架不住妈妈强硬的眼神，还是怯生生地叫了一声。

外婆严肃地点点头，一言不发，竟转身又回屋了。

丫头疑惑地抬头，妈妈耸耸肩，告诉她外婆的确有点怪，但毕竟血浓于水，照顾丫头应该不成问题。丫头还想问些什么，妈妈却打着加班的名义，逃也似的离开了。

眨眼的工夫，客厅里就剩下了丫头一个人。

这算什么嘛！一点也不重视我……丫头一阵悲苦，默默把行李箱拖进客卧，心里盘算起回上海的日子。

那时候的她完全没有预料到，自己将度过一个多么难忘的夏天。

来武汉的第二天，情况得到了大幅改善。丫头对武汉的好感迅速提高，这其中主要得归功于“过早”。

在上海，丫头的爸爸在徐汇区开了一家外贸服装店，平时丫头就和爸爸睡在店里。早上开店晚，丫头自然也起得晚。不过在武汉，外婆一大早就把丫头敲了起来，说的第一句话就是：“走，去过早。”

丫头愣了会儿才意识到过早是吃早饭的意思。在武汉，早饭都不是在家里吃的。外婆把丫头带到街口的一家店，这里人头攒动，每个人语速都特别快，口音又重，根本听不懂他们在说什么。外婆挤进人群，带回来两碗热干面，一碗冰豆浆，一碗米酒蛋花汤。看到丫头握着筷子对着小料发呆，外婆又帮她把面调好。

“尝尝吧。”外婆指挥道，随即稀里咕噜吃了一大口。

丫头心中犯难，可又怕惹外婆生气，只好仔细挑起一根，小心翼翼放进嘴里。

这一试，却激活了所有的味蕾。

从热干面到豆皮，从汤包到面窝，丫头迅速找准了自己的喜好，敞开了肚皮，也打开了心防。她在手机上搜了一堆关于武汉的旅游推荐，不仅对户部巷兴致勃勃，对东湖的绿岸和武大的樱花也心有向往。

她央求外婆带她出去玩，可外婆却摆摆手，告诉她时候未到。丫头又问什么时候才算是到了，可外婆却像妈妈一样飞速溜出了门，还把丫头反锁在了屋里。

就算去跳广场舞，也不用这么着急吧！丫头愤愤不平，却又无事可做，只好在屋里瞎逛。

家里所有家具都是木制的，色泽深沉看不出年头。客厅除了冰箱，唯一的电器是一台老掉牙的背投电视，还只接受无线信号。客厅各类盆栽花草中，丫头勉强认得两株兰花，别的一概辨别不出。

经主卧向外，是一间不大的阳台。阳台上零散晾着几件衣服，还挂着一个空鸟笼。不过最吸引丫头的，是阳台尽头一段向上延伸的木制楼梯，以及门扉紧闭的阁楼。

丫头之前在路上观察过，武汉许多居民楼都设有低矮的阁楼，不过大都是近年修建的。外婆家的小区建成时间早，也不见附近楼顶有类似的阁楼，这就有点奇怪了。

她往上走了两步，发现阁楼竟然也是木制的，墙面密封得严严实实，没有一丝尘埃，木料虽然陈旧，但没有朽烂的痕迹。外婆从来没提过这个阁楼，妈妈也是。这是为什么？

丫头不是个调皮捣蛋的孩子，至少她自己不这么觉得。在上海的时候，邻里街坊都夸丫头懂事听话。可自从来到武汉，丫头就发觉自己不太对劲，尽管家里凉快得很，内心却一直不停躁动。

就像是现在，面对这么一个古怪的阁楼，丫头的第一反应居然不是躲得老远，而是想要把门打开。她盯着紧扣的门扉，漆黑的木百叶窗里似乎潜藏着危险信号，可除此之外，她还感受到了某种微妙的感召，想要再靠近点，再靠近点……

反正这门也没锁，只是稍微打开看一下，应该不会怎样吧？

丫头用这念头说服自己，又往上走了两步，伸手就能摸到门扉。她心脏跳得厉害，仿佛草原上狂奔不停的斑马。丫头闭上眼，猛地把门拉开。

什么都没发生。

丫头小心地把眼睁开，门后只是一面普通的墙，大概是阁楼的回廊。这也难怪，毕竟阁楼就在楼上，不太可能直来直往。丫头嘲笑自己胆子太小，一步跳进去。就在此时，一个不明物体突然闪现，直扑丫头的面门。

丫头“哇”的一声坐到地上，眼泪差点被吓出来。那东西飞过丫头头顶，转眼就窜进了阳台，接着回过头，冲丫头“嘎嘎”一叫。

定睛一看，丫头才发现，那竟然是一只鸭子。

不是周黑鸭、腊烧鸭、卤鸭、烤鸭，而是一只半米多高、趾高气扬的纯种绿头鸭。

后来丫头才知道，这绿头鸭是外婆养的宠物，不过当时她真的被它吓得半死。

由于害怕外婆回来发现阁楼被打开过，丫头一心想把鸭子抓回去。谁料这绿头鸭精得要命，不仅跑得飞快，对家里的陈设居然也了如指掌。一人一鸭在屋里乱窜，羽毛纷飞好不热闹。

忙活了好几个小时，丫头人都累坏了，鸭子却还没捉到。外婆回来的时候，怀里夹着根木棍，捧着一盆新盆栽，见到遍地鸭毛，脸上表情严肃漠然。

丫头心惊胆战地挪到外婆面前，低声下气地承认错误，表示自己不该打开阁楼，更不应该把鸭子放出来。她以为准得挨上一顿暴风骤雨，谁知外婆只是“哦”了一声，伸手招了招，那绿头鸭竟摇摇摆摆，扬扬得意地走到外婆身边，冲丫头“嘎嘎”大笑。

外婆解释说，这只绿头鸭她已经养了很久，只是因为丫头要来，才把鸭子搬进了阁楼。丫头恍然大悟，之前她在家里看到过很多奇怪的东西，比如稻草编成的软垫，或者只有小朋友才会用到的塑料凳，还有一个散发着鱼腥味的金属碟。如果这些东西都是为鸭子设置的，那就讲得通了。

眼看外婆又要把鸭子抱回阁楼，丫头一时心软，竟对外婆提议说，“不如把鸭子就留在屋里吧，反正它以前也住这儿嘛！”

外婆盯着丫头看了片刻。“好吧。”她松开鸭子，“你可不要后悔啊。”

“那怎么会！”丫头拍着胸脯保证道。

当天晚上，丫头就后悔了。

亏她之前还替鸭子说话，绿头鸭可一点也没打算领丫头的情。它先是跳到丫头床上，一双脏脚丫踩来踩去，接着又到行李箱里钻了一回，把所有的衣服都搞了股鸭屎味。

到吃饭时候，鸭子就更气人了。

原本三餐就是丫头不多的感情寄托，外婆虽然不苟言笑，做饭却是一绝，尤其是一道黄陂三合，鱼丸、肉丸、鱼糕三者在外婆的调理下散发出极醇的味道，别提多勾人了，可自从鸭子不再住在阁楼，地盘成倍扩张，饭桌上竟然也有它的专座。每道菜上来，不管是不是丫头先夹到，它都要尝上一口。要是丫头还敢抢，绿头鸭张嘴就咬。

外婆对此倒是不管不顾，一副事不关己保持中立的模样。可在丫头看来，外婆对这绿头鸭可比对自己好太多了。不仅浇花看报要摸着它，睡觉也要抱着它睡。这可是丫头都没有过的待遇啊！不是说血浓于水吗！

丫头就此便和鸭子结了仇，外婆在家的时候还算和平，只要外婆出门，丫头就立刻对鸭子展开围剿。鸭子对此毫无压力，连续几天成功闪躲，每次逃窜得手都要“嘎嘎”一通以示嘲讽。

终于在第五天的时候，丫头摸清了绿头鸭的逃跑规律，连续成功封堵，把它赶到了阳台。鸭子还想从丫头胯下钻过，却没想到丫头先行一步，直接关上了阳台门。这下绿头鸭无处可去，面对丫头步步紧逼，哀叫一声，扭头钻进了阁楼。

阁楼自放鸭子下来后就一直没关过。即便如此，丫头也从没上去一探究竟。不是因为外婆下了什么禁令，只是因为丫头的心思都放在了如何围剿鸭子上。这回一见绿头鸭逃回阁楼，丫头立刻就想把门合上，把它重新关在里面。可一听鸭子在里面活蹦乱跳，乘胜追击的心思便又爬了上来。想也没想，循着声音上了阁楼。

阁楼很宽敞，面积估计有主卧加客厅的大小。窗外加了层木百叶窗，光线昏暗难以看清室内的陈设。墙角模糊传来“啪嗒”的声音，丫头立刻摸了过去。然而那里并没有鸭子，只是一个一米见方的铁皮箱子。

箱子上挂着把式样古朴的锁，表面打了不少眼，黑漆漆的根本看不清里面是什么。丫头摸出手机，想借光检查一番，那箱子忽然“啪嗒”一响，传出了一个小女孩的声音：

“是谁在外面？求求你帮帮我吧。”

丫头吓得结结巴巴，差点忘了自己的名字：“我，我叫张小丫，你又是谁？怎么被关在里面了？”

“原来你就是张小丫！”那声音似乎很高兴，“啪嗒。我是被你外婆关起来的，你帮帮我，把我放出去好不好啊？”

“等等等等，”丫头脑子一时有点乱，“外婆为什么要把你关起来啊？”

“你不知道啊？”箱子里的小女孩说，“你外婆，她是个巫婆子啊！”

这番话可着实吓了丫头一跳。虽然她才七岁，可也已经过了相信传说童话的年纪。外婆是巫婆？这怎么可能嘛。

她怀疑这箱子里也许藏了个手机，或许是妈妈和外婆联手在恶作剧，又或许是个测试，看她会不会真的打开箱子。猜来猜去，丫头干脆给箱子取了个名字叫“啪嗒”。

“既然你说外婆是巫婆，那就拿出证据啊！”她对啪嗒说。

啪嗒表示自己拿不出来，但是知道有个人手里有证据。这人叫虎子，就住在隔壁。

虎子年纪和丫头差不多大，是邻居奶奶的宝贝孙子。据说因为特别闹腾，出门就闯祸，所以老是被关在家里。邻居家和外婆家只隔一道墙，从阳台就可以互相看到。丫头半信半疑去唤了几声，果然出现了一个男孩。

得知丫头的来意后，虎子却哈哈大笑，反问丫头那么多线索怎么都没看出来。丫头一头雾水，经过回忆和虎子的些许点拨，关于外婆的生活细节纷纷浮上脑海，竟真的觉得有些可疑——

首先是温度。外婆家无论何时都有一股凉风，温度保持在适宜的水平。丫头一直以为是因为是顶楼加上通风好的缘故，可一对比才知道，虎子家就在隔壁，夏天热得简直待不住。要是哪天空调坏了，全家都得上楼顶露天睡凉席。

其次是阁楼。据虎子打听的消息，自从他奶奶住进来，外婆家就有这阁楼了。这么多年一直都没修过。风吹日晒雨淋，怎么可能一条木板都不坏?

最奇怪的是，外婆每天出门是去做什么呢?

自从虎子对外婆有疑心后，一有机会就跟踪尾随。他发现外婆经常出入农贸市场，带回来的却不是平常见到的瓜果鲜肉。而且，有时候外婆还会出诊给人看病，不收任何报酬。

外婆是个医生？这好像比巫婆更可信点。可当虎子拿出外婆给奶奶治风湿的药方时，丫头顿时傻了眼。虽说里面有几味都还算是中药药材，可是半份鸡心？少量生鸭肝切碎凉拌？谁会下这种古怪的药方啊?

不过就连虎子也说不上啥嗒是怎么回事。丫头问了几遍也没问出名堂，却发现他似乎对绿头鸭很感兴趣。

这么一想，这鸭子好像也很有问题。

丫头不止一次发现绿头鸭会用家里的卫生间，还会冲马桶。她也撞见过鸭子在外婆看报时摇头晃脑，好像读得懂一样。更可疑的是，鸭子对吃喝的口味极为挑剔，除了同类什么都吃，就连外婆泡茶它也要讨一碟茶水喝，还只喝恩施玉露。

最奇怪的是，家里一本厚厚的老相册上，几乎每个年代的照片里，只要其背景是外婆家，都会出现绿头鸭。也许外婆每隔几年都会养一只一样的鸭子，但也可能自始至终都只是那一只。

随着丫头越想越多，她再也没法像从前一样看待外婆和鸭子了。这令她疑虑丛生，寝食难安。

丫头又往阁楼上跑了几次。可每次啪嗒都在休息，不管丫头怎么说话，箱子里只有“啪嗒”“啪嗒”的声音。她禁不住地想，如果啪嗒真的是小女孩，那外婆抓住她是为了什么啊？格林童话里，巫婆可是吃小孩子的啊。

一想到这儿，丫头就再也坐不住了。她给妈妈打电话，跟她说自己不想再待在外婆家，也不想再待在武汉。可当妈妈问为什么时，又支支吾吾说不出口，只好编个理由搪塞过去。

这么煎熬了几天，好不容易等到了周末，妈妈终于来接丫头回家了。早早地，丫头就准备好了行李箱，还悄悄藏在床下。鸭子看到后不屑地“嘎嘎”，被丫头一脚轰走。

丫头准备了好多话想讲给妈妈听，然而，当妈妈真的出现在外婆家门口的时候，丫头的心却忽然沉了下去。

她认出妈妈的那副表情。那意味着她有很重要的话要说，而且不是好消息。

妈妈把丫头拉进客卧，蹲下身，语重心长地对丫头说道：

“亲爱的，我和你爸爸商量过了，以后，你就留在武汉上学了。”

听到这话，丫头仿佛经历了一场爆炸，耳朵一阵嗡鸣，当时就什么也听不见了。

妈妈和爸爸关系不好，这她早就知道。四岁的时候，她曾目睹两人吵了最凶的一架，之后妈妈就回了武汉，留她一个人和爸爸在上海。虽说妈妈也经常回去看她，但生活到底是不一样了。

这次来武汉，其实一开始是丫头提的。秋天就要上小学了，爸爸都替她报了名，买了新书包，她担心以后见妈妈的机会更少，才主动提出要一起过个夏天。

可哪知道这一来，就不让回去了呢？

丫头表面上接受了事实，背地里却一个人偷偷抹眼泪。她不想让妈妈不开心，可满肚子的委屈也不知道和谁说。想来想去，还是阁楼上的啪嗒最合适。

啪嗒好几天都没有和她说过话，可丫头并不在意，她把从小到大所有的不开心通通倒了出来，一直自言自语了好久，说完才觉得舒服了许多。

正当她以为啪嗒还和以前一样闷不作声的时候，箱子"啪嗒"一响，啪嗒居然又开口了："张小丫，我真同情你啊。"她的声音瓮声瓮气，像是没睡醒一样。

丫头扑哧笑了："你还同情我哪，明明是你自己被关在箱子里。"

"那你放我出来啊。"

"才不要！"丫头赌气地说。其实她已经想过了，就算外婆是个巫婆，也没准是个好巫婆。坏巫婆怎么会帮人免费看病呢？再说了，一个鸭子已经让她够头疼了，要是再多个啪嗒，指不定会乱成什么样呢。

"要是你不放我，那就没人能帮我了啊。"仿佛猜到了丫头的想法，啪嗒失望地说。

丫头顿时觉得抱歉极了，心里都是愧疚。她又想到了爸爸，如果自己留在武汉，那爸爸是不是就一个人在上海了啊？他该有多孤单啊。

"我能帮你啊！"啪嗒忽然说道。这吓了丫头一跳，难道她真的知道自己在想什么？

“对呀，傻瓜！啪嗒。”它又说。

“你能帮我什么啊？”

“你最想要什么？”啪嗒问。

丫头想了想，“我想要我爸爸妈妈和好，我想要回上海，不想在武汉待下去了。”

“可以啊！啪嗒。”啪嗒好像在拍着胸脯，“这些我都能帮你，只要你也帮我。把我放出来吧。”

“哎呀，为什么你老是说这句话啊！”丫头有点不耐烦了。

啪嗒一下子严肃起来，“因为如果你不放了我，我就会被你外婆吃掉啊。”

真的吗？“不会吧！”丫头不敢相信。

“真的啊。”外婆的声音忽然在身后响起，丫头脖子一缩，慌忙回头。只见外婆站在门边盯着自己，手里拿着一捆半干的藤。她是什么时候回来的啊？

丫头看着外婆走进阁楼，凶巴巴地踢了箱子一脚。啪嗒惊叫一声，一副很痛苦的样子。丫头连忙把身体挡在箱子前，想要保护啪嗒。

“你这是干什么？知道里面是什么吗？”外婆对丫头说，“是怪物，可怕的怪物！”

“啪嗒。我不是！”啪嗒尖声争辩，凄惨婉转。

外婆一把抓住丫头：“跟我走！记住，那家伙说的任何话，你都不要听！”

丫头努力挣脱外婆，挺直腰板质问道：“那外婆你告诉我，你到底是不是巫婆！”

外婆的神情骤然转变，阁楼的温度也仿佛因此下降了好多，冷得令人发抖。外婆弯下腰，满是皱褶的脸正对丫头，像是在研究她到底是不是自己的亲缘血脉。

“是又怎样？”外婆低声说道，仿佛蛇语嘶嘶。

虽说外婆没有直接承认，但对丫头而言，这句话已经等于默认了身份。说实话，丫头根本没有想好要如何应对这个事实，毕竟她从未听说过谁的外婆是巫婆。

外婆告诉丫头，之后她会继续维持普通外婆的样子，每天带丫头去过早，做好吃的黄陂三合。不过代价就是，丫头不许对任何人提起巫婆这回事，也不能再去阁楼。

丫头没得选择，只好答应下来。外婆好像还不放心，又派了绿头鸭监视。不管丫头去哪儿，身后都有鸭子紧跟不舍，就连上卫生间它也要在门口蹲着，烦人极了。

不过虽然表面上规规矩矩，丫头却还是想搞清楚啪嗒到底是怎么回事。啪嗒说外婆是巫婆，外婆说啪嗒是怪物，啪嗒说外婆要吃掉她，外婆又说不要相信啪嗒。丫头本来就被不能回上海的事搞得焦头烂额，这下更迷糊了。

话说回来，外婆也没有遵守自己的约定。自从表明身份后，她反而不再遮遮掩掩，每隔几天就会抱着一包不明物体回来，又在厨房熬煮古怪的药水，也不知道是做什么用。

这天，丫头如往常一样被鸭子监视着，外婆突然闯回家中，身体跌跌撞撞，也不和丫头搭话，一路跑上了阁楼。丫头无奈地去客厅关门，却赫然发现地上多了一摊血迹。

“外婆？你没事吧？”丫头试着询问。

绿头鸭露出担忧的神色，摇摆着身子跑进阳台，接着一路飞奔回丫头身旁，激动地挥舞翅膀，“嘎嘎嘎嘎”叫个不停。

“你想让我干什么啊？”丫头摸不着头脑，“是外婆叫我吗？她不是不让我去上面吗？”

鸭子连连点头，接着作势要啄。丫头躲闪不得，只得硬着头皮去了阁楼。

阁楼上，外婆把木百叶窗全打开了，丫头第一次见识到了阁楼的全貌。这里是外婆的工作间，回廊正对的是一个橱柜。橱柜上挂着一大串钥匙，里面则装的都是瓶瓶罐罐，材质无非玻璃、陶瓷或陶器，里面大概是各种药水。紧邻橱柜的是一张倾斜的工作台，未完成的手工制品零散地摆在上面，旁边地上还放着各种花朵和皮毛。装着啪嗒的铁皮箱子在最里面的墙角，被书橱挡得严严实实。而在窗下，一张老木桌上端端正正地摆着一颗奇怪的蛋。

丫头好奇地走近几步，这怪蛋有鹅蛋大小，通体发银，有蓝色的条纹，在阳光下辉映着彩虹般的色彩。

“这是九头鸟的蛋。”外婆说道。丫头看到她的胳膊上有一道巴掌长的伤口，人既憔悴又疲惫。外婆从橱柜上取下一个白色的圆瓷罐，把里面的绿色胶泥涂在伤口表面。几秒钟后，伤口就自动愈合，只留下了淡淡的疤。看到丫头惊讶的表情，外婆淡淡地说：“没事。就是有点使不上力。丫头，我需要你帮我个忙，把这蛋孵出来。”

“啊？这要怎么孵啊？”丫头不知所措，脑海里都是自己像母鸡一样蹲着的画面。

只见外婆从桌子下取出一个银色的碟子，不知念了什么，空无一物的银碟突然燃烧起来。她递给丫头一把钳子，“夹住蛋，两只手用力，要稳，大概保持在火焰上方三四厘米的高度上。懂了吗？”

丫头点点头，照着外婆说的夹好怪蛋。火焰舔舐着蛋壳，钳子却一点也不烫，这可真神奇。渐渐地，火光照入蛋内，隐约间，丫头果然看到一只雏鸟，身体轻轻地扭动。她兴奋地想叫外婆来看，可那雏鸟突然啄了一下蛋壳，怪蛋猛地一震，丫头没有拿稳，怪蛋“啪”地砸进碟子。

外婆赶紧熄灭火焰，怪蛋完好无损，却像是一个发了疯的钟表一样不停跳动。

“它怎么了啊？”丫头害怕地问。

“它醒了，想出来，但啄不开蛋壳。刚刚你要是再坚持一下，下半截蛋壳就碎了。现在它一乱动，根本没办法再烤，一不小心，连雏鸟也会一起烤熟的。”

“我有办法！”丫头噔噔跑下楼，不一会儿带回来了个放大镜。阳光在丫头手中聚成光点，加热怪蛋的尖头。怪蛋慢慢停止了跳动，安静下来。就在丫头担心是不是雏鸟死掉了时，“咔嚓”一声，蛋壳裂成两半，一只小雏鸟冒了出来。

雏鸟粉嫩嫩的，翅膀下遍布青色绒毛，肉肉的尾巴像把小扇子，几根翎羽特别的长。最神奇的是雏鸟的肩膀上，居然不止有一颗头，而是有一簇头，每只鸟嘴都是鲜艳的红色，而最中间的那颗头，居然还长有一张人脸。

外婆小心地不碰翎羽，把雏鸟捧在手心。雏鸟颤巍巍地睁开眼睛，发出一声啼鸣，仿佛婴儿一般。

然而就在此时，墙角的箱子剧烈颤抖起来，不停地发出“啪嗒”“啪嗒”的声音，仿佛是在害怕这雏鸟的叫声。外婆片刻的温柔立刻消失，她把雏鸟放进笼子关好，接着又让丫头赶紧下楼。

丫头站在楼梯口，犹豫地问：“外婆，你不会真的要吃掉啪嗒，对吗？”

“嗯，我不会吃。”外婆回应道，却又把视线转向了雏鸟。

忽然间，丫头明白了。

要吃啪嗒的不是巫婆，而是雏鸟。啪嗒是九头鸟的食物。

就在这天晚上，丫头接到了爸爸的电话。

丫头一度以为是爸爸后悔了与妈妈的约定，会来接丫头回上海，可是自始至终他都没有提过这句话，只是问丫头过得好不好，需不需要什么钱。丫头听了一堆家长里短的碎碎念，耐心都快磨没了，最后好不容易才抓住机会："爸爸，我能不能不留在武汉啊？"

手机那头沉默了很久，爸爸才无力地说："对不起啊，丫头，你要听妈妈的话。待在武汉也挺好的，还有外婆……"

"可外婆是巫婆啊！"丫头冲动地说。

话音未落，声音居然中断了。丫头以为爸爸挂了手机，检查才发现是自己的手机出了问题。没有信号、没有网络，甚至连应用程序都打不开。丫头烦躁地试了又试，气得把手机一丢，转身却发现外婆站在客卧门口。

外婆冷冷地看着丫头，一言不发。丫头立刻想起了两人的约定，背后直冒冷汗。完了完了，外婆一定生气了。丫头忙不迭地对外婆道歉，可外婆似乎并不打算搭理她。这天剩下的时间里，外婆一句话也没说，阴沉得可怕。就连监视丫头的鸭子也一声不吭，严肃地沉默着。

怀着惶恐的心情，丫头艰难入睡，做了一个复杂而古怪的梦。

她梦见自己被五个男孩包围，起哄说："巫婆子的闺女！滚远点！"接着她和男孩们打了起来，一个打五个。很快丫头便意识到，打架的女孩不是自己，而是妈妈。

场景转瞬即逝，她看到年轻的妈妈和外婆正站在客卧吵架，母女两人争执不下，随后外婆愤而离开，妈妈蹲在床脚痛哭流涕。

场景再次变化，丫头终于来到熟悉的地方，是上海，爸爸做成了一单大生意，喝了好多酒，搂着妈妈和丫头又跳又扭。

“这些我都能帮你，只要你也帮我。”

丫头连忙转身，霎时间又回到了阁楼，铁皮箱子已经被打开了，箱子里站着个长相和自己完全一样的小女孩。

“真的吗？”丫头问啪嗒，“要是我放你出来，你就会帮我回上海？”

“真的。”小女孩伸出胳膊，轻轻拉住丫头的手，“啪嗒。”

丫头猛地惊醒，坐在床上直喘粗气。此时正值深夜，窝在门口的绿头鸭也在熟睡。它把头藏在翅膀底下，偶尔颤抖片刻，仿佛也在做梦。丫头把手机捡回来，信号已经恢复正常。她找到妈妈的手机号码，犹豫了半天，却没有按下。

她回忆起刚才的梦里，年轻的妈妈吵架时，身边好像也站着那只绿头鸭。妈妈不会帮我的，丫头想，她早就知道外婆是个巫婆，却不顾危险把我留在了这里。

我得靠自己。

接下来的几天里，丫头表现得相当听话，与外婆相处的紧绷状态也逐渐松弛下来——当然，这其实只是缓兵之计。

外婆调整了生活重心，大幅减少了外出的次数，专心在阁楼上护理九头鸟。虽然丫头依旧被禁止上阁楼，但从楼上的声音可以判断，雏鸟长得很快。也许用不了多久，啪嗒就不再需要她帮忙了。

然而她不仅需要等待时机，还需要一点点帮助。

趁绿头鸭去卫生间的工夫，丫头跑到阳台唤来虎子，把自己的计划告诉了他。虎子同意帮她，不过提了条要求：“当你成功后，要把鸭子给我。”

“为什么啊？”丫头对此很是费解。

“巫婆的鸭子，吃了不知道有怎样的效果呢。”虎子一脸坏笑，看得丫头心里发毛。

即便如此，她也没有更好的选择了。

行动的时机悄然而至。

这天外婆接了个电话，对丫头说自己有个病人需要帮助，得去趟汉阳。丫头压抑住心中的激动，如往常一样应声说好。等看到外婆出了小区，丫头立刻对着墙敲起了暗号，几分钟后，虎子就出现在了门口。

看到虎子，丫头忽然犹豫起来：“要不然，再等几天？说不定会有转机呢？”

“我可不这么觉得。”虎子不屑地说，“来都来了，不让我进去，我可不走。”

丫头把心一横，咬牙打开了防盗门。绿头鸭听到声音，摇摆着从主卧出来，抬头却看到虎子手里的网兜。它立刻意识到即将发生什么，拔腿就要跑，却正好被虎子套了个正着。虎子把网兜一系，直接挂到门上。鸭子扭着身体艰难地扑腾，叫声凄惨兮兮，竟还掉了眼泪。

丫头于心不忍，想要为它松下网兜，却被虎子喝住：“喂！我们说好的！”

虎子转身就往阁楼走，丫头见状连忙拦住他。

“我可没说过你能上去。”

“开玩笑！怎么可能不去看看嘛！”虎子一把推开丫头，三步并作两步就闯进了阁楼。楼上立刻响起了九头鸟惊恐的叫声，扑腾的翅膀撞得笼子嘭嘭直响。

紧接着“咚”的一声，楼上的骚动戛然而止。丫头慌忙跑上阁楼，却发现虎子倒在地上昏迷不醒，还尿了裤子。桌上的笼子空着，雏鸟挣扎着从虎子手里逃出来，腿上大概是受了伤，一瘸一拐的。

丫头正想把雏鸟捉回笼子，墙角的铁皮箱子说话了。

“啪嗒。你终于来了。快放我出来。”

“你可说好了，不能骗人！”丫头从橱柜上取下那串钥匙，选了最大最沉最古朴的一把，插进箱子上的锁，只转了一次，锁头就掉了下来。

箱子顶盖立刻向上弹起，露出了一条小小的缝隙。阁楼的光线瞬间暗了下来，周围每一条木板都在不易察觉地振动。

直觉告诉丫头，她犯了一个错误，很可怕的错误。她想把顶盖合上，可为时已晚，一条粗大的、黑亮的半透明触手从缝隙里甩了出来。啪嗒。

丫头仿佛整个神经系统都麻痹了，身体动弹不得。她眼睁睁地看着顶盖被一点点推开，更多的触手啪嗒作响，箱子深处的身躯缓缓现形。那是什么呀？章鱼？不，它一点也不像章鱼，更像是漆黑的梦魇。

“啪嗒。终于可以舒活筋骨了。”十余只绿色眼睛转向丫头，触手却伸向虎子，“多谢你了啊，还给我带了这么丰盛的灵。”

“你、你到底是什么呀？”丫头颤巍巍地问，觉得自己一定是在做梦。

“我就是啪嗒呀，张小丫。你难道听不出来吗？”

“你、你答应过我的……”丫头感到脚底不稳，像是踩在海绵上。

“当然，当然。等我处理完这男孩，就来处理你的事。我保证，你一定会回到上海的……”

九头鸟雏鸟蹦跳着想逃，却在半空中被啪嗒的触手抓住，狠狠地砸在了地上，哀鸣连连。

丫头终于恢复了神智。她跳到虎子身边，拿到钥匙冲着啪嗒的眼睛就捅。

浆液炸裂，恶臭弥漫。啪嗒愤怒了。它扔下九头鸟和虎子，直朝丫头冲来。啪嗒。啪嗒。啪嗒。啪嗒。丫头还想挥动钥匙，却被触手一把卷走。没有空间了。丫头被逼到了墙角，无处可逃。触手划过她的胳膊，留下恶心的黏液。啪嗒整个身子伏了上来，露出可怖的口器。

“对不起。”丫头懊恼地想，“外婆，我错了。妈妈，我错了。”

“嘎！”

啪嗒身子猛地一缩，眼睛慌张地寻找声音的来源。绿头鸭不知何时出现在了阁楼，身上伤痕累累，一定费了很大力气才挣脱出来。

“不可能，这不可能！”啪嗒惊恐地说，“你不可能还在！”

“嘎嘎！”鸭子扬起翅膀，高声鸣叫。

啪嗒再一缩，几乎成了一个球。鸭子冲锋般朝啪嗒跑过来，啄食每一根留在外面的触手。啪嗒急速退逃，在绿头鸭哄赶下钻回了密室。

丫头一个箭步冲了上去，把锁头重新插好。

结束了。丫头顿时浑身瘫软，放声大哭。鸭子踱步靠到身边，轻轻蹭去她脸上的眼泪。一股前所未有的温暖包裹了丫头，令她逐渐平静下来。

相比之下，之后的事情就显得波澜不惊。

丫头先是把九头鸟放回了笼子，又把虎子倒拖下了楼。她一度担心虎子没了呼吸，好在没过多久他就苏醒过来，除了忘记发生过的事，以及更加急躁容易兴奋，似乎没有什么异常。

她又把阁楼重新打扫了一遍。丫头一度担心自己应该如何坦白，但当外婆一脸疲惫地回来后，丫头还尚未开口，外婆就紧紧搂住了丫头，眼中露出了知晓一切的神情。“没关系，”外婆说，“没事就好。”

丫头猜这一定是绿头鸭告的密。虽然搞不懂它是如何办到的，丫头和鸭子的关系的确上升了一个台阶，和外婆的相处也没有以前那么困难了。闲暇时候，丫头最喜欢听外婆讲妈妈以前的故事，“她小时候？好拐的哟！”

当然，还有最重要的。

周末妈妈来接她的时候，两人聊了一整个晚上。虽然妈妈提出如果丫头愿意，还是可以考虑回上海生活，但丫头表示，她更想留在武汉。

这不仅是因为她现在有一个会巫术的外婆、一间神秘的阁楼、一只古怪的鸭子，还因为当她把九头鸟放回鸟笼时，手指触摸到羽毛的瞬间所见到的奇异景象。

在那些飞速闪过的碎片般的画面中，丫头仿佛同时置身过去、现在和未来。她看到了关心背后的谎言，冷漠背后的温暖，隐忍背后的勇气，倔强背后的梦想，现实背后的希望。

她看到了爱、家庭和更多的世界。

她属于武汉。

江汉路
（妈妈的故事）

换衣服的时候，梅子发现丝袜破了个洞。

洞在小腿肚的位置上，很小，大概是挤公交时被什么刮到的。她试着把洞遮起来，努力半天，却扯脱了线，留下难看的纹路。

梅子愣愣地看着那个洞，难过了半天。

她也不知道自己为什么要这样，附近明明就有商铺，几分钟就可以买双新的回来。但她一动未动，仿佛早已将这个选项排除在外。

大概是心疼钱吧，她想，一定是因为这个。梅子在百联的奥特莱斯上班，附近是后湖和四环，房子却租在了硚口。售货小姐全靠业绩提成，基本工资只够租房用。为了能攒下点钱，她还不得不多打一份工，在便利店兼职夜班。开始只是偶尔，后来就变成了全勤。

梅子知道，她这么拼不是为了自己，是为了丫头。

马上要上学的年龄，不多攒点钱怎么够？总不能让她和自己一样，三十岁了还只是个售货小姐吧。梅子看着镜子里的自己，皮肤虽然缺乏保养，看起来却仍比同龄人更年轻些。然而无论皮相多么水嫩，心态早已回不来了。一起上班的几个小姑娘才是真的年轻无畏，每月工资要花光，大牌包包不能少，美颜保养也要做，活在当下才算好。梅子搞不懂，难道她们这么愿意为了几年风光，就拿后半辈子去赌个有钱男人养活自己？

赌赢了也许会风光一辈子吧，梅子想，可是，靠男人真的就这么好？

梅子叹了口气，索性把丝袜全褪了下来，揉成一团丢掉。她迅速拉好A字裙，又利落地把头发扎好。不想了。还要干活呢。

从换衣间出来，兰兰刚刚送走一位顾客。“这么早就有人啊？”梅子问了句，换来兰兰标志性的摊手和白眼，看来只是附近闲逛的老头。店里主要经营高端定制西装，真正有购买力的一般是有钱的中年人，不过在白天这个时间段清闲得要命。没人，也就没业绩。

兰兰打开手机自拍，边补妆边提醒梅子道：“对了，最近店里有小偷，专挑值钱的袖扣。”

“知道了，我也多留意。”或许是职业关系，店里员工的流动性特别大。三年下来，梅子成了资历最久的那个。看着兰兰嘟嘴的可爱模样，梅子心知自己绝对做不来。或许这就是原因之一吧。

也不知道丫头现在在干吗，她没来由地想。

“呀，忘了问你了。”兰兰忽然抬起头，“这周末我们几个约了去江汉路玩，梅子姐，你要不要一起啊？”

江汉路？梅子敷衍地应了一声，手上习惯性地打理样板，思绪却不可避免跌入回忆之中。

江汉路是她和张锋芒认识的地方。

那时候她在一家老字号的珠宝店里当店员，店址就在中山大道。休息时，她喜欢多走几步去江汉路，看看熟悉的老建筑，再去江边吃午饭。

作为武汉最著名的步行街，江汉路上除了休闲运动品牌的专卖店，也有不少杂七杂八的各类小铺。逛街的时候，梅子总喜欢顺手买些新奇的玩意。以前她还有一个小木盒，专门存放各种发簪，后来搬家也不知扔到了哪里，再也没见过。

那天有家手机卖场开业，请了有名的歌星助演。梅子跑去凑热闹，挤了半天也没挤进去，只好待在外围听着劣质低音炮，余光却瞥见有只手在偷钱包。

梅子虽不是正义感爆棚，却也看不惯偷鸡摸狗。她正要喊人，那只手却被另一个男人按住了。小偷扔下钱包转身就跑，梅子抬脚想追，却又被拦住了。"穷寇莫追。"那男人说。

这就是她初次认识锋芒的情景。

当时梅子觉得他虽不帅气，但气质不凡，至少与她身边接触过的人都不一样。现在回想起来，那时还真是不够成熟。

不过这并没有阻碍两人交往的脚步，才几个月他们便决定迈入婚姻殿堂。然而当梅子把这消息带回家时，秀芳却表现得极为排斥。

"男伢心不好！"她还记得秀芳这样评价。

梅子早已习惯如此。一直以来虽然是母女二人相依为命，但是她们几乎从未在同一件事情上达成过共识。对梅子而言，秀芳算是老对手，从小吵到大，久经沙场，百毒不侵。

只是这次不是别人，是锋芒，是她认真爱的人。梅子觉得很不公平，连人都没见过，凭什么下这种结论？

她跑去征询锋芒的意见。锋芒表示不妨就安排见一次面，反正早晚都是要提亲的。梅子羞着脸，点头答应试试。

说服秀芳花了挺长时间，最后才把日子定在了那年冬天。梅子之所以记得是因为那天秀芳把鸭子关进了阁楼，还特意熬了排骨藕汤。藕汤加了筒子骨，用的又是粉藕，熬得恰到好处，轻松易夹，入口即化。饭桌上锋芒侃侃而谈，大聊武汉人如何热爱这排骨藕汤，以至于外地排骨都比猪肉便宜，偏偏这武汉排骨价格要贵上一番。梅子被逗得哈哈大笑，秀芳却板着脸没什么反应。

“这么说，你也是武汉人？”她一句话便问住了他。

“不是。”

“湖北伢？”

锋芒收起礼貌的笑容：“也不是。阿姨，我是山东的。”

秀芳“哦”了一声就没再开口，饭桌气氛冷得发僵。送走锋芒后，秀芳就回屋休息去了。

母女之间的积怨由此爆发，梅子与她吵了整整三天三夜，之后就从家里搬了出去。后来和锋芒结婚办酒席，秀芳也没来。

锋芒似乎对此一直颇为介意，以至于最后两人感情破裂时，他还翻旧账，以此作为攻击，“我最恨的就是去你家了！你和你妈一样，死犟头！身上一股子鸭屎味！”

每当梅子听到这句话，她总会想起锋芒第一次约她出去的样子。

那是小偷事件过去后的第二天，梅子正坐班，意外地看见锋芒走进店里。他告诉梅子，自己想给母亲买个珠宝首饰当礼物，却恰在这儿又见了面。“相请不如偶遇，下班之后，一起吃个饭怎么样？”

他是那么彬彬有礼，那么略带羞涩，那么真诚而美好。

真是讽刺啊。

谁能想到，这饭一吃就是七八年。

除了处理几单反馈，梅子上午就接待了三位顾客，三人都没卖成。反倒兰兰顺利地卖出去了一套，对方是个即将毕业的大学生，量尺寸时脸涨得通红。

手机来了电话，梅子看了眼名字就挂了。那人叫阿杰，是她陪兰兰去酒吧时认识的。当时他吹嘘自己玩音乐，梅子脑子一热留了号码，结果就被缠上了，隔三岔五打电话骚扰，还硬要约去家里玩玩。梅子当然知道阿杰想要干吗，可还是下不了手彻底拉黑。

兰兰笑她怀念被人追的感觉，被梅子干脆地否认掉了，她又不是只有一个人追。恰巧此时门口进来位面容俊朗的男人，兰兰立刻知趣地闪到一边偷笑。梅子尴尬地迎上，摆出职业性的笑容："先生，请问有什么可以帮您的？"

"你知道有什么。"男人颇无奈地皱着眉头，"还有，不要叫我先生。"

梅子心里暗暗后悔，早知如此起初就不该答应他。她当然知道他叫什么。王凯。顾客资料上都有呢。

王凯第一次光顾是在半年前，当时从梅子那里定了深黑、宝蓝两套西装。送货时工厂出了点问题，货不对版，是梅子亲自跑腿一趟趟解决的。为了表示感谢，王凯特地请梅子吃了两次饭。梅子因而得知王凯从商，主要涉及电子元器件，公司开在光谷，此外也有些其他的投资生意。

最重要的是，他二十八岁，未婚，单身。

王凯并未展开热烈的追求攻势，而是对梅子含蓄暧昧地暗示。梅子早早就猜到了他的意图。在她看来，王凯在这方面甚是青涩，不太像成熟商人，更像是个学生。或许他还坚信着所谓理想主义的爱情呢。真是幸运。

然而之后王凯再约她出去，梅子都找理由推脱了。屡试不成，他居然还是来了。

“我想再看看你们这儿的三件套，藏青色的这款。”王凯装模作样地说。兰兰忍不住嗤笑一声，立刻被梅子瞪住，转身接待新顾客去了。

梅子压低声音：“你到底想干吗？”

“我只想知道，你为什么要拒绝我？”

“拒绝？”真好笑，“明明是你什么都没提过，我又何来拒绝啊？”

“这么说，你是怪我没有追你喽？”王凯似乎有点困惑，“那不是我的风格。”

“哟，追姑娘不是你的风格，那你找我干吗啊？”梅子的叛逆劲上来了，实在很想戏弄他一番，“我不是姑娘？不需要买买买？不需要名牌？”

“我以为你不是……”王凯欲言又止。

“不是什么？在乎钱的女人？”梅子心中腾起一股无名火，你凭什么这样评价我？你了解我吗？趾高气扬个什么劲！梅子把气话强压下去，心底躁得发慌，“不好意思，我真的是。”

王凯没有回话，梅子也想不出什么好说的，两个人尴尬地沉默，兰兰却突然叫了起来。

“干吗偷拍呀你！色狼！”

梅子回头，只见兰兰拼命压着裙底，一个穿灰色帽衫的家伙拔腿就跑。想都没想，梅子抬脚便追。

那家伙对奥特莱斯的环境相当熟悉，两腿跑得飞快。梅子一路飞奔，根本忘记自己穿了双高跟鞋。眼看他从楼梯翻身跃下，梅子跨着台阶便往下跳，一不留神鞋跟踩空，翻倒滚了下去。

等她瘸着爬起身，那家伙已经钻进一辆蓝色大众绝尘而去。兰兰带着保安迟迟赶到，看到梅子的模样连忙安慰了几句。几个保安倒是轻松地谈笑，说些什么“一个女的还这么能跑，多管闲事”。

梅子既愤恨又茫然。膝盖蹭破了流着血，好在鞋子没坏。她也不知道自己为什么要跑，还跑得那么狠，仿佛不是为了抓色狼，而是为了逃离别的什么。

兰兰扶着她往回走，又伸手递过一根头绳，“梅子姐，我在楼梯上捡的，是你的吧？”头绳正中一断为二，上面的挂坠却奇迹般毫无破损。

梅子这才意识到自己头发披散着，像个疯子。她接过，把挂坠单独取下，默默塞回口袋。

“你的头绳在哪儿买的，好别致啊。”

“那不是头绳。”梅子在心里苦笑，那是护身符。

这护身符，是秀芳给她的。

锋芒以前是做销售的，和梅子结婚那年决定不再给别人打工自己单干。他说服梅子把所有积蓄拿了出来，又联络熟悉的厂商供货，从之前的公司偷了一批客户，自创品牌做起了外贸服装生意，为此还买了辆车。

梅子认定自己没有看错人，也骄傲地以为他们搭上了经济全球化的顺风车。

不幸的是，这趟车撞上了次贷危机。

如果说这场金融风暴对大企业的冲击需要几年才能缓过劲来，那么对锋芒家这种小型企业，打击则是致命的。现金流的断裂，积压的库存让他们根本喘不过气。他们侥幸活了下来，只是所有豪言壮语，都只换回了徐汇区那不足十平方米的店铺。

紧接着，丫头出生了。

秀芳以前对她说，一个人真实的性情，会在他失意的时候暴露无遗。梅子没有想过自己竟会以最现实的方式明白这点。

锋芒酗酒、家暴、好赌，更甚的是，梅子发现他谎话连篇。从前那些奋斗的热情、魄力和勇气，都以最浅显的形式一一转化为阴暗的映射，在她身上赤裸裸地留下道道伤痕。

后来梅子觉得自己特别傻，何必为了女儿忍受这个男人呢？也许，她觉得锋芒的落魄也有自己一份责任，也许是她希望锋芒能重新燃起心中的火焰，也许……是她想要证明什么。

证明自己有能力经营好一个家。

可惜最终她还是没有成功。三年前，锋芒喝得酩酊大醉，在门口吐得一塌糊涂。梅子知道他又要骂人了，赶紧把丫头托给邻居照顾，自己一个人把锋芒拖回店里，又把脏透的外套从他身上扒了下来。

那一瞬间锋芒醒了，他错愕地看着梅子，似乎把她认成了别人。

“都是你的错！”锋芒歇斯底里地嚷道，“你这个巫婆！下降头诅咒我的巫婆！”

梅子愣了，似曾相识的感觉直抵已被遗忘的心底，在那里狠狠地揪了一下。随后她失控了，像头母狮子一样扑了上去，她和瘫成烂泥的男人纠缠在一起，不顾一切地痛咬撕扯扭打，仿佛要将多年积攒的情绪一并发泄至尽。

那天之后，她便搬回了武汉。

从汉口站出来的时候，她看见了秀芳。梅子跟着秀芳回了古田，在家只住了一天又搬出去了。之后梅子租了套便宜的一居室，离秀芳不算远。她知道，在武汉，只要不住古田，其实哪儿都一样。

梅子又回到中山大道上班，一样的老店，不一样的店长。后来她才得知，自己之所以拿回这份工作，背后还有秀芳的促成。梅子不想欠她这份人情，秀芳不抽烟，她便提了几瓶孝感米酒去了家里。

秀芳煮了她最爱吃的黄陂三合，母女二人相对而坐，谁也没先开口。吃完饭，秀芳从卧室拿了一个符出来说是护身用的，给梅子戴。梅子没拿，回去才发现那符又出现在了包里——八成是秀芳偷偷塞的。

她仔细端详，护身符不过才指甲大小，正面是张精致的小地图，梅子一眼认出那是江汉路。翻过来，塑封下是一根很短的鸭绒，底下模糊写着看不清的画符。

梅子并不是迷信的人。她本想把它扔掉，转念一想，又拿它当了头绳。也许自己需要多一点运气吧，她想。

几个月后，中山大道的地铁修到了江汉路，一封就得两年。店里清仓甩卖，金件卖了白菜价。梅子又丢了工作，不过这一次，她没有等秀芳再出马。凭借之前做生意时建立的关系，她迅速在奥特莱斯入了职。虽然每天往返就要三小时，但老板人很好，给梅子准了不少假，让她能去上海看看丫头。

然而就在梅子刚刚觉得对自己的生活恢复了控制力时，锋芒来了消息。他要再婚了。

梅子离开时没签协议，回武汉只算是分居。倒不是说她对这段婚姻还有什么憧憬，也许只是潜意识里还想让丫头保持一个完整的家吧。到头来，锋芒连这也不愿给她留下。

不对，不能完全这么说。协议书上写着，他把女儿留给了梅子。女儿爱爸爸，但梅子不忍心告诉丫头，要她离开上海、留在武汉的人正是她的爸爸。签下名字的时候梅子很清楚，今后这几年将会非常辛苦，但如果她成功的话，也许自己的人生还不算太失败。

梅子又想起第一次带丫头见秀芳的情景。“叫外婆。”那还是她第一次这样称呼秀芳。可自己又是什么时候，停止管她叫“妈”的呢？

尽管被兰兰搀着，梅子还是走得一瘸一拐。她看着一路延伸的腾龙大道，忽然觉得，那辆逃走的蓝色大众，很像锋芒曾经有过的那辆车。

回去店里，王凯已经不在了。

梅子虽不意外，心里却空落落的。没找到药箱，她就拿矿泉水冲了冲伤口，血已经凝固了，不碰倒也不疼。兰兰替她借了两条创可贴，打成十字贴在膝盖上。

似乎看出了梅子心神不宁，兰兰问她："梅子姐，你认识那色狼吗？"

"怎么会！"梅子否认道，转念一想，又给锋芒发了条消息，让他见到就回个电话。尽管心知没可能，却还是信任不过。这也是婚姻失败的另一个原因吧，她苦涩地想。

到了午休时间，兰兰仍然有些担心，但梅子觉得膝盖已经并无大碍，便自己拿了饭盒出了店。

不像那些年轻的姑娘，梅子至今仍自带午饭。饭盒里通常很简单，隔夜的米饭，几条炸鱼，水煮青菜之类。倒不是因为她嫌弃外卖，只是一边逛街一边吃饭的习惯一直改不掉。

奥特莱斯不像江汉路直来直往，走廊广场上下交错，如迷宫一般。这里没有江滩，却有湖岸。梅子经常绕去那里，仿佛假装自己坐在江汉路边，坐在多年之前。

不过今天恐怕走不了那么远。方才没事的膝盖此时忽然生疼，髌骨周遭隐隐泛青。梅子担心会肿起来，赶紧找了张椅子坐下。

鼓点和音乐忽然响起，她远远地望过去，发现是一支武汉本地的朋克乐队，几个年纪比她小一轮的毛头小子正在临时搭建的舞台上前后摇摆，高声叫嚷。"燥起来！"主唱顶着正午的太阳，冲着零落的人群挥手，希望能够唤起一丝稀薄的热情，"武汉！是座！有魔力的城市……"

手机来了电话，是锋芒。梅子慌了片刻才接通。对面很嘈杂，大概是在店外。"有事儿吗？"他说话很不客气。

"你现在在武汉吗？"

“啥？”锋芒似乎没听清。

这太傻了。梅子摇摇头：“丫头她还挺想你的。”

“哦！知道了！”锋芒似乎在跟谁说话，声音突然远了一些，接着又撞回来，“我有空给她打电话好吧！”

梅子心里一惊，“嗯”了几声连忙挂断。

刚刚是有女声吧？那说的是武汉话吧？还是听错了？

梅子的脑袋乱成一团麻，根本分不清状况。阳光晒得令人发晕，梅子恍惚地看着广场，几个眼熟的老人正朝台上的乐队指指点点。难不成，那家伙真的是他？他来武汉干吗？难道反悔了？梅子的脑海被非理性的思绪塞得满满当当。不行，得提醒一下秀芳，不能让他把丫头带走！

梅子打给秀芳，没人接。丫头也是。梅子有点心慌。她收拾好饭盒，咬牙忍痛起身，却一个趔趄栽进别人的怀里，饭盒也摔在地上，一片狼藉。

“对不起！对不起！”梅子连忙收拾残局，却突然被人拉住。

“梅子？是你吗？”眼前的女人惊讶地说，“我是英子啊！”

梅子顾不上狼狈的模样，连连向后退去。莫名地，她又想到了江汉路。

英子是她的闺蜜。至少曾经是。

还在读高中时，她们两个邻桌而坐，英子是年级排名前十的尖子生，梅子潜力也不错，只是偏科严重。不过分数的差距并未拉开两人的关系，她们经常结伴跑去江汉路上瞎逛，好得就像连体婴。

然而在高三那年，她们的关系急转直下。梅子记得那是临高考前两个月，她们在学校天台差点动手，一时还引来了值班老师。秀芳和英子的家长都被叫到学校，调解无果，最后以梅子休学肄业，英子顺利考入重点大学告终。

事后不少朋友都以为是英子做得过分，梅子却很清楚这事起因在她自己。早在她们关系破碎前的那个寒假，梅子就对秀芳表达过休学的愿望。

秀芳似乎有点困惑。过去她管得松，并没给梅子学习造成多少压力，怎么突然就要休学了？

梅子却反问秀芳，她也没有文凭，不也过得好好的吗？

秀芳没有回答，转身去了阁楼，回来时手上多了杯茶。她慢慢喝干，瞥了眼杯底的茶渍："那个男孩是谁？"

梅子一慌，便全都招了。那男孩二十二岁，汉口人，平时打点零工，帅得要命。这事儿除了英子，梅子没和任何人说起过。

秀芳彻底愤怒了："你一个女伢，不好好学习跟男伢混，怎么把握命运？将来怎么比得过那些男伢？你马上就要成年了，难道一辈子靠我养？要是我当年有你一样的机会，哪里还会像现在这样！"

不出所料，寒假剩下的时间，梅子被秀芳关了禁闭，除夕都是在客卧过的。新学期开始头一个月，秀芳每天准时接送梅子上下学，仿佛她才七岁大。梅子琢磨很久后得出结论，一定是英子出卖的她。

之后，就发生了学校天台的那件事。英子上了重点大学后，梅子听说她考了研究生，嫁了个帅气的老公，还搞了个互联网创业公司，由此在北京站住了脚。英子曾回过武汉参加同学聚会，但她都找理由避开了。

至于梅子，休学后在家待了半年，每天和绿头鸭大眼瞪小眼。秀芳给她介绍了好几份工作，长的做了两个月，短的只做了一周不到。

她曾偷偷又去找过那个男孩。难得久别重逢，对方却搂着一个陌生的姑娘，茫然地问梅子："你是谁啊？我认识你吗？"

梅子当场大闹了一番，直到她发现男孩并非假装，而是真的不记得了自己。朋友告诉她，男孩也是突然变成这样的，搞不懂是怎么回事。梅子不甘心，问了好久才捋出一点点线索。

据说就在梅子接到休学通知那天，男孩偶遇并帮助了一位和蔼的老太太，作为报答，老太太请他喝了一杯奶茶。

仅此而已。

她曾想过那老太太有没有可能是秀芳，但就算是她，又怎么可能仅用一杯奶茶就让他忘记了自己？就算能够做到，那也是巫术吧？太荒谬了！

梅子一度想拉着秀芳和男孩当面对质，后来又放弃了这打算。也许她当年根本就没那么喜欢过他吧。之后梅子又在秀芳的介绍下上了班，是家老字号的珠宝店，店面就在中山大道。

那一年是2005年，距离遇上张锋芒还有三年，距离生下丫头还有五年。

似乎也是从那年开始，她不再管秀芳叫“妈”。

“十二年了，我们该有十二年没见过了吧！”英子拉着梅子的手，“你还好吗？”

梅子强作镇静。英子都是客套话，她告诉自己。同学会上谁不会嚼舌根？

但即便如此，她也没有傻到把离婚的消息告诉她。不是她在乎，而是没必要。

得知梅子在奥特莱斯上班，英子大呼好巧，自己老公正需要一身西装，不如正好在梅子店里定上一套，还能打个友情价。梅子心里苦笑，不抬价就够客气了。

回到店里，梅子让兰兰先招待着，自己进了换衣间放饭盒，收拾时却发现饭盒底下摔了条缝，汤水缓慢地外渗。梅子咬住嘴唇，艰难地把自己从情绪崩溃的边缘拉了回来。

重新出去。梅子注意到英子看上了一款灰色的超细驼毛面料，但似乎对款式犹豫不定。兰兰推荐了套英式修身西装，被她干脆地拒绝了。

“不如看看这款吧，”梅子收好情绪，“驳领，双扣，整体偏复古一些，最近正流行。”

英子的视线毫不掩饰地落到梅子身上：“我挺喜欢的，就它了吧。”

梅子把英子带去柜台登记资料，预约裁缝上门量体。英子嘴唇张了张，似乎想说些什么。梅子正好奇着，抬眼却又瞥到王凯进了店。于是她让英子稍等片刻，自己快步迎了上去，昂首挺胸，就像电影里的骑士。

“有事吗？”梅子咄咄逼人地问。

王凯露出吃惊的表情，刚要说点什么，却又放弃了主意，抬手递上一个白色塑料袋。

“你这是要干吗？不需要。”

“打开看看。”王凯叹了口气。

是碘酒、杀菌喷剂、简易药棉绷带和护膝。“谢谢。”这下轮到梅子吃惊了。

“听着，我……”王凯谨慎地选择措辞，“……这么说吧。我喜欢你。你的个性，你的生活态度。当然还有你的……外表。”他居然害羞了，这让梅子觉得他有点可爱。“如果我之前做了什么，说了什么，让你误会，我向你道歉。对不起。”

“没关系。”该死，我干吗也不好意思起来了？梅子心里暗骂。

“我不是那种所谓送礼物，请人吃饭、兜风的人。我觉得，那些所谓追求的手段，只是了解一个人的过程。我没想要把你和别人比较，而是想要了解你，了解更多的你。如果这个过程中，你也对我产生了一点兴趣、一点好感，我就已经很高兴了。”

“你就不怕我再拒绝你？”

“那也请你告诉我理由，可以吗？”

王凯诚恳地问，梅子却在这时候推开了他。“等一等啊！”她拔腿朝店门口跑去，赶在那家伙离开前扣住了他的手腕。是早上来过的老头！

老头和梅子拉扯，接着一屁股坐到地上大声叫嚷，说梅子欺负老年人，受伤了得去医院负责到底。隔壁的店员和顾客被吸引过来，将两人团团围住，纷纷指责起来。保安最后姗姗赶到，看到梅子，又不屑地笑了。“这次又是色狼？”

“是小偷。”梅子抓紧老头的手指，试了几次都没掰开。紧接着，一只大手握住了他，是王凯。他扣住老头紧握的拳头，渐渐用力。“当啷”两声，袖扣落在了地上，镶嵌的碎钻闪烁着耀眼的光芒。

围观的人群瞬间调转矛头，就连保安也无话可说，毫不客气地拉起老头骂了一顿。

梅子回去帮英子办好手续，最终还是给了友情价。英子向梅子道了声谢，顺手把那两枚差点被偷的袖扣买了回去，说是留个纪念。梅子把她送出门口，临走时，英子又拉住了她的手。这一次，梅子先开了口。

“那年，不是你对秀芳告的密，对吧？”

英子愣了片刻，接着眼中泪水充盈，紧紧地抱住了她，“我永远不会背叛你啊，我的好梅子。”

于是，梅子也哭了。

她恍然想起来，自从江汉路解封后，她还没去逛过。

关于江汉路，梅子最早的记忆可以追溯到五六岁的时候。

那些年江汉路还没有经历改造，各个风格的建筑自两旁排开，仿佛不同的时空都交融凝聚在此。街边各色店铺一应俱全，到了夜晚，霓虹灯在半空闪耀，绽放出迷人又优雅的气息，像是来到了异国他乡，如此的华美。

那时候，梅子不管走到哪儿，都要带着绿头鸭。左手牵着遛鸭子的绳，右手就牵着秀芳。

梅子从小没见过爸爸，秀芳对她而言，就是她所有的依靠。

那时候，秀芳老是唠叨说："以后好好学习，别像我一样。"而梅子总是甜甜地笑，一个劲地点头答应下来。

也许有些事情，并非注定就是那样。

梅子下班的时候，王凯坚持要送她一程。梅子不肯，推来推去，最后成了她送王凯去停车场取车。一路上，两人都没有说话。站在车门前，王凯想要抱一下她，梅子本想躲开，却意外地慢了半拍。两人只好将就地站着，勉强抱了几秒。

上车后，王凯对梅子说以后联系，随即调转车头。

突如其来的冲动撞入梅子心中。她紧追其后，高跟鞋在起伏的石砖上颠簸不已。车尾红灯亮起，王凯惊讶地探出头来，不知发生了什么。

梅子上气不接下气地跑到车窗前，看着王凯的眼睛。"我结过婚，"她止住王凯打断自己的企图，"听我说完。我结过婚，也离过婚，我一个人租住在硚口，没有什么积蓄，未来十几年估计也攒不下钱。我只是个售货小姐，没有文凭，高中的时候就辍学不念了，这辈子最大的希望可能也就是当个店长。这就是你想了解的我……"

"是吗？"王凯眼神如此温柔，"可我还嫌不够。我还是挺喜欢你。"

"为什么？"

"也许是因为，我不喜欢用这些宽泛的标签来定义一个人吧。"

梅子鼓足勇气："哪怕我是个七岁女儿的妈妈？"

他愣了片刻，长到足以令梅子丧失所有力量。接着，他笑了。

"梅子，你生孩子可真早啊，不会怀上的时候还未成年吧。"

"你以为我多少岁啊！"她差点哭出声来。

“二十三。”王凯一脸坏笑。

“你真可爱。”她终于说出口了。梅子环住他的脖子，这次，是一个真正的拥抱。在王凯离开之前，她还给了他另一份礼物。她的微信号。

王凯将她添为好友：“原来你姓许。”

“对，我随我妈姓。”梅子脱口而出，几乎没意识到发生了什么。

她看着王凯的车驶上腾龙大道，逐渐变成一个红色的光点。很久以来，她都没有如此放松，如此喜悦过了。她旋转，欢呼，跳跃，仿佛年轻了许多。

就在这时，梅子看到了那辆蓝色的大众。

勇气与愤怒同时袭来。梅子直接走到车前，对着车里的人大骂起来。张锋芒，你算什么东西！人都已经离婚了，有本事正大光明地出来！偷偷摸摸地算什么本事！

然而骂过一通后，车里没有任何反应。

这不是锋芒的作风。梅子倍感尴尬，也许真的是自己搞错了。她赶紧盘算应该如何道歉，不料车窗却缓缓放了下来。认出那张面孔的瞬间，梅子如坠冰窟，浑身发凉。

“没想到你这么泼辣嘛！”阿杰不怀好意地笑着。

大事不妙。

梅子转身想跑，但被迅速打开的车门撞倒。她跌跌撞撞地想要站起身来，头发却被阿杰一把抓住，朝车头狠狠地撞去。

梅子当下便没了反抗能力，头痛欲裂仿佛快要炸开。她无力地挣扎四肢，隐约觉得阿杰愈加兴奋。浓重的酒气和怪异的烟味扑面而来，梅子扭头想躲，身体却被反转过来死死按在车头。一双大手游走在她的身后，在臀部贪婪地停留许久，接着猛地一拉。A字裙立刻被提到腰部，梅子当即觉得下体发冷，不禁后悔起没穿丝袜的事来。虽说那玩意起不了什么阻挡作用，但至少可以延缓这混蛋一点时间。

为什么偏偏这个时候没人在附近！梅子急切地想要呼救，胸口却因重压而几乎无法呼吸。听到拉开裤链的声音，梅子顿时绝望得想要自尽。

就在这时，阿杰的动作停止了。

梅子尽力把头扭过去，余光注意到他从地上捡起了一样东西。

护身符。

接下来的事发生得极为迅速，远远超越了梅子的认知。她的潜意识为了应对这一情况，被迫在那些已被淡忘、遗弃甚至封锁的记忆里搜寻。模糊之间，她回到了童年，看着秀芳如何处理花草、熬煮药水、饲养异兽、修剪花枝，以及打造具备各种非凡力量的小法器。

秀芳是个巫婆。原来她早就知道。

就在阿杰抚摸护身符的瞬间，一股力量从四方翻滚而来，如风暴般将二人席卷。梅子有一刻身处绝对的黑暗之中，下一秒便结实地摔在石砖地上，肋骨一阵生疼。

梅子匆忙拉好裙子，下意识仍感觉自己身处危险之中，连忙起身贴到墙边。

然而，阿杰消失了。

他本应出现的位置上站着一只小鸭子，一身黄毛，大概不到三个月大。它朝梅子看了一眼，摇晃着尾巴跑进巷子深处。而在它的身后，扔下的是梅子的护身符。

她小心翼翼地把它捡起，却发现地图和鸭绒都不见了，之前被遮掩的画符露出了全貌。虽然歪歪扭扭，但梅子一眼就辨认出，那是她自己的字迹。

属于童年的稚嫩笔触，认真地在白纸上写着“家”。

人声渐渐从巷口传来，似乎很喧闹的样子。梅子迎着声音缓步走出。人潮、灯光、建筑再次包围了她。

是江汉路。她回来了。

万千感触涌至此时此刻，尽管脑海中跃出无数念头，梅子却很清楚自己心底最想知道的是什么。她掏出手机，拨了秀芳的号码。

铃声响起，一声，又一声。

梅子从未这么紧张过。拟好腹稿又作废，最后保留下来的，是那句拖欠了好多年的称呼。

她接通了。

玉如意
（外婆的故事）

这种事情从来都不容易。

究竟应该如何向至亲的家人坦白秘密？尤其当它是一个既无法轻松接受又无法使之扭转的坏消息的时候？秀芳找不出答案。

大约六个小时前，就在跨江从汉阳给人瞧病回来的路上，秀芳昏倒了。在她被人发现并送至医院的短短几分钟里，炽热的柏油路面在她的脸上和手上留下了红色的烫伤，膝盖也肿了。尽管回家后她第一时间敷了清凉膏，但她仍能感受到患处传来的丝丝痛楚。

这或许就是所谓的并发症吧。秀芳猜。

肠道癌——急诊室里的那个穿白大褂的人这么说。肿瘤压迫中枢神经，导致昏迷。虽然活体检查需要过一阵才能出结果，但对秀芳这个年龄而言——至少是看上去的年龄——最终被证实是癌症的概率很高。

而且从尺寸上看，是晚期。

最初秀芳并不相信，毕竟她自己也会看诊。方法虽说不同，内容应是相通。但当她从阁楼上取来恩施的玉露，以老方法洗涤冲泡，啜饮而尽，从中却看不到任何东西的时候，这个行医多年的巫士第一次感到无所适从。未来不再如打开的书本一般供她阅读，那些看不到既定走向的时光，让她惶恐不安。

没准是该换新茶了。她愤懑地想，但也许……

说起来，这种情况的确有一阵子了。作为巫士传人，无法读取预言的现象并不罕见。在她长达九十多年的生命中，接触过无数同她一样身怀巫士血脉的人，其中大部分都不能彻底掌握预言的能力。但那些确实拥有实力的人，可以将其运用得炉火纯青，仿佛未来和过去没有任何区别，就连时间也不过是虚构的幻觉。而即便是他们，也曾预言过空洞的画面。然后，无论能力高低，他们纷纷抵达了寿限，死去。最终，只剩下了秀芳。

她很想知道，当那些只存在于传说中的大师面临生命终结之时，究竟在想些什么。

毕竟巫术可以制造幻象、破除迷障、修复伤痛、延缓衰老、祈福降灾、预见未来，却唯独不可逃避死亡。而在那个不过三十出头的年轻医生口中，她的时间已经所剩无几。

“要是换成你，你会怎么做？”秀芳对着镜子检查伤势，问绿头鸭道。

这只陪伴她多年的老伙伴低头啄啄翅膀下的绒毛，一如既往地摆出无所谓的表情。“嘎嘎嘎！”它叫道。

“是啊……”秀芳喃喃道。也许这就是所谓宿命。世界上最后一个巫士的死亡，竟如此平凡普通，大概，也是因为这世界不再需要巫术了吧。

“嘎嘎嘎……”绿头鸭蹭了蹭秀芳，忽然又抬起头来，冲着她叫了两声，“嘎嘎！”

玉如意？

“你又偷看我的书了？”秀芳责怪道，“那个巫术可能会耗尽我的灵！你怎么敢这么想！”

绿头鸭摇摇头，似乎不满秀芳的回应。它扇扇翅膀，摇摇晃晃地朝阁楼去了。秀芳觉得不满，尾随追到卧室，却听见门口传来声响。

这么早？秀芳掐指一算，难道是自己记错了？

行李箱滚轮拖在地上，发出“咕噜噜”的声音。“我们来了！”是梅子。

秀芳转身，蹒跚地挪进客厅，然后她便看见了——那个藏在梅子身后，站在小小行李箱旁边，正怯生生地望着自己的七岁女伢，丫头。

真像啊。

“快，叫外婆。”梅子扯了丫头一把，像是推销商品似的。丫头也听话，轻轻喊了一声。

一瞬间，来自往日的回忆席卷秀芳的脑海，如同那些无法逃避的预言一般强烈。她紧抿嘴唇，一声不吭，赶紧回到卧室的床上，揉按太阳穴才觉得舒服些。

真是像她啊。秀芳不自觉地想。

如今，她仍记得自己第一次见到秀香的情形。那天下着大雨，母亲提前一周分娩，怎么也叫不到黄包车。父亲找了会接生的邻居婆婆帮忙，却因为男女忌讳不得回家，只能躲在楼下茶摊，由秀芳来回通报情况。

五岁的秀芳知道妹妹即将出生。然而她看着搭手的女人们端着热水进进出出，却不明白为何婆婆万分紧张，为何母亲痛得大叫，而一条条毛巾又为何浸满了血。那时她体内的灵尚未激发，只能从大人交谈的只言片语中判断发生了什么。每次把消息报告给父亲，秀芳都能看见他那攥着茶杯的手指又白了几分。一些古怪的念头浮上脑海，也许母亲生下的不是妹妹，而是什么嗜血的怪物，每分每秒，它都在咬噬她的肉体，这实在……

啼哭忽然响起，秀芳猛然抬头，心中的压力无形释放。顷刻间，笼罩里弄上空的雨竟然停了。她和父亲飞快跑回楼上，母亲脸色苍白，看似平安无恙。

“是个姑娘。”婆婆对父亲说。

秀芳从婆婆手里接过新生的婴儿，粉色的、皱巴巴的，像个小老头。秀芳把她交给父亲，哪知身体离开臂弯的瞬间，婴儿便哇哇大哭起来，怎么摇也不管用。而当秀芳再次接过的时候，婴儿又立刻停止了哭泣。

“真是天生当姐姐的料。”婆婆赞许道，“想好叫什么名了吗？”

母亲看着父亲抱着胳膊、既无奈又怜惜的模样，虚弱地笑了。“叫秀香。”她告诉婆婆。

“听见了吗？秀香。这就是你的名字。”秀芳抱着自己的妹妹，用鼻尖轻轻蹭了蹭她的小脸蛋，接着压低声音，仿佛是悄悄话似的对她说，“我会很爱很爱你的。”

秀芳的确做到了。至少一开始是这样。

生下秀香后，母亲的身体一直不佳，长期卧病在床。父亲找了很多郎中和西医，怎么都看不好。后来听说木兰山有一位隐居的巫士，父亲便托人请来看诊。可当身披麻布斗篷、头戴蓑笠的巫士第一次走进家门时，他的视线却落在了扶着摇篮的秀香身上。

“你的体内有灵。”巫士半蹲在地，凝视秀芳的双眼，“女伢，你将会不止一次失去眼前所珍惜的一切。”

“我不会！”秀芳挺直腰杆，倔强地回应道。

在她接下来的生命中，秀芳将听到不少关于自己的预言，而她也将无数次试图窥探自己将来的命运。但时至今日，依旧没有一条预言能与当年巫士的预言相提并论。

至于母亲，巫士诊脉后摇了摇头，塞给父亲三枚泥丸，嘱咐应以水服下。父亲依言照做，母亲的身体竟真的好转了起来。

随后几年是秀芳回忆中最美好的时光，从汉正街到珞珈山，从东湖到民众乐园，母亲带着她和妹妹踏遍了武汉三镇每个角落。秀芳懂得了哪里的面窝最香甜，哪里的先生小姐最好看，哪里的老码头最繁忙，哪里的河鱼最新鲜。

而秀香也在她的悉心关怀下一点点长大，卸去了最初的柔弱与娇气，成为灵动活泼、俏皮可爱的小姑娘。既像不久之前的秀芳，又像许久之后的丫头。在秀芳眼里，她是自己最好的伙伴，她全身心地爱着这个妹妹，为她爬树摘花、偷买零嘴，和男伢打架，甚至……

唉……

究竟从什么时候起，我们有了罅隙呢？

秀芳看着鸭子扭着屁股溜上阁楼，心里很清楚答案是什么。

她转身，回到卧室门边，看着丫头打开自己的小行李箱，把衣服鞋袜一件件拿出来整齐摆好，认真得不像个小孩子。

就在那一瞬间，遗忘许久的温暖又回到了秀芳的心中。

只可惜，我无法预见她的未来……

我必须做点什么。

我不能重蹈覆辙。

第二天过早回来，秀芳就去了阁楼。

掀开墙角搁置多年的老皮箱，秀芳取出一本以楷体工整写就、以深棕色牛皮包裹的旧书。多年以前，她在寻访各地巫士学习时，曾在各种前朝典籍中搜寻有关巫术的线索。尽管其中大部分都被证实为虚假荒诞的逸闻传说，但剩下的那些真实的记载，绝大多数都来自于一份十分古老的皮卷轴。

为了找到卷轴，秀芳花了很多时间周游全国，最后在盘龙古城附近的一处墓穴中寻到了它的誊抄本。誊抄本以大篆编纂而成，并添加了大量的批注。由于文字模糊，难以辨认，秀芳不得不跑去武汉大学寻求帮助。学校里没人认真对待这样一个满嘴怪力乱神的女人，除了一位年轻的中文教师。两人合作近十年，才最终完成了简体字的版本。

这本书的名字，叫作《未来之书》。

如此取名不是两人任性而为，而是因为誊抄本的书写方式。书中以描述亲身经历的口吻，撰写了某个生活在上古时期巫士的一条条预言。书中涉及的内容，绝非虚构之物，是种种珍奇花草、稀有异兽，巫术的原理及制造法器的方法。

例如书中讲，“凡巫士者，必有属灵之血统”。秀芳的第一个师父就曾反复提到过这句话。所谓的灵，乃是某种隐藏的能量。在巫士眼中，世界并非独立完整的存在，而是由离散的一张张膜贴合而成。由于膜的表面并非凭证，相互之间存在因波动而产生的空隙，能量便聚集在这空隙上，创造出种种非凡之物。其中，如果聚集在人的身上，他便具备了成为巫士的基本条件，衰老程度也比常人要慢上许多。通过练习，巫士可以将体内的灵作用于世间万物。而运用灵的技法，便是所谓的巫术。

如果巫士将灵以特定模式灌注到某种不具备生命的工具上，从而灵可以脱离巫士自行施展巫术，这件工具便被称为法器。根据灌注模式、工具材料及灵的来源不同，法器能够施展的巫术也有所不同。其中能力最稳定、最强大的法器之一，便是玉如意。

玉如意本身并非如意，只是在形态上有所相似，后人在誊抄编纂时，为了方便将其命名谓此。除了材料稀有，制作玉如意需要巫士具备充盈的灵与强大的意志力。如若不慎，巫士本人的灵都会被吸取一空。

尽管如此危险，历来尝试的巫士却并不罕见，原因在于玉如意具有无可比拟的庇佑能力。一旦成功制得，持有者将在八十年内受其保护，消灾减难，逢凶化吉。

这将是秀芳留给梅子和丫头的礼物。最后的礼物。

秀芳翻开书页，找到那段熟悉的文字。除去玉器本身，她还需要找到五样用于施法的原料，分别是修格鱿、太阳花、冷江鱼、石蚯蚓，以及……

九头鸟。

由于丫头在家，秀芳不能如以前一样长期外出，而且她的身体也不允许她这么做。不过和那些故去的前辈相比，秀芳至少有一个优势——年龄。

虽然外表不过是个六十岁的老太太，秀芳却已经九十多岁。在如此漫长的时间里，秀芳不仅见识了世界变幻、人生起落，自然也搜集了不少有价值的物件。

太阳花是秀芳最先找到的原料。《未来之书》中写道："生于极寒之地，日落花开，日出而谢，永夜长明。"四十年前，一位来自北方的巫士在临终前，将自己的草药收藏赠予了秀芳。它就在阁楼上，和其他晒干了的植物堆放在一起。

第二件是修格鱿。《未来之书》中写道："无定形之物，体表覆眼如格，喜居狭长之穴，善惑人心。"二十年前，汉阳一位退休的老官员身患不明之疾，神经衰弱，幻听，体表皮肤无端出现溃烂疮口，怎么也看不好。其家人通过多方打听找到秀芳，希望出高价请她看病。老官员住在临江别墅，独门独栋。秀芳答应前去看了一次，以灵探到有异兽出没，便在附近麻将馆逛了一圈，打听到别墅闹鬼的传言。随后，她婉拒了对方提出的优渥条件，带着绿头鸭只身出诊。

根据书中批注所说，修格鱿不怕人，唯惧水禽。经过问诊探查，秀芳判断别墅里的修格鱿藏在别墅的下水道中，驱走旁观的无关人士后，秀芳请官员的家人封闭水闸，令绿头鸭在马桶口连声呼叫。大约一刻钟后，下水管道中便传出“啪嗒”“啪嗒”的噪音。秀芳立刻让绿头鸭藏至身后，同时模仿老官员的叹息，果然，修格鱿瞬间上钩。散发着令人反胃的腐臭，它攀着马桶边缘弹跳出来，朝秀芳探出丑陋的触手。秀芳看准时机，转身放出绿头鸭。修格鱿见状扭身想要爬回马桶。秀芳眼疾手快，用早准备好的陶盅将其盖住，密封捕获。

由于修格鱿无须肢体接触便可通感惑人，秀芳将其埋藏在墨水湖的湖心岛。如今时隔多年，陶盅竟安然无恙，修格鱿也颇具活力。真是幸运。秀芳将其取回，安放在铁皮箱中饲养，并嘱咐绿头鸭每日看管。

冷江鱼就困难了一些。《未来之书》中记载：“以热为食，吐水为霜，游经之处，是为冷江。”多年之前，秀芳曾与师父辩论，认为冷江鱼的生活范围应在珠江流域，作为淡水鱼，南方的江水显然更为温暖。不过师父指出，江水水温虽很重要，但冷江二字也有其意义。如果冷江鱼真的能令珠江变冷，它将不会是稀罕之物。事实证明，师父的猜测是正确的。就在那场辩论后不久，长江日报的社会版面刊登了一条短小的新闻，位于襄阳与荆门之间的流水镇附近发现了一处溶洞，洞中流水温度比洞外低了四五度，即便在盛夏也十分凉爽。师父带着秀芳前往探查，果然在洞中发现了若干条冷江鱼。师父将其悉数捕获带走。

由于冷江鱼是一味重要的药材，师父早已将其晒干后配合茶饼服用，而那处溶洞也在不久之后变得平凡普通。秀芳去了图书馆，花了一个星期阅读馆藏报刊，将所有类似溶洞的记载记录下来。结果证明自汉中、安康起，至十堰、襄阳，汉江流域沿岸都能发现类似的传说。距离武汉最近的一个，就在天门。

秀芳瞒着梅子和丫头，一早便去汉口站搭乘动车，在仙桃西站转搭长途车往北，于熊家滩附近下车，步行一小时左右方才抵达目的地。根据报上的记载，1998年春夏交替之时，村里有一口机井水位猛涨，水温比邻近井水都要低，村民对此啧啧称奇，还当作天然冰箱。只是后来……

秀芳在村里打听，只有年长的人还依稀记得。指点之下，她来到村南的一处荒废田垄，当年的井架锈蚀严重，井底也早已干枯。秀芳不愿放弃，她以灵探地，将意念深入地下，十米、五十米……沿着地下水系曾经流动的缝隙，秀芳越走越远，最终在坡地底部的乱石间发现了一汪出露的水源，水温清凉。秀芳半跪着，把手浸入静静等待。大约半小时后，她感到一尾小指长的鱼儿在掌边游动，偶尔触及肌肤，如冰针一般。秀芳当即施法，将池水与鱼一起捞出，倒进提前备好的塑料瓶里。红色的小鱼慌张游动，瓶身立刻结了一层薄薄的水汽。

找到石蚯蚓最为简单，却也最为耗时。《未来之书》中说："饮泉吃土，匿踪于石。"石蚯蚓寿命短暂，最喜欢居住在石灰石中，尸体与数亿年前的植物化石极为相似。秀芳花了两个星期，将武汉的旧货市场走了个遍，最后在一个专卖假冒化石的摊贩手里淘到了所需的石头。

在熟悉的玉石师傅那里下了定金后，玉如意的材料就基本准备齐全了。

除了九头鸟。

九头鸟——"凤体九首，九面九冠。居山林之梢，稀世之珍。"《未来之书》中的这句话写于数千年前。

秀芳的师父曾告诉她，对于构成世界的膜，其波动也分大小周期。每隔几千万年，来自膜间碰撞的灵便会充斥世间万物，构造出奇异的生命。九头鸟，就是上一轮周期留下的众多异兽之一。

虽然异兽外貌怪诞，体内蕴有灵，其生长繁衍却与普通生物没有差别。九头鸟也是如此。几千年前，它们或许和麻雀一样常见，然而进入商周时期，九头鸟因其外貌特别成为祭祀用禽，遭遇灭顶之灾。等到秦朝建立时，种群数量锐减，仅仅分布在神农架地区，与青山熊、赤鱬、钩蛇、空空猴等异兽共同藏身人迹罕至之处。不过，他们的命运并未因此而得到改变。由于巫士对异兽有着特殊的需求，导致千年以来不断有人上山搜寻捕猎，九头鸟作为所谓“稀世之珍”，更是难逃消亡的下场。秀芳的师父曾经说，自己的师祖花费了毕生心血寻找九头鸟的下落，最后却落得一无所获。而在其饮恨逝世之前，也有几百年没人见过九头鸟了。

如今在国外某些尚无人烟的地方，也许还有少量九头鸟栖息生活，但这种可能实在微乎其微。作为世界上最后一名巫士，她认为九头鸟已在事实上绝迹。

除了在那里的一只。唯一一只。

秀芳决定暂缓制作玉如意的计划。一方面，玉石师傅刚刚找到合适的玉料，正从缅甸运来，处理完毕尚需时日；另一方面，医院要她去取活检报告，已经催了好几个星期。

在肿瘤科，秀芳再次见到了上次那位医生。不料未等她先开口，医生却先向她道起了歉。“对不起，本来我们活检三天就出结果，没想到让你等了这么久。”医生诚恳地说，“从报告上看，我们上次的判断有误。”

“不是恶性的？”

“很抱歉，活检表明肿瘤是恶性的，但是……”医生小心选择词汇，“但是它被控制住了。很难理解对不对？这么说吧，通常恶性肿瘤是正常细胞病变后，产生的集团化、无限分裂增殖的组织，它们破坏周围正常组织、吸取营养，并且将自己扩散至体内各处。可是您的肿瘤并非如此。虽然内部细胞仍然是病变的，外部却一点点变成了正常细胞。而且，从外部细胞的端粒检测看，细胞的寿命发生了显著逆转，就像是恶性肿瘤变成了补给站。我们还从未见过这种现象。”

灵。那就是灵所在的位置。

“遗憾的是，尽管受到控制，肿瘤仍然会继续生长，只是速度比我们预想的慢了很多。如果不摘除，或早或晚……”

“谢谢。”秀芳起身，“我想我不需要再听了。”

回家路上，她意识到自己松了一口气。不需要向梅子和丫头通报自己身体有疾，实在是一件好事。“人固有一死，”秀芳想，“而我活了这一辈子，已经见过太多的死亡了，至少，我现在还有能力安顿好一切。我还有时间。”

抱着这个念头，秀芳在市场上买了鱼丸和肉糕，打算回家做一碗黄陂三合给丫头尝尝鲜。既然梅子喜欢，丫头估计也不会觉得差。然而一进家门，她便察觉到了不对劲。

秀芳扔下手上的购物包，三步并作两步冲至阳台。

阁楼门是开着的。丫头上去了。

那天之后，秀芳三天都没跟丫头说一句话。

在一切都还没有发生的时候，秀芳是个开朗活泼的姑娘，不会惧怕任何人，或者任何事，口若悬河，滔滔不绝。但当那些重要的人一个个从她的生命中离去，尤其是梅子的爸爸出事后，秀芳一点点陷入了某种古怪的循环。她想要改善与梅子的关系，却力不从心。与此同时，掩藏自己的身份也愈加困难。

梅子搬出去后，秀芳渐渐封闭起来，少言寡语。然而现在，她觉得自己必须要说点什么。

给绿头鸭倒好茶水，秀芳去了客卧。一推门，她便看见丫头坐在床上盯着手机，眼睛眨也不眨，偶尔滑动手指，屏幕上的画面便不断跳动，像是有生命似的。秀芳好奇那上面到底在显示什么，便凑近了些。结果丫头敏感地一缩，反倒吓了她一跳，把打好的腹稿都忘光了。

“看东西呢？”

“嗯……是电影。《哈利·波特》。你看过吗？”

秀芳摇摇头，坐在丫头身边。手机屏幕上，戴眼镜的少年挥动魔杖，将羽毛悬在半空。

“就这？我也会。”

“真的吗？”丫头眼睛一亮，“外婆，你教我好不好？”

“教你？”秀芳困惑地说，“那有什么好教的……”

“我想当巫婆啊！就像他们一样……外婆你会预言吗？”

“我……我以前会……”

“那现在呢？现在为什么不会了？”

焦虑和不安暗自涌动。“别胡闹了。预言、巫术，那一点也不好玩。”秀芳的视线落回手机，注意力却并没有放在上面，“以前，我们想要打电话，得去里弄有钱人家里借着用，还得跟接线员说，转哪个号码才行。那时候电话费贵得很，又怕打扰人家，不敢多说几句话就挂了，哪像现在似的，都可以当电视看，当那什么电脑用。”

“可是，巫术很厉害啊！”丫头很不服气。

“厉害什么？巫术可变不出这个哈利·波特，也变不出钱来。很久以前，没有这些科技的时候，人家还会尊敬你，觉得你了不起，有能耐。可现在呢？医院里，一台机器就能看出过去没有的病。巫术……我已经过时了。你想学巫术？手机，科技，才是真正的巫术。”

丫头低头想了想：“那……巫术会不会也是科技呢？只是我们都不知道？也许以后科技更发达了，我们搞清楚了巫术的原理，人人都可以使用巫术呢？就像是用手机一样？”

太像了……秀芳不自觉地站起身，眼中的丫头竟有些恍惚，就像是几十年前的那个女孩。

“怎么了？外婆？”

“没……没什么……”秀芳在心里答道，我只不过想到了你的姨婆。

一切都是从1930年走下坡路的。那一年，武汉大洪水，全城被淹，死伤失踪者不计其数。

秀芳的母亲也是其中之一。

那天江水已经淹到了两层楼，父亲推着木船将她们从阳台上接走，本来他们是可以安全撤离的，可是浪头实在太大……在秀芳的记忆中，母亲只是冲她笑了一下，下一秒便消失在浑浊的江水之中。水面上尽是断枝残叶、窗棂门板，以及肮脏的衣服。什么也看不到，什么也找不回来。

之后，秀香便与秀芳划清了界限，才五岁的她视姐姐为仇人。秀芳没有任何抵抗，每天任其痛打责骂。因为她知道，秀香是对的。母亲的死与自己脱不了关系。

十岁那年的春天，秀芳经历了自己的第一次预言。汹涌而至的预言中，她看到了很多画面，其中就有武汉大水和母亲之死。秀芳吓坏了，她不知道如何是好，也不知道该向谁请求帮助，更不敢告知父亲。万般无奈之下，她把预言悄悄告诉了秀香。

秀香得知后十分惊恐。她迫不及待地想要警醒母亲，却被秀芳拦住了。她对妹妹说，一方面，她并不确定这究竟是预言还是白日噩梦；另一方面，即便那真的是预言，谁能知道发生在什么时候？

“等我搞清楚再告诉他们也不迟。”秀芳这样劝道。秀香答应了，而秀芳也尽了自己的全力。

可是，她失败了。毕竟，当时的她只有十岁。

“是你！”秀芳还记得妹妹满脸通红地指着自己，反复大叫着，“是你害死了妈妈！”

站在一旁的父亲却平静异常，仿佛早已知晓。

一星期后，父亲带着秀芳和秀香去了木兰山。山路尽头的道观门前，站着的是当年那位为母亲看病的巫士，秀芳的第一个师父。

“随我来吧。我会教你。”师父伸出手。

“我还有别的选择吗？”秀芳看着师父，心里却早已知道答案。

走进道观的那一刻，秀芳回头望向秀香，希望她说句挽留的话。但是她什么也没说。秀香瞪着双眼，以口型吐出秀芳终生难忘的三个字。

“我恨你。”

之后七年，秀芳一直跟随师父在木兰山隐居。她学得很快。初上山时，她连什么是灵都搞不清楚，没过多久，就已经可以学习制作最基本的变形法器了。师父对秀芳的进步很满意，允许她每隔几个月就回家探望一次。秀芳依言照做，但再也没和秀香说过一句话。这不仅是因为两人芥蒂未消，更是因为父亲把秀香送进了女子学校。学校是全封闭的，每旬只放一天假。或许是有意而为，秀芳几乎从未与秀香相逢。

秀芳以为这样的生活会一直持续下去，然而世界的局势正一点点地恶化。第七年的时候，敌军控制了东北，战争气氛越来越重。一次预言练习中，秀芳清晰地看到师父被日本兵杀害，吓得尖叫不已。师父得知后却没有任何表示，只是告知秀芳下山回家，自己即将动身前往北方。秀芳不明所以，反问师父为何明知会死，仍要北上。

师父沉思片刻，开口回答道：“往生返前尘，去路即归途。预言之所以为预言，就是因为它已经发生。预言属于未来，而未来在我们巫士眼中，应当视作与过去一样的历史。预言要我抗日，我必应抗日。否则，预言不是预言，巫术不是巫术。我，也不再是我。”

秀芳知道无法挽留，只好独自回到武汉。到家的时候，父亲惊喜万分，得知师父的选择后又沉默不语。几天后，秀香回家，秀芳与她长谈了一夜，希望能够破除隔阂，重归旧好，但是没有奏效。

端午那天，父亲在餐桌上宣布了一件事情。因为工作关系，他结交了武汉大学的一位教授，对方愿意提供求学机会。秀芳很想答应下来，可是父亲告诉她，如果她去读书，那么就要做一个正常、普通的女儿，放弃巫术。

秀芳拒绝了。她做不到。

不久，武大搬往乐山，这唯一的机会也随之离去了。之后岁月里，秀芳不止一次问过自己，如果当时真的答应了，生活会变成什么模样？可是，怎么会有那样的如果？就像师父说的，“去路即归途”。

1938年秋天，敌军对武汉进行了第一轮轰炸。

之后，秀芳便踏上了漫长的归途。

秀芳决定赌一把。

她不清楚究竟是什么促使自己做出了这个决定，也许是为了丫头，也许是为了弥补从前的过失……总之，她去了东湖。

当年下山，师父留下了两件东西给她，一是卷轴，一是木匣。卷轴很小，不到巴掌长，展开后只有一句话：“万法之所，东隐珞珈，三进三出，方得始终。”而木匣中，只有一把刻着“秘所”字样的古铜钥匙。秀芳最初并不理解师父的用意，以为这卷轴的话中含有某种玄妙意味，后来才领悟到其实答案非常简单——卷轴上的话是预言。而那个神秘的万法之所，就在珞珈山附近，隐秘不得见，而她此生将会不止一次出入其中。

走进武大时恰是正午，行人很少。秀芳走过熟悉的林荫道，此时分明是盛夏，抬头却见到如雨般飘落的漫天樱花。是幻觉？回忆？还是预言？一时间她分不清楚，脑海中不自觉地想起初见梅子爸爸的往事。他是多么好的人啊，明明知道自己是个潦倒怪异的女人，却还是伸出了援手。

一对情侣擦身而过，眼前的樱花尽数消解，化为难耐的热风。

苦涩将短暂的甜蜜冲破，紧紧摄住秀芳的喉咙，令她心中一震，差点又昏厥过去。秀芳扶住墙根，运灵上涌才觉得好了一些。也许一个人来不是个好主意。可是……

秀芳定了定神。为了完成玉如意，她必须走下去。

穿过武大校园，沿着岸边走上大约半个小时，秀芳便来到了湖心长堤。这里的游客比武大还要少，算是好事。她自口袋中取出一小瓶银色粉末，用小指挑出，将灵覆盖在上面后，点指泼开。霎时，湖面起了浓雾，水汽包裹方圆近千米，浓稠得连两个迎面相撞的人都看不清对方的面目。

接着，她走上湖面。

秀芳第一次发现万法之所是1938年的春天。秀芳曾一度以为那句“东隐珞珈”是比喻掩藏在林木之间，难以用肉眼找到，结果足足浪费了六个月，她才意识到它其实是一座在巫术下隐形的秘密建筑。

首次确定秘所位置时，恰逢日军展开第一轮空袭，整座武汉城无人不危，家家户户终日笼罩在死亡的阴影下。秀芳一家也不例外。当时父亲已经决定带着两人南下，投奔广州的亲戚，可秀芳怎么也不肯答应。因为她在一次预言中，清晰地看到他们三人踏上东湖，前往万法之所。秀芳相信，秘所既然蕴含万法，那里也应当能够抵御这一连串的轰炸。

秀香强烈反对。她质问秀芳怎么知道哪里绝对安全，而不会令当年母亲遇难的惨剧重演。秀芳不知道如何回答。她没有撒谎。但父亲同意了。

走到湖中央时，一只绒毛未褪的黄毛鸭出现在秀芳脚下。它抬起头，冲着秀芳“嘎嘎”叫了两声，就像其他正常的鸭子一样。但秀芳知道，自己已经接近了目的地。她轻挥手掌，将周遭雾气驱散些许。湖面上，上百只鸭子蓦然现身，围绕着不存在的方形区域缓缓游动。

秀芳闭上双眼，运灵充斥瞳孔。透过重重黑暗，一座拥有红色立柱的三层大殿突然出现在虚空之中。那就是万法之所。

当年秀芳第一次打开秘所，用的是师父赠予的钥匙。然而直到第二次的时候她才知道，这钥匙也是唯一安全进出万法之所的办法。这让她付出了残忍的代价。

不过，这也给了秀芳足够强的动力，去找出另一条路。

《未来之书》中说："珞珈东湖，万法之所，屹立千古，非飞禽走兽不可触。"

秀芳在鸭群前站定，自口袋里摸出一张护身符。多年前，她曾制备了同样功效的护身符给梅子，只是那时她没想到，有一天会用在自己身上。

秀芳深吸一口气，运灵而上。

下一个瞬间，她便化身成了一只油光顺滑的白毛鸭。

和秘所的防御性巫术不同，秀芳的护身符充其量只是障眼法，即施法目标并非真正地变成了动物，只是令周遭万物以为她是那种动物而已。障眼法的时间有长有短，一般不会超过十分钟。而十分钟对秀芳来说，已经足够。

她拍拍翅膀，一个猛子扎入湖中。清凉的湖水自腹下滑过，一阵惬意沿着神经末梢直达大脑，令她几乎忘了此行的目的，只想和身边的伙伴一同玩耍嬉戏。

紧接着，她看到了那个洞。

透明的水体中，一片圆形区域缓缓闪烁波动，像是夜空中闪烁的群星。秀芳拨动翅膀，在水中划出微妙的U形，直冲其上。

"扑通"一声，她站在了干燥的地板上，眼前就是万法之所。

空洞的走廊看不到尽头，昏黄烛光下，红色的地毯看起来就像干涸的血。秀芳知道这不过是秘所的又一个障眼法，五十米，最多一百米，她便能抵达走廊尽头。攀至上层，就是安置异兽的后殿。那只世界上最后的九头鸟，一定站在那里。

然而穿过这条走廊并不容易。秀芳才化回人性，眼前的景象便剧烈晃动，如黏稠的乳酪一般扭曲颤抖。坚定点！秀芳提醒自己，必须冲破虚妄，才能抵达……

“秀芳？”熟悉的声音在耳边响起。她转身，眼前的母亲身穿白衣，如同仙灵般站在船上，“真的是你吗？”

秀芳低下头，发现身体变回了十岁的模样。方才的感觉又回来了。这是记忆？还是预言？或者，我其实才是预言的一部分？我才是虚妄？

风雨大作，走廊消失不见，剩下浑浊的滔滔江水和漫至天际的乌云。母亲对她伸出双手，秀芳想要抓住，却惊恐地看见因长时间浸泡而浮肿的手指。母亲张开嘴，腥臭的水自她口中止不住地涌出。

“你为什么不告诉我……”

“我对你很失望。”师父站在一旁说道。

秀芳恐惧地扭过头，只见空旷的草原上，师父双手向后，被捆在立柱上，腹部已被切开，外露的伤口却看不到内脏。

“我提醒过你……你会失去一切……”

“不……我不会……”秀芳喃喃地说，“我要让我的姑娘……”

“太晚了……三次，你会三次失去珍惜挚爱……”

“不……不会的！”秀芳朝师父的方向跑去，但还没接近分毫，师父脖子一歪，人头滚落在地。他的眼睛瞪视秀芳，瞳仁中那深沉的黑，对准秀芳迎面而来，刹那间便将她吞噬。

秀芳站在一无所有的黑色空间，什么都看不见、听不见。

我在哪儿？我要做什么？

“秀芳？你怎么在这儿？”许久后，父亲的声音在她耳边悄然而起。

不！

海量的灵自秀芳体内喷薄而出，将周围幻象同时驱散。无数如同蚂蚁般的黑色魍魉四散奔逃，钻入那不存在的缝隙之中。《未来之书》中说：“魍魉之虫，善欺善骗，制虚相以吓人，以噩梦为食。”

不过，那真的只是虚相吗？

秀芳收灵定神，发现自己已经离开走廊，进入后殿之中。

在笼中沉睡的九头鸟，近在咫尺。

“你来了。”秀香的声音在她背后炸响。

不需要回头，秀芳也知道那是她的妹妹本人，真正的秀香。

秀芳心里清楚她是来做什么的。但如果此时应声，便中了圈套。秀芳屏息凝神，向前踏出一步。

刹那之间，一股劲风如同海浪般扑面而来，直直地砸在秀芳的身上。秀芳不得不把酸疼的腰再弯下去些，才没有被风卷走。她向那只九头鸟伸手探去，九头鸟却已经不在鸟笼之中，取而代之的是一枚小小的符咒，桃花花瓣紧贴正中。

糟了，中计了！

秀芳急忙将手抽回，然而指尖已经与那桃花符接触。一股强大的灵击穿符咒，如同千斤重物压在秀芳身上。秀芳顿时站立不稳，跪倒在地。

一双朴素的布鞋出现在眼前。

“好久不见。”秀香注视着秀芳，“你老了。”

“你也长大了不少。”秀芳说的是实话。眼前的秀香已经不是当年的十二岁少女，完全长成了大姑娘。尽管身为姐妹，看上去却似祖孙。

“别说废话了。”秀香蹲下来，饶有兴趣地看着秀芳，仿佛她是被陷阱捕住的动物，“你来这里，是找它的吧。”

秀香伸出手，掌心中是一颗银色的蛋。秀芳看着它表面覆盖的蓝色条纹，心里想的竟非如何逃脱，而是这蛋孵出的九头鸟一定很好看。

“你怎么……”

“怎么会用你们巫士的东西？”秀香将蛋重新藏至身后，“万法之所的时间是非线性的。你很清楚。这里既是流动的、又是静止的，既是向前的、又是向后的，既是有限的，又是无穷的。就像你们的预言一样。你在外面待了多少时间？八十年？这对我来说，可是几个世纪。我读过了这里所有的书籍，了解了所有珍奇异兽的名字，我甚至学会了大篆。你知道那有多么难写吗……”

“但你仍然不是一个巫士。”秀芳讽刺地说。

秀香脸色沉了下来，对着秀芳连扇两巴掌。秀芳闷哼两声，没有任何反抗。不仅因为那桃花符仍在手上，也是因为她觉得自己应得如此。

“发泄完了？”身上的重量难卸，秀芳只能咬牙硬撑，“我只想要那颗蛋。”

“为什么？”秀香脸上露出一丝好奇的神色，“我想想，九头鸟，稀世之珍。有护灵芝效，可施百年之术……玉如意。为了谁？你有孩子了？还是孙子？”

“所以你能把我放开了吗……”

“为什么！”秀香突然怒吼道，“为什么无辜的人要遭受厄运，有责任的人却视而不见，逃到山里隐居？你……你师父……你们有能力改变我们的世界！为什么？你还……不，不可能！至少，你不会得到所有的东西。你不会得到秘所！这是我的！秘所是我的！”

“胡说八道！万法之所乃是历代巫士至圣之地，你根本没有巫士血脉，有什么资格！”

“资格？你跟我讲资格？我是你亲妹妹，凭什么你有我却没有？就算你有血脉，又能怎样？我说过，我一定会搞懂你们这所谓的巫术、预言。我一定会找到救回爸爸妈妈的办法……”

“巫术能做很多事情，但唯一无法改变的，就是时间。”秀芳打断道。她还是没有变，“放弃吧，妹妹……”

“你不配叫我妹妹！”秀香站起身，眼神忽然凌厉起来，“我要你偿命。”

“秀香，你冷静地想一想行不行？洪水那年，我不比你大多少……”

“不！我说的是父亲！是你亲手杀死了他！”听到这句话，秀芳仿佛被锤子狠狠地敲了一下。看到她的表情，秀香立刻明白了，“是失忆术。你对自己用了。”

“我……我不知道……”

“没关系，我有办法。”秀香转过身，从一大排架子上取下晒干的草叶，“失忆术只是切断了记忆与意识的联系。但只要用猫须草……”

“不，不要……”

秀香举起一把锐利的短刀，在秀芳面前将猫须草剁成指甲大小的短末。浓郁的香气瞬间窜出，钻进秀芳的鼻腔。体内的灵如同遭遇狂风巨浪的小船，随时都有颠覆的危险。秀芳铆足力气打倒秀香，手上被刀刃划出一道巴掌长的伤口，鲜血立刻涌出。

与此同时，灵爆发了。

无穷的力量瞬间从秀芳体内迸发而出，不仅击飞了她身上的桃花符，而且将万法之所里的巫术禁制一并冲破。灵与灵旋转聚合，如同一眼喷泉直贯云霄。

“你这个笨蛋……”秀芳喃喃地说。猫须草与玉露茶同根同源，但威力远甚其上。玉露茶只能激发预言，而猫须草却能扰乱巫士的心灵，将周遭万物拉入其回忆之中。

“快来啊！父亲！”一个女孩哭喊着。那是少女时候的秀芳。

她的面前已不再是神圣的万法之所，而是1938年的东湖湖岸。天空被大片的乌云覆盖，看不见的轰炸机由远到近，发出令人恐惧的叫喊。年少的秀香站在阴沉的湖面上瑟瑟发抖，手中的钥匙没入秘所墙中。曾经的铆钉木门、飞檐屋瓦正逐渐坍塌瓦解，化作透明的碎屑。她被困住了，她需要帮助。年少的秀芳却站在她对面的泥泞的湖岸，恳求着父亲不要上前。

“秀芳！你必须得送我过去！”

“为什么……”两个秀芳同时发问。

“她是你妹妹！你不去！我去！”父亲喊道。年少的秀芳仍然不愿放弃。她抓住父亲的手，欲言又止。父亲渐渐露出恍然大悟的表情：“告诉我，在你那些预言里，我成功了吗？”

年少的秀芳看了一眼妹妹，轻声念着：“别去……”可是如今老迈的秀芳却轻声叹道，“没有。”

父亲摸摸她的头，仿佛早已有所预料。

然后，他转身冲了过去。

突然间，秀芳的身后响起怒吼。是如今长大成人的秀香。她迎面站在父亲和年少的自己之间，振臂呼喊：“不要！我求求你了！不要！”

可是，一切都已经晚了。晚了将近八十年。

父亲的幻影从她体内穿过，直奔万法之所而去。当他的手触碰到秘所的一刹那，远古的力量被瞬间唤醒，来自秘所内部的防御机制立刻反应，将灵击至父亲身上。与此同时，日军的第一架轰炸机飞抵武汉上空，炸弹正中万法之所。方才喷涌的灵回落而下，穿越这无比真实的回忆，砸在两人之间。一片蓝光之中，秀芳再次陷入恍惚之中，分不清现实与回忆，真相与虚假，万物都不确定却又无比清晰。爆炸在她们身边炸响，来自过去的恐怖一幕还是发生了，却又在灵与灵的碰撞中蒸发殆尽。

而当一切终于重新落定之时，秀芳看到秀香趴在地上，沉重的桃花符贴在她的额头，泪水早已浸满面庞。

秀芳什么都没有说。她环顾一片狼藉的四周，走到秀香身前，忍痛弯腰，用那只没受伤的手取到了世界上最后一只九头鸟的蛋。

秀香骂了一句什么，但她没有听清。秀芳倾身想要帮忙，但秀香倔强地把头别了过去，以示拒绝。

也好。至少这样她便有足够的宁静思索这一切。秀芳想，反正桃花符也不会禁锢她太久。

她将九头鸟的蛋仔细包好别在腰间，又取出一张新的平安符，转身沿着原路离开。

“等等！”动弹不得的秀香忽然问道，“你早就知道会这样，对不对？你预言到了，对不对？”

秀芳愣了片刻。

“再见，我的妹妹。”她说。

“这都是你的错！”秀香在她身后大喊道，“你原本可以阻止这一切的！你会后悔……我会让你后悔的！”

那一刹那，秀芳忽然想起了师父，想起了两人初见之时的那句话。大概，那才是她这辈子听到的第一条预言吧。秀芳默默地想，可即便如此，又能怎样？

她看向空洞的走廊，迈步前行。

丫头帮助秀芳孵出了那只九头鸟。而那天稍晚的时候，秀芳与丫头长谈了一次，关于自己的巫士……巫婆身份。尽管为了她的安全着想，秀芳刻意隐藏了一些东西。比如九头鸟、修格鱿的真实用途，或是绿头鸭的真实身份。这或许在将来会引发丫头的误会，但在那天晚上，秀芳觉得自己做得还不错。

夜里，她睡得很安稳，这是很久以来的第一次。不过凌晨1点左右的时候，秀芳忽然从睡眠中惊醒，冷汗心悸。一时间，她分辨不清自己所在何地，甚至自己的年龄究竟为何。脑海中思绪混杂，唯独秀香所说的那句话在不断回响。

这都是你的错!

这都是我的错……

秀芳靠在床头，歇了好一会儿才沉静下来。她起身，来到丫头房间门外。这个小东西，睡得真香啊。仔细看过去，她和秀香也没那么相像，反而……

真像梅子啊。

盘旋在头顶的睡意渐渐落下，但秀芳已经不想躺下了。过不了几天，玉石师傅应该就能把玉料做好吧。既然材料已经齐全，提前做点准备也未尝不可。不过在那之前，她需要提提神。

秀芳去了阳台，绕过睡在楼梯上的绿头鸭，从柜子里取出恩施玉露。泡茶花了不到十分钟，和以往一样。就在她喝完第一杯茶水的时候，久违的预言不期而至，如同初春的第一场细雨。而秀芳就怔怔地坐在那雨水之中，直至云散天晴。她抬起头，看向那想象中的天空。

那是漆黑的夜空，黎明尚未来临。

久别重逢。

秀芳知道接下来将会发生什么，正如多年以前，她做出的每个预言一样。但就像师父说的那样，预言之所以为预言，就是因为它已经发生。对于秀芳、师父，以及所有曾在的巫士，预言即是在无尽的时间长廊中推开门缝，瞥上一眼。仅此而已。

除了在那一瞥中徒增伤感，而他们，又能做些什么呢？

突然间，秀芳理解了师父。也理解了秀香。然而此时此刻，并非彼时彼刻。

这种事情从来都不容易。但这世界上，又有什么事是真正容易的呢？

她放下茶杯，放下所有纷乱的思绪，独自回到了阁楼。

未来之书

（巫士们的故事）

“你怎么现在才跟我说！”梅子对秀芳吼道。

一个小时前，当她在江汉路联系秀芳的时候，完全没有料到秀芳会说出“丫头被人带走了”这种不负责任的话。

而且，她居然说，带走丫头的人，是她未曾谋面的姨婆。

梅子原本要报警，但秀芳在电话里阻止了她，并要她赶紧回家。梅子匆忙回到古田，以为秀芳已经有了应对的办法。不料一进家门，秀芳却坐在沙发上捧着一本大书，一副无关紧要的样子。

“我怎么不知道我还有个姨婆？”梅子开口问道，“她和你一样吗？也是……”

“巫士？不，她……她和你一样……”

“那打电话给她，让她把丫头送回来。”

“没那么简单啊，姑娘。”秀芳摇了摇头，放下手上的书。梅子注意到秀芳的膝盖上放着一只从未见过的玉如意。“她没有电话，就算有，我也……我跟她的关系很复杂，不是三言两语就说得清的。”

“那她住在哪儿？我去找她！”

“我觉得……你应该先看看这个。”秀芳按动遥控器。

短促的静电噪音后，屏幕上显示出一幅古怪的画面。第一眼看上去，梅子以为是电视坏了，眼前一片黑暗。但眨眼的工夫，一道绿色的光突然亮起，在屏幕中央旋转闪耀，如同曼妙的绸带。

“这是极光？”

秀芳连连摇头：“看到那边的山没有？这是东湖。”

“东……东湖？”

电视里传出解说员的声音，女主持神情紧张，显然从未见过这种现象。屏幕上的画面不仅来自于东湖，而且就发生于当下。梅子连忙跑去阳台拉开窗帘，夜空中，就在东湖的方向，蓝色、紫色、绿色、粉色……一道又一道霞光摇摆游荡，如同扭曲的烟火频频绽放。

“这到底是怎么回事？”梅子困惑不解。

“那里是秘所，万法之所，巫士的圣地。你的姨婆，就是把丫头带去了那里。”

“你刚才还说她不是巫婆……巫士！”

“我也说了，关系很复杂……”秀芳起身，轻挥双手。绿头鸭立刻心领神会，钻到卧室床下叼出了一个小挎包。秀芳收好《未来之书》，将挎包背好，“我们走吧，时间不早了。”

“这到底是怎么回事！”梅子觉得秀芳有些荒唐，“妈，回答我。”

“如果我回答你，你就会完全听我的话吗？”

“如果可以找回丫头，要我做什么都可以。”

“好。”秀芳点点头，“她带走丫头，是因为我。”

“妈……你究竟做了什么？”

秀芳将绿头鸭抱在怀里，随手抓起桌子上的玉如意。

“叫车吧，在路上我会告诉你的。”

根据秀芳的推测，在她带走九头鸟的蛋后，秀香摆脱了桃花符。通过保存在万法之所中的水司南，秀香沿着秀芳留下的踪迹一路尾随，趁她不在家，带走了丫头，并留下便条，要求她带着九头鸟回到秘所。

然而由于内部保存了大量灵，万法之所其实保持着相当脆弱的平衡，必须依赖缓冲器才能稳定形态。缓冲器既可以是锁与钥匙，也可以是一个人。当年秀芳为了确保秀香在大轰炸中幸存下来，从外面锁住了秘所，却也间接破坏了原本的缓冲器。这样一来，秘所的全部力量就都压在了秀香身上。

秀芳花了很多年时间翻阅《未来之书》，才从批注中的只言片语推断出另一个入口的存在，并找到了制作新缓冲器的办法。然而当她潜入万法之所，并意外释放了海量的灵后，秘所本就岌岌可危的平衡在这冲击之下被进一步破坏。原本，如果秀香留在里面，秘所或许还能坚持到秀芳回来。但当她在复仇的怒火中离开万法之所时，其内部的平衡被瞬间打破。这令那里变成了一颗定时炸弹，而那貌似极光的霞光，只代表着一件事。

秘所即将崩溃。

出租车下了高架之后就走不动了，明明是深夜，街上却堵得满满当当。武汉三镇似乎都苏醒了，人们纷纷前往东湖目睹这无法解释的难得胜景。一条又一条光束射向天空，宛若节日里的彩条喷泉。

梅子顺着人流挤到湖岸南路，宽广的湖面尽收眼底。夜色下，那些五彩的光束正是从湖心莫名生发出来的。直升机的声音在附近盘旋，梅子抬头，看见白色的探照灯自半空中直射而下。光束的源头，除了摇曳的水汽，什么都没有。

“别看了，跟我来。”怀抱绿头鸭的秀芳拉住梅子走远了一些，“我们得想办法进去。”

“为什么你要这么做？”梅子突然问，“玉如意？”

秀芳呆立原地，似乎陷入沉重的回忆。“作为一个巫士，最重要的能力就是预言。通过灵的引导探索时空的裂隙，在碎片中拼凑未来的景象，并把它等同于过去的经历一般真实。”秀芳停顿片刻，抿了抿嘴唇，“一直以来，我都依靠预言生活，所有我所做的一切……你那个男孩，张锋芒……是预言告诉了我该怎么做。而从几年前开始……你不会知道一个人突然看不到未来的模样，心里有多么惴惴不安、多么恐慌、手足无措……”

“我知道。”梅子打断道，“那就是我们的生活。普通人的生活。”

“梅子……”

“你不需要多说什么，再说了，那又不是我想问的东西。不，也不是那个家伙。他就是个渣男……”

“我也这么觉得。”

“妈……”梅子叹了口气，“我想问的是，为什么你要那样对待我的小姨？还有我的外公、外婆？小姨说的难道不对吗？你看到了预言，为什么不能阻止它？”

绿头鸭“嘎嘎”叫了两声，秀芳把它放到地上。看着它跳进草丛撒欢地跑，秀芳眼神飘忽。

“你还记得小时候，曾经和几个男伢打架吗？”

“记得，今天才想起来的。”

“当年我抹去了你的记忆。我知道你想说什么，我没有权力这么做，记忆是你的，经历也是你的……但是，你现在也是妈妈了，如果丫头的老师说，她必须用功读书才能有出路，你会因为丫头自己不愿意读书而放任她吗？”

“这不一样……”

“对我来说，没什么不一样。我的师父曾说，预言之所以为预言，正是因为我们不能改变。你我的生命，甚至整个世界都是一本已经写就的书。而那书上的文字是不容篡改的。很久之前我试过一次，结果失去了你的父亲，以及预言的能力……”秀芳从包裹里取出两张符咒，将其中之一递给梅子，“接下来你会发现自己发生变化，但不要担心，跟着我，一切都不会有危险。”

“因为你在预言里都看见了，对吗？”

“走吧……”秀芳挥手唤来绿头鸭，“水落自会石出。”

“你知道吗？小姨说得没错。”梅子看着手上的符咒，“我外公、外婆的死，确实是你的责任。”

“我知道。”

出水化回人形的那一瞬间，梅子趴在地上吐了半天。东湖的水冰冷腥臭，硬往喉咙里钻。她起身，想要寻找秀芳的踪迹，却注意到眼前竟十分熟悉。

巷口。梅子身处往日的里巷之中。

“嘎嘎。”绿头鸭在她身后叫了一声。梅子回头，看到方才出水的洞口已经被陈旧的地砖取代了。

“妈！妈！你进来了吗？”梅子着急地扑在地上拍打，然而除了疼得火辣的手指，什么都没有留下。“你知道这是怎么回事吗？”梅子转头问绿头鸭。然而鸭子只是摇摆翅膀，一副无所谓的样子。

对啊，它不过是只鸭子而已，也不会说人话，我真是蠢到家了……

孩童的嬉笑声忽然传来，带着陈旧的气息。梅子莫名觉得熟悉，仿佛曾经在哪儿听过。她抱着绿头鸭，好奇地凑近张望，却发现巷子外是一片硕大的广场。五个近十米高的巨人发出银铃般的笑声，奔跑，不断抛接一颗陈旧的网球。那网球比梅子的脑袋还要大不少。

是他们……梅子忽然认了出来。

其中一名巨人似乎听到了梅子的心声，高声叫着："是她！是巫婆子的闺女！"

另一个则喊道："踩死她！"

巨人们争先恐后地朝梅子冲来，梅子惊得扭头就跑。她逃回小巷，希望能够堵住巨人的身体，巨人们却不费吹灰之力地将两旁的楼房推开，仿佛那是纸糊的一样。

梅子不管不顾地闷头直冲，脚下却突然一滑，差点扑倒在地。原来不知何时，地砖变成了光滑的大理石。抬头再看，她已站在一所学校的走廊之中。

那不仅仅是简单的学校，而是她的母校。

巨人们仍在楼外徘徊，硕大的眼睛发出探照灯似的光芒，透过窗户扫视每一间教室。梅子俯身躲在教室门外的储物柜后，小心翼翼地张望。教室里书声琅琅，应该是在上语文课。梅子朝讲桌看去，却发现那上面站着的是英子。

教室里满满坐着的，也是英子。

梅子张皇奔跑，短短的走廊却怎么也跑不到尽头。无论经过多少间教室，里面都是无尽的英子、英子、英子……

"嘎！"绿头鸭不合时宜地叫了一声。

所有教室齐刷刷地打开了门。巨人们将视线聚集在梅子身上，如同舞台上的灯光一样。

"巫婆子的闺女巫婆子的闺女巫婆子的闺女巫婆子的闺女滚出去滚出

去滚出去滚出去……”

梅子抱住头，脆弱地蹲在地上，试图逃避眼前的梦魇……

“还击啊！傻瓜！”秀芳的声音忽然在她耳畔炸响，“你已经赢了！怕什么！”

一股从未体验过的感觉在梅子体内涌动，尽管不知道发生了什么，甚至不知道秀芳人在何处，梅子却清晰地认识到，秀芳说的是对的。

巨人举起汽车一般大的拳头，狠狠砸进教学楼，砖石混杂着粉尘扑向梅子，与此同时，无穷无尽的英子高声尖叫，如波涛般汹涌而至。

“够了！”梅子紧紧抱住绿头鸭，瞪视四周。

如同一道射线扫过，巨大的拳头化为一堆簇拥着的气球飘向天空，教学楼急剧向后退去，遁入天际。而英子们纷纷变成了雪白的羽毛，在空中打着旋，从梅子头顶钻入看不见的深空。

刹那间，梅子站在漆黑的空间，仿佛在宇宙间漂浮。渐渐地，眼前渐渐亮起群星，聚拢成绵延的长毯。

“我们继续往前走吗？”梅子问绿头鸭。鸭子似懂非懂地点了点头。

秀芳告诉她，眼前所知所见皆为幻象。幻象共有三层，分别对应“往昔”“今朝”“明日”。虽为幻象，它们却是万法之所的建造者为了保护其不受打扰而设置的巫术，三重障碍，三重法门。与那魍魉虫偷窃意识碎片制造出的虚相不同，每一道幻象都深入闯入者的意识底层，因人不同而自动摄取恐惧的所在，目的便是为了令其头晕智昏，在幻象中迷失，最终无法逃脱。而讽刺的是，有很多人希望如此。

“怎么会有人想要留在噩梦里面？”梅子抓着鸭子的尾巴，向前飘行。

“因为噩梦与美梦，差距只有一线，就像是一张膜的两面。你希望什么，便恐惧什么。”秀芳回应道，“原本这三重幻象布置在秘所的正门，但我上次进来的时候，幻象的力量已经扩散开来，如今的危险更是不容小视……”

“这是不是意味着，万法之所正在崩塌？”

秀芳没有回答。与此同时，空荡荡的黑暗中似乎又起了变化。绿头鸭甩开梅子，张开翅膀扑腾几下，竟然翱翔起来。随着气流的卷动，梅子脚下的星毯也随之散开，带着她一并旋转飞舞。

“梅子，有些话我想要对你说。”秀芳忽然在虚空中念道，“关于那个张锋芒……我其实……”

“你在预言中看到了，对吧？”

秀芳沉默了很长时间，长到梅子以为秀芳又陷入了新的幻象。然后，她承认了。

当年梅子对她第一次提到张锋芒，秀芳就在玉露茶中预见了未来的一切。她在那散乱的时间碎片中看到了梅子的隐忍与煎熬，还看到了那注定到来的结局。几年里所发生的点点滴滴，都在秀芳的眼中一闪而过。她明白，他们不会有好结果。

“我不明白……”梅子困惑地看着群星聚拢成鸭子的模样，飘游飞翔，“你不是说，预言必须实现，才能称之为预言吗？那为什么还要阻止我们？”

“因为……因为我爱你啊……”秀芳淡淡地说。

梅子心中荡起一汪涟漪，差点从星毯上翻落下去，“不可能。你一定是在说谎……”

“这是什么话？你觉得我从来就没有爱过你？”

“不是，但……”那怎么可能呢？梅子心里知道，无论如何，自己在秀芳的心中一定有着重要位置。“我不确定你做出这一切究竟是不是因为爱。你遵循预言生活，你说生命是一本书，可如果真的是这样，那我怎么知道你的所作所为是出于自己的意愿？还是依照既定的命运执行虚假的选择？你看到过发生在我和张锋芒之间的事……你也看到了那个家伙，对吧？这就是你送我护身符的原因？但也许，是因为你做了护身符，他才会做出了那种事。也许……你才是导致我过上如此生活的罪魁祸首……”

秀芳一直没有回答。两人之间的联系似乎中断了。梅子独自飘荡，直到看见绿头鸭一头撞上不存在的东西，她才翩翩落地。一片漆黑之中，是一扇同样漆黑的门。梅子在门上摸了个遍，却没有开关与把手。

“知道吗？我的人生早在五岁那年就被确定下来。”秀芳的声音在梅子耳边喃喃道，“那一年，我师父对我做了预言，从那以后，我的每一年、每一天，甚至每一个小时，都存在于一个个预言之中。我明白你提的问题，自由选择的能力……我的师父预见了自己的命运，但北上抗敌是出自他自己的决定。是他选择了慷慨就死，而非预言。他可以放弃预言的能力，成为普通人逃去广州、香港，但他没有。这究竟是勇敢还是愚蠢？还是兼而有之？是啊，为什么不能兼而有之呢？为什么我不能既爱着你，又被那命运紧紧束缚，而无能为力呢？如果说，爱只属于拥有自由的人，那么我确信的是，此时此刻，我是自由的。”

“妈……”

梅子面前的门忽然起了变化。点点白光沿着缝隙直线向上，像是燃烧的金属一般。

“这门，你看到了吗？它后面……”

“是第二重法门。”秀芳告诉梅子，“你会过去的。”

“可是……”梅子犹豫片刻，方才开口问道，“你在哪儿？”

白光连接成线，星毯放出万道光芒，将梅子眼前尽数照亮。那扇门，开了。

“我就在你身边。”秀芳对她说。

穿过眼前的门，梅子有些迷惑。

她回到了上海。

和真实中的上海不同，此刻明明阳光大好，眼前的上海却空无一人，如同是被抛弃了一样。梅子忽然想起自己多年以前曾对张锋芒说，自己最喜欢上海的午夜，因为只有那时外面人才最少，上海才像是真正属于她似的。

她还记得，在那之后不久，张锋芒便特意为她安排了一次夜游。这大概是他为她做过最浪漫的事之一。梅子以为自己已经把这忘了，可不知怎么，幻象把它挖了出来。

四周寂静，梅子心知眼前皆不存在，却抑制不住地想要去那里看看。

绿头鸭扇扇翅膀，梅子脚下如有风，眨眼之间疾行千米之外。曾经的小店消失不见，取而代之的是一间宽敞的精品服饰店。玻璃窗上大大的白色商标，分明是她亲手画下来的样子。分毫不差。

噩梦与美梦，只有一线之差。

“妈，你还在吗？”梅子试探地问道。

空洞的街道荡起回音。没人应声。

她大概也遇到了幻象吧。梅子心想，随即推门而入。

令她惊讶的是，收银台后坐着的竟是张锋芒。见到梅子，他咧开熟悉的嘴角，起身像是想要拥抱。

真是可笑。

梅子刚刚这么想，眼前的张锋芒便爆炸了。他的身体散成红色的雾，却又化作无数只鸭子。鸭子四散涌去，将封闭的墙壁推翻，像是电影布景一样。这一次，梅子置身于茫茫无垠的白色空间。

等等……一个念头忽然浮现。她低下头，看着一脸无知的鸭子，像是意识到了什么。

化身变形。

她抬头，看见秀芳正在不远处朝自己招手。

“这究竟是怎么回事？”梅子快步上前质问道，“妈，有件事我必须要知道！”

“你说吧。”秀芳面带微笑，像是橱窗里的塑料假人。

“绿头鸭，其实是我爸爸，对吧？”

秀芳纹丝未动，就连表情也没有变化。

随后，她点下手指，世界再次改变。

梅子最初以为自己被赶出了秘所，因为眼前就是珞珈山。但很快她便意识到，这并不是她所熟悉的珞珈山，而是许久之前，她从未见过的珞珈山。

两个人从她身边走过，如同幽灵一般虚幻。梅子惊讶地转头，发觉那是年轻的秀芳，以及一个英俊的中年男人。她慌乱地迈开脚步，却只能勉强追上。秀芳抬手施法，将湖面冻结成冰，中年男人和她双双走上冰面，梅子一抬脚，却跌进了湖水之中。

“接下来的一切，都是未知的了。”秀芳对男人说。

冰冷的水钻进梅子的五脏六腑，肌肉几近冻僵。她挥手想要抓住绿头鸭，却只拽下一撮毛来。不……不能这样……我必须……

梅子挣扎地抬头，看到万法之所在巫术下再次现身。站在长满青苔的木门前，秀芳取出一道符咒，口中念念有词。符咒腾起一道火焰蹿向秘所。轰隆声立刻响起，木门向两侧张开。中年男人和秀芳对视一眼，神色兴奋，朝秘所走去。

绿头鸭哀叫一声，第一次露出悲伤的神情。

梅子转身，从那眼神中看到了熟悉的东西，却也因此错过了重要的瞬间。

一道蓝光闪过，将木门彻底击毁。秀芳大惊失色，身形渐渐模糊。回忆，抑或世界再次坍塌。梅子慌乱地拨开不存在的碎片，想要看到那掩藏在木门下的男人究竟命运如何。然而，她只看到了一只鞋，一双袜子，还有那散落的黄色绒毛。

是你……真的是你……

她回过头，看见秀芳仍在白色之中注视着自己，眼神若狡黠。

没来由地，梅子心中燃起熊熊怒火。她抓起绿头鸭，疯了一般朝秀芳扑去。

接着，她跌倒在地。

“终于见面了，梅子。”一个女人说。

梅子站起身，发现自己置身于一间古朴的厅堂，两旁的花瓶里插着模样古怪、叫不上名的植物，一只像是小猫却长着蝎尾刺的动物喵喵叫了两声，蹲在角落里盯着绿头鸭。绿头鸭似乎很害怕，直往梅子怀里钻。

“你就是秀香。”梅子说。和她想象的不同，坐在厅堂正中的秀香看起来和自己年纪差不了多少。也许是时间的作用，就像秀芳说的那样。

“我女儿呢？”

“别着急，你会见到她的。不过我要先恭喜你来到这里。并不是所有人都能够闯过幻象。”

“你什么意思？”

秀香拍拍手，一间笼子立刻出现在她们之间。狭小的床榻上，秀芳紧闭双眼，似乎正忍受着极大的痛苦。

“妈！”梅子冲动地上前，还未接触到笼子就被电了一下，“你把她怎么了？”

“我什么都没有做。是万法之所、巫术……这都是她自找的。”秀香站起身。就在朝梅子走来的时候，她似乎衰老了好几岁，“让我好好看看你……”

“走开！”梅子向一旁闪躲，忽然抓住花瓶就地打碎。那只猫似的动物怪叫一声，弓背警惕地瞪视过来。梅子捡起花瓶碎片，当作刀子一般指着秀香，“你别过来！”

秀香摇摇头，再次拍手。这一次，自厅堂侧门里走出了丫头。

“丫头！你没事吧！”梅子赶紧上前一把抱住，从头到脚摸了个遍。“那个女人有没有欺负你？我发誓……你这是要做什么？”梅子看见秀香拿出样式古怪的金属长杆，如长矛似的刺探秀芳。

“你们可以走了。我想要的只是她。”秀香轻笑一声，“这么多年，我终于可以……”

“我会把她带走。不管你要做什么，我都会把她带走。”

“真的？哪怕你看到了刚才所发生的一切？”秀香好奇地看向她的眼睛，“你应该知道，这辈子没见过自己的父亲、没有和其他孩子一样拥有完整的家庭……正常的家庭！都是因为她，对吧？”

“那又怎样？”

“你难道就不想要纠正错误、挽回遗憾吗？我以为在所有人之中，只有你最理解我……毕竟，我们是与巫士、巫婆最亲密相伴的人。”

“妈妈……我们走吧。”丫头不合时宜地劝道。

“等一等……”梅子安抚道。不知为什么，她觉得有点不对劲，“你到底想说什么？”

“你我的生活之所以沦落至此，完全在于秀芳一个人的错。所以，为了弥补过错，她不配再成为巫士。我会把她体内的灵全部取出来，注入我自己的身上。这样一来……”

“她会怎么样？”梅子打断秀香的话，“取出灵，我妈她会怎么样？”

“我想你知道。”秀香狡黠一笑。

梅子牵着丫头的手不自觉地攥紧。她看了看身边的绿头鸭，又注视着昏迷不醒的秀芳。不行……她说的虽然……可是……

“或者……”秀香再次开口，“我们可以有新的选择。”

“什么选择？”

“你来成为巫士。”秀香收起长杆，颇有兴致地看向梅子，“你也一定想过这样，对吧？成为巫婆、巫士，或者任何你想称呼的人，在灵的帮助下做你任何想要做的事。金钱？事业？爱情？你想要搞定那个男人，对吧？只要调配一剂药水，易如反掌。她不能再控制你的生活了。但你可以。你可以控制你自己的生活。”

“她说得没错，妈妈。”丫头摇着梅子的手，“你一定可以成为最好的巫婆！”

“不。”梅子忽然领悟了，“这还是幻象，对吧？”

微笑的秀香瞬间变了面目，狰狞得仿佛野兽一样。丫头抓住梅子的胳膊，如石头似的死死拽住。那只怪猫大叫一声，身体膨胀数倍扑向梅子。秀香同时举起长杆，朝梅子的胸膛猛刺而来。

你来吧……我不怕你！

耀眼的霞光充斥周遭，将眼前的一切统统洗刷殆尽。

“发生什么了？”

“你通过了。”秀芳对她说。

梅子睁开眼睛，重新置身厅堂之中。丫头跌跌撞撞地跑来撞进她的怀里，无比真实。她抬头，看见秀芳正站在一张老旧的床榻前，低头看着一个人。

一个老人。

梅子牵住丫头，在绿头鸭身后走了过去。没错。她认了出来。那是秀香。这不仅是因为片刻之前才见过年轻版本的她，更是因为她的脸上有着与秀芳无法分割的相似。

“她怎么了？”

“时间到了。”秀芳安静地说，“秘所……秘所对她的影响太大了。”

“我不明白。”

“秀香她……她从来不相信巫术真的存在。”秀芳叹了口气，“她认为那不过是世界的构成之一，某种特殊的体验。总有一天，科技的发展会让人们看穿巫术的真相，灵的真相。届时，便可以用其完成那些无法做到的事，救回我们的父母，可是……时间并不如她想象的那般。”

“妈……在幻象里，你看到了什么？”

秀芳摇了摇头，似乎不愿再次提起，“那一年，她以为自己终于做好了准备。她偷走了我从师父那里得到的所有的书，还有那枚钥匙。她打开了万法之所，却不知道这会将她困在其中……父亲想要救她出来，可是……”秀芳说着说着，突然哽咽了。

“妈……我外公，还有我爸他……他们都变成了鸭子，对吗？”梅子看着绿头鸭凑到秀芳身边，轻轻蹭着，“我还以为这不过是虚假的幻术，就和那护身符一样。”

“秘所的力量比我强大得多。即便他们不是真的变成了鸭子，巫术维持的时间也远远超过正常人能够接受的长度。更何况，如今秘所已是岌岌可危，一旦崩塌，释放出去的灵将不止会波及东湖沿岸围观的无辜民众，而且会撕裂世界与世界之间的膜……如果那真的发生……”

听到这话，丫头的脸吓得惨白：“外婆，我们赶快走吧。”

“去哪儿呢？”秀芳抚摸丫头的脸庞，忧愁地一笑，“我的好丫头。我是多么希望你能拥有美好的未来啊……”

“外婆，你在说什么啊？”丫头不解地问。

“阻止万法之所崩塌的唯一方法，就是以我体内的灵固其根本。只有如此，才能将这紊乱的时空拨回正轨。”

“妈……你不能……”梅子结结巴巴地说。

“第三重幻象代表未来。”秀芳说，“我看到了未来，真正的未来。万法之所蕴藏的力量，其实只有一个——时间。预言即未来。我早该明白，今时往昔，不过也是幻觉而已。一切的一切都早已记在了书中。那本书，《未来之书》，是我找到的它，也是我写就的它。”

秀香轻声呻吟，短暂地醒了过来。她的视线在三人之间来回游移，最终又回到了秀芳身上。

“对不起。”她说。

“对不起。”秀芳将掌心按在秀香额头，轻声念了几句。秀香便又闭上了眼睛。然后，秀芳告诉梅子，时间到了。她们该走了。

“那你怎么办？你真的要留下？就没有其他的办法？”梅子忽然想起了之前的话，“如果我们出去，就再也回不来了对吧？没有你的那个符咒，你就会和秀香一样被锁在这里……”

“但你们会得救，继续生活下去。生活在一个没有巫术的世界里。会继续幸福地生活下去。”秀芳低下头，从包裹里将玉如意取了出来。“我原本以为，它的作用是祈求福愿，经历幻象之后我才明白，当初我造出它，是为了施法稳固秘所。玉如意可以延长巫术的时间，也许将来，当你们有足够能力参透无数的奥秘时，就可以重新打开秘所。而我，也会寻找回到你们身边的办法。”

“妈……”

“去吧……”秀芳摸了一下绿头鸭的脑袋，轻挥双手，“相信我，总有一天，我会回到你身边的……”

“妈！”

尾声

梅子回到了古田。与丫头和绿头鸭一起。

电视上的直播已经结束，主持人对着镜头熟练地说出一连串报道词，并循环播放着东湖上空光束消失前的画面。那是如同凤凰涅槃一般的景象。主持人告诉梅子，专家认为这是一次反常的太阳风暴所致，语气平常得仿佛什么都没发生过。

梅子坐下，习惯性地倒了一杯茶。空荡荡的茶壶却清晰地提醒着她，秀芳已经不在了。

丫头“哇”的一声哭了出来。就连绿头鸭也跳上秀芳的床单，窝在角落拼命地嗅着。梅子咬咬牙，没有让眼泪流下来。明天，明天还要接着过呢。

梅子没有想到，没过多长时间他们就已经接受了秀芳不在了的事实。等到夏天结束，丫头开学的时候，两人就已经默契地不再谈起秀芳的名字。至于绿头鸭，即便他曾经是梅子的父亲，如今也不过是一只不会说话的鸭子而已。

为了掩盖秀芳已经离开，梅子一度愁眉苦脸，但当她翻出秀芳的病例时，解决办法便自动出现了。她去了一趟秀芳曾就诊的医院找到负责的医生，对他说，秀芳以为自己仍患绝症，心理压力太大选择了投江，尸体怎么也找不到了。医生虽有疑虑，但仍安排开了死亡证明。

这一下，秀芳算是真的不在了。

三年后，梅子和王凯结了婚，两年后又离了。这并非是因为他们之间闹了什么不可调和的矛盾，用王凯的话讲，只因为梅子总是心不在焉，仿佛等待着什么发生似的，无法投入家庭生活。

当然，梅子没有承认。

古田的老房子在他们结婚的时候卖掉了。由于秀芳已经不在，先前房子里的那些古怪之处仿佛也一并丧失了。她找了施工队拆掉了算是违章建筑的阁楼，并把屋内重新装修，抹去了一切有人生活过的痕迹。而在那之前，她扔掉了所有与秀芳或巫术有关的东西。

除了那本书。

《未来之书》。

和王凯离婚后没多久，她便成为了西装店的店长，不仅空闲时间更为充裕，手上的钱也宽裕了许多。丫头小学毕业后，在她的安排下去了一家封闭式私立初中。据说那家学校毕业的学生，百分之九十九都会升入重点高中，百分之八十升入重点大学或是海外留学。梅子希望丫头也是其中之一。

不过这样一来，每天下班回家，屋里就只剩下了梅子自己和绿头鸭。

梅子尝试过很多与绿头鸭交流的方法，但自从她卖掉古田的房子，把它请到家里一起住后，鸭子就仿佛失去了灵性，好像原本属于父亲的灵魂突然消失了一样。它变成了一只普通的鸭子。长寿、聒噪、爱喝恩施玉露的普通鸭子。

梅子开始阅读那本《未来之书》。尽管对她而言，书中记载的大多数东西都不过是奇幻小说一样的天方夜谭，但她仍然把它摆在床头，翻了一遍又一遍。这不仅因为它是秀芳留下的唯一一件东西，也是因为，她在书中读到这样一句话："时空因果，皆为虚妄，可闻芬芳，重逢归乡。"

梅子把这认为是一个证明。她相信，秀芳一定会回来。毕竟巫士的衰老速度更慢，寿命比普通人更为漫长，她可以等。

时间又过去了几年，很快，丫头高中毕业了。她的成绩不错，被北京的一所高校录取。梅子很为她骄傲。学校安排的庆功大会上，王凯和张锋芒都来了。丫头说是她邀请的，梅子倒觉得多此一举，实在是无所谓。

梅子希望自己能送丫头去报到，却被婉言谢绝了。"我已经长大了。"丫头这样解释。于是，她也就没再坚持。出发前的那个晚上，梅子因为失眠久久没有睡着。她蹑手蹑脚地走到丫头房前，想要多看她几眼，却没想到，她并没有睡在床上。

丫头抱着绿头鸭，正翻着一本都快被她遗忘的老相册。她是什么时候找出来的？在卖房子之前还是之后？梅子忽然意识到，原来她对自己女儿的了解实在太少。

注意到她站在门口，丫头放下了相册。已经出落成大姑娘的她看着梅子犹豫半天，问出了这样一句话。

"妈妈，那年我小时候的经历，是真的吗？"

梅子没有回答。她不知道怎么回答。也许遗忘对此时的她，并不是一件坏事。

丫头上大学后不久，梅子发现自己开始关注科技前沿。她无法解释这究竟是为什么，大概只是冥冥之中的某种预兆。她在新闻中读到，M理论第一次在物理试验中被证明，宇宙之外的确有其他的宇宙。她也在新闻中读到，生物学家从新几内亚的一种新发现的箭蛙体内找到了一种特殊的蛋白质，其结构与时空基本结构有着高度相似，能够在某种特殊的振荡过程中储存真空能量。除了能够增加基因突变的概率，这也令箭蛙拥有与众不同的生存方式。有人认为，这项发现将彻底改写人类对能源的利用历史。

再然后，科学家第一次在人体中发现了那种蛋白质。

然而，这距离真正的巫术还很远。

丫头大三那年，绿头鸭生了一场重病。一开始梅子以为它只是偶感风寒，多保暖一段时间便会好转，可是病情很快发展到了呼吸道。短短几天，绿头鸭的身体状况就迅速下降。梅子试图带它去宠物医院，但凡是检查过它的医生都表示对此无能为力。

梅子把这消息告诉了丫头，原本没想要她回来。但丫头表示无论怎么说，这只鸭子都是陪伴她长大的家庭伙伴，怎么也要回武汉一趟，陪伴它度过生命的最后一段时光。梅子拗不过她，便同意了。

丫头回来后，绿头鸭的精神略有好转，似乎有转危为安的迹象。抱着呼吸新鲜空气的想法，她们带着它去了东湖。

如今，东湖早已旧貌换新颜，在新一轮绿化发展的投入下，湖岸的植被覆盖已经接近几千年前的模样。带着绿头鸭，梅子与丫头相互倾吐生活中的大小趣事，仿佛也回到了多年以前。

就是在这时，梅子突然看到了万法之所。

雄伟的古老建筑矗立在平静的湖面上，像是增强现实创造出来的虚拟影像，给人一种极大的不真实感。

可梅子知道，那是真实的。

她抬脚迈上湖面，尽管心里清楚那绝对承载不了自己的重量，可她还是行走在了湖水之上。

“这怎么可能……”她听见丫头在后面这样说，可她没有理会。

梅子感到心脏跳得厉害，像是要撞破胸膛。也许，她想，这就是命运的召唤。她来到了木门门外，看到身边围上了一群毛茸茸的小鸭子。梅子做了个深呼吸，冒险伸手敲了敲门。

沉重的声音响彻湖面，仿佛已绵延千年。

然后，门开了。

“好久不见。”秀芳说。

后记

感谢您阅读至此。

这些故事创作于2015年至2018年，均发表在豆瓣阅读平台上。在您合上这本书前，我希望有机会可以为它们多说几句。

在我看来，生活的本质其实与夜晚相差无几。当属于童年的夕阳退去后，乏味枯燥的日常生活便具备了漆黑的底色，为了迎来终将复返的日出，必须痛苦地等待、忍耐。在这个过程中，唯一能够给予我们慰藉的，只有那一颗颗闪亮的星。

故事，就是群星。

在某种意义上，写作如同用低倍望远镜盲目地窥探夜空。尽管相对那大片的黑，星星的光芒实在太过微小。可当它最终出现在眼前的时候，那黯淡而短暂的闪烁却足以带来充实的愉悦。于是，我们得以重新认识这片夜空，认识生活和世界。

而我，则在这寻找星星的旅途中，找到了我，并且成为我。

这本小书中的故事称不上杰出，甚至有的存在些许瑕疵。但是，创作所谓完美的故事一直都不是我所追求的本意。我只是试图捕捉那夜空中的纯粹星光，捕捉那些原始而冲动的生命力，然后尽力转述出来而已。

所有这些故事，都来自我人生中的某一部分。现在它们属于您了。

《貔貅》

2015年，我的姥姥因直肠癌去世。每当我想起她，所有属于过去的回忆总会一拥而上，混杂着各种复杂的情绪与气息。我想用一种特别的方式予以纪念，于是便有了这个故事。

《莉莉娅，我的星》

虽然位于第二篇的位置，本篇却是最晚写作完成。在那之前，我经历了近六个月的写作障碍与心理折磨。这个故事是关于一个男人如何失去又找回人生目标的旅途。我很感谢它。

《离开蓉城》

这个故事起源于一场梦。梦中的我在夜色中乘车驶在笔直的公路上，两侧的灯光如烟花般绽放，一直向前延伸。而在天际线的地方，一座如同垂线一般的通天巨塔傲然耸立。本篇原本设计了一个更加漫长的高潮与结尾，但因种种原因未能如愿，希望未来某天能有机会令它重见天日。

Amour

本篇虽然位于倒数第二篇，但其实写作于《貔貅》之后不久。那时我刚刚与现在的太太相恋，被诸多迷思困扰。我希望有一个机会能够思索究竟何为爱，如何爱人，以及最极端的爱将是何种形态。

《武汉往事》

这个故事原本是第五届豆瓣阅读征文大赛“城市奇幻组”的首奖作品。它的创作历程十分漫长，最初构思要早于2012年，而完成计划中所有后续故事，未来可能还需要一些年月。本篇在原文的基础上做了大幅修改，最终的面貌也与原始设想相距甚远，但我希望您仍能享受其中。

感谢我的太太小白，没有你就不可能有这本书。它是献给你的。

再次感谢您阅读至此。

祝天长，夜爽。

愿我们在下一抹星光中再会。

石黑曜

2019年5月20日

莉莉娅我的星

产品经理 | 白东旭　　责任印制 | 梁拥军
装帧设计 | 马　娴　　产品监制 | 李　静
封面插画 | 西野刀刀　　出 品 人 | 于　桐

图书在版编目（CIP）数据

莉莉娅我的星 / 石黑曜著. -- 天津 : 天津人民出版社, 2019.10
ISBN 978-7-201-15191-5

Ⅰ. ①莉… Ⅱ. ①石… Ⅲ. ①科学幻想小说—小说集—中国—当代 Ⅳ. ①I247.7

中国版本图书馆CIP数据核字(2019)第185729号

莉莉娅我的星
LILIYA WO DE XING

出　　版　天津人民出版社
出 版 人　刘　庆
地　　址　天津市和平区西康路35号康岳大厦
邮政编码　300051
邮购电话　022-23332469
网　　址　http://www.tjrmcbs.com
电子信箱　reader@tjrmcbs.com

责任编辑　金晓芸
产品经理　白东旭
装帧设计　马　娴

制版印刷　河北鹏润印刷有限公司
经　　销　新华书店
发　　行　果麦文化传媒股份有限公司
开　　本　880 × 1230毫米　1/32
印　　张　8.75
印　　数　1-8,000
字　　数　220千
版次印次　2019年10月第1版　2019年10月第1次印刷
定　　价　42.00元